ブルーローズは眠らない

市川憂人

両親の虐待に耐えかね逃亡した少年は、遺伝子研究を行うテニエル博士の一家に保護される。彼は博士の助手として暮らし始めるが、屋敷内に潜む「実験体七十二号」の不気味な影に怯えていた。一方、ジェリーフィッシュ事件後、閑職に回されたマリアと漣は、不可能と言われた青いバラを同時期に作出したという、テニエル博士とクリーヴランド牧師を捜査することになる。ところが両者と面談したのち、施錠されバラの蔓が壁と窓を覆った密室状態の温室の中で、切断された首が見つかり……。『ジェリーフィッシュは凍らない』に続くシリーズ第二弾！

ブルーローズは眠らない

市　川　憂　人

創元推理文庫

THE BLUE ROSE NEVER SLEEPS

by

Yuto Ichikawa

2017

目次

ブルーローズは眠らない

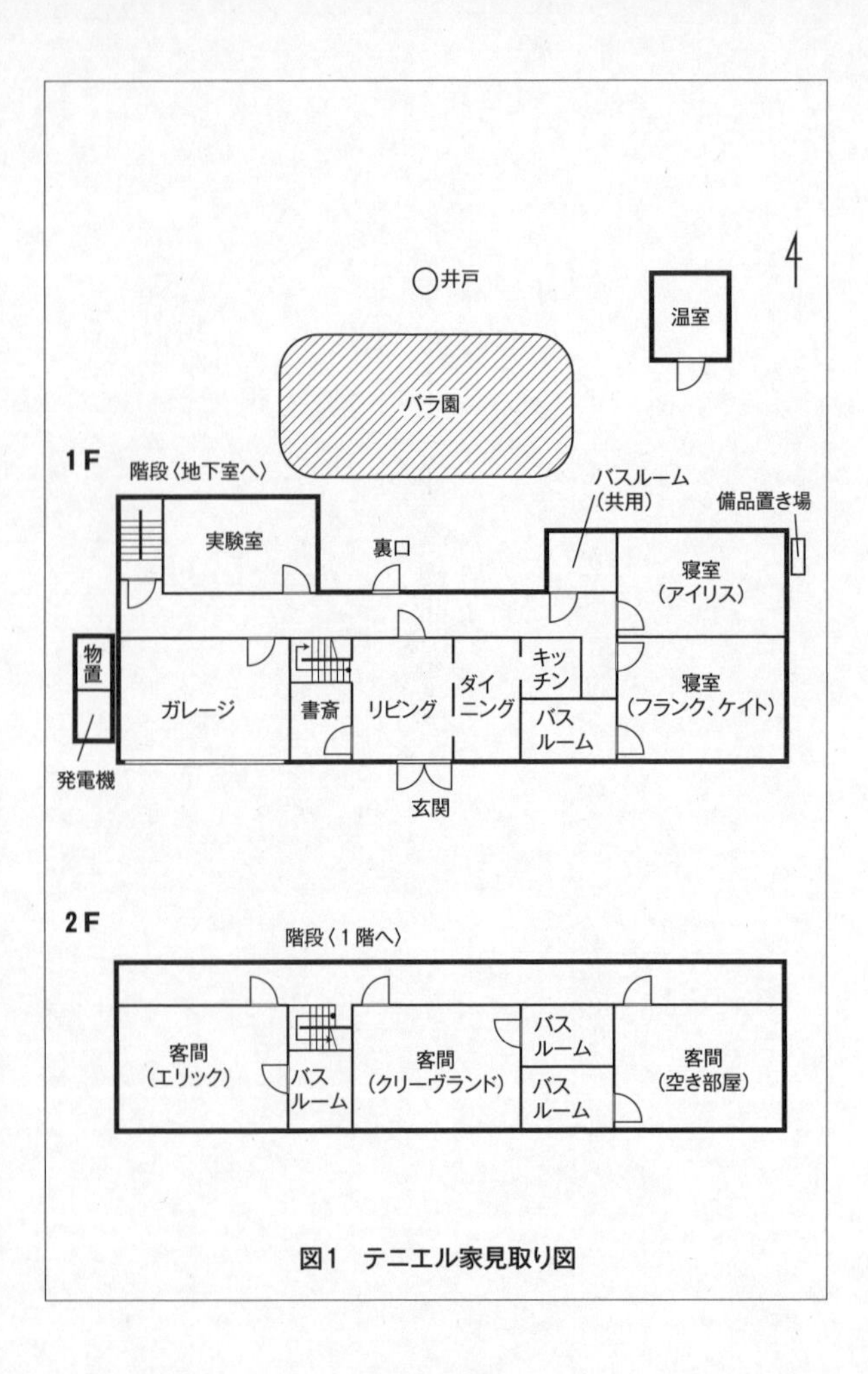

図1　テニエル家見取り図

プロローグ

パパが死んだ。

温室の中で、首を切られて殺された。

ママも死んだ。

部屋の中で、胸を刺されて殺された。

パパやママだけじゃない。たくさん死んだ。

怖い。こうしている今も、あいつが襲ってくるのではないかと身体(からだ)が震えて止まらない。

どうすればいいのだろう。

どうしてこんなことになったんだろう。

みんな、みんな死んでしまった。

※

運転席を下りた瞬間、ジャスパー・ゲイルの鼻腔(びこう)を、火災現場特有の強い異臭が刺した。

木材や煉瓦(れんが)、樹脂や金属——建造物を構成していたあらゆるものが黒焦げとなり、大半は崩れ落ちて、混沌とした臭気を放っている。

瓦礫(がれき)から今なお立ち上る熱に顔をしかめながら、ジャスパーは周囲を見渡した。敷地の中で、部下のドミニク・バロウズ刑事が消防隊員に話しかけていた。

「——死傷者の有無は?」

「確認されていません。瓦礫の撤去がまだですので」

「火元は」

「あの辺りと思われます。……キッチンからは少し離れているようですが」

隊員が焼け跡の一角を指差した。床の焦げ方が周囲より濃くなっている。「放火の疑いあり、かよ」とドミニクが難しい顔で髪を掻く。

熱心なことだ、とジャスパーは思う。辺地の一軒家の火災にいくら心血を注いだところで、成果が認められるわけでもあるまいに。

——一九八二年六月、A州フェニックス市郊外。

昨夜、山間(やまあい)の一角で発生した火災の現場検証だった。

今日未明にようやく鎮火したとのことで、ジャスパーが部下から呼び出しを受けたのが一時間前。朝食を取り終わるか終わらないかのタイミングだった。わざわざ自分が出向くほどの案件とも思えなかったが、電話を取ってしまった以上無視するわけにもいかない。

今回の火災現場はそれなりに大きな邸宅だったようだ。周囲には商店街も、民家のひとつもない。このような場所にわざわざ居を構えるとはよほどの厭世家か、あるいはどこぞの資産家の別荘といったところか。

放火、と部下は大袈裟に捉えているが、ジャスパーの見立ては違った。どこかの馬鹿な若者連中が忍び込んで火遊びをし、不注意で大火事にしてしまった――そんなところだろう。事実は往々にしてつまらないものだ。

ドミニクは険しい顔で消防隊員と話を続けている。上司と部下の間柄になって十年以上。ジャスパーの立場から見たドミニクの仕事のやり方は、悪い意味で何も変わらない。

時間と人手は有限だ。U国有数の大都市であるフェニックス市では、大小さまざまな事件が日々絶えることなく発生する。些末な事件に逐一労力を割く余裕などないことを、頑迷な部下は全く理解しようとしない。ベテランの域に差し掛かっているにもかかわらず。

……もっとも、自分とて、若い頃は似たようなものだった。

実績を上げることだけに必死になっていた下積み時代。どれほど神経をすり減らし、どれほど泥にまみれ汗を流したところで、無駄に終わる努力があるのだと知った。些細な刑法犯をどれだけ牢屋へ送り込んだところで、上の覚えがめでたくなければ冷や飯を食わされるだけだ。

挙句、使えない奴だと謂れもない烙印を押され、職場を追われることになる。結局、五十を過ぎた今も階級は警部補止まりだ。

妻とも早々に別れ、頭髪は薄くなり、身体もすっかりたるんでしまった。今は、自宅で花壇の手入れをするのが唯一の娯楽だ。

いつからこんなつまらない人生を歩むようになったのか。ジャスパーは煙草を咥え、ポケットからオイルライターを取り出した。三十年使い込んだせいかすっかり調子が悪く、火を灯すまでにひたすら親指を酷使しなければならなかった。
と、ドミニクがこちらに気付き、露骨に顔を歪めた。火事場で煙草をふかすなと言いたいのか、それとも単に、禁煙中に目の前で吸われるのが気に食わないだけなのかは解らなかった。

「やっとお出ましかよ、ジャスパー」

「道が混んでいたのでな」

ドミニクのしかめ面がさらに険しくなった。やれやれ、嫌われたものだ。

……いや、お互い様か。

あらゆる事件を愚直に追いかけてしまう部下を、ジャスパーは実のところ一度も好いたことがない。かつての自分を見せつけられているようだ。くたびれたスーツを着たこの男が視界に入るたびに、ジャスパーは暗い苛立ちを覚えずにいられなかった。

消防隊員に動きがあった。「どうした」とドミニクが歩み寄って問う。隊員のひとりが瓦礫のひとつを指差した。

机のようだ。表面がすっかり炭化していたが、よほど良い材料が使われていたのか、形そのものはほぼ原形を保っている。

引き出しのひとつが開けられていた。内側はやや黒ずんでいるものの、内板の木目が明瞭に確認できる。奇跡的な保存状態だった。

「遺留品です。

――日記のようなものが、中に」

第1章　プロトタイプ（I）

自分の本当の名前を俺はもう覚えていない。両親は俺を、面と向かっては「お前」と呼び、互いの会話の中では「あれ」と呼んだ。学校でも、俺をファーストネームで呼ぶ人間はどこにもいなかった。

両親は外面（そとづら）こそ良かったが、父は家ではいつも酒を飲み、機嫌が悪くなると憂さ晴らしのように俺へ拳を叩き込んだ。母は、最初の頃は俺を庇（かば）っていたが、それもキンダーガーテンを出るまでだった。俺が勉強も運動も大してできない欠陥品だと解ると、手のひらを返したように俺を無視し、犬の餌のような食事しか出さなくなった。

――お前なんか生むんじゃなかった。

――どうしてこんなことができないの。

薄汚い人形でも見るような目で、母は事あるごとに吐き捨てた。

近所の人間が家を訪れることもたまにあったが、彼らは両親の愛想笑いに騙され、俺が服の下にどれほど痣（あざ）を刻み込まれているかなど気付きもしなかった。

自分の置かれた状況を、最初から正しく把握できていたわけではない。

他の家庭など知らなかったから比較のしようもなかった。そもそも比べられる友人がいなかった。人並みの娯楽も与えられなかったし、テレビなどもってのほかだった。父に殴られ、母に蔑まれながら、ぼんやりと自分の日常をやり過ごすだけだった。

おかしいと気付き始めたのはエレメンタリースクールの四、五年生の頃だろうか。

クラスの皆はどうして、自分の両親のことをあんなに楽しそうに語るのだろう。どうして誕生日に贈り物をもらえるのだろう。

だが、その問いを周囲にぶつけることはできなかった。いつもぼろぼろの服を着ていた俺は、クラスから生ゴミ扱いされていた。教師でさえ俺からは露骨に距離を置いた。帰りのスクールバスを待つ間、図書室でひとり本をめくるのがいつしか日課になっていたが、俺の疑問に答えてくれる本はどこにもなかった。

違和感は徐々に、しかし確実に俺の心を侵食し――そして決壊の時が来た。

その夜、俺はいつものように暴力を振るわれていた。

両親にとってはただの日常の一幕だったに違いない。けれど俺にとってそれは、罅の入った水槽に落とし込まれた最後の一滴だった。

水槽が割れて砕け散った。俺は生まれて初めて両親に逆らい――家を飛び出した。

暗く長い道のりだった。

気付けば街の明かりはどこにも見えず、木々のざわめきが辺りを覆っていた。

雨が降り始めていた。靴から水が染み込み、足先を気持ち悪く濡らした。

……どれくらい歩いただろうか。

果てしない時間が過ぎたようにも、一分ほどしか経っていないようにも感じる。道はいつしか上り坂となり、周囲は深い森となっていた。雨はますます激しく顔を叩いた。服が水を吸い、冷たい重しとなって身体にのしかかった。

体力が限界に達し、意識が途切れかけたそのとき――

錆（さ）びついた門が目の前に現れた。

格子の向こう側に、淡い窓明かりが見える。

……家？

こんなところに――

俺は鉄格子を掴（つか）み――意識がぷっつり途絶えた。

※

……マ、どうして……な子の……を……

……っておくわけにも……でしょう？

話し声が聞こえる。

扉が閉まる音――そして沈黙。

※

……光が広がる。

深い水底から浮かび上がるように、俺は瞼(まぶた)を開いた。

最初に目に映ったのは、見覚えのない天井だった。

全身を包む暖かい感触。柔らかな毛布が身体にかけられている。

……どこだ、ここ。

家を飛び出して、当てもなくさまよって、山林の中で家を見つけて――それからどうなったのか。

病院だろうか。けれど、病室とは少し違う感じがする――

ぼんやりしたまま首だけを起こす。広い部屋だった。絨毯(じゅうたん)敷きの床、柱時計、向かいには木目調の扉。いつもの、犬小屋のように狭苦しい物置の寝床とは全く違う。クリーム色を基調にした、温かな雰囲気の部屋だ。

その部屋の窓際、大きなベッドの上に俺は寝かされていた。

雨音が聞こえた。身を起こし、背後に視線を向ける。窓の外で森が雨に打たれていた。木々の隙間から覗く空は、厚い雲に覆われていた。

扉の開く音がした。俺は慌てて向き直った。

「――あら」

エプロン姿の女性が顔を覗かせ、後ろ手に扉を閉めながら穏やかに微笑(ほほえ)みかけた。「やっと起きたのね。気分はどう？」

不思議な雰囲気の女性だった。

淡い青色の瞳。身体つきは細く、顔と手の肌は蠟(ろう)のように白い。何より目立つのが、肌より真っ白な長髪。絵本に出てくる精霊のような、神秘的な髪だ。

確か――アルビノ、だろうか。図書室で、真っ白な蛇や蛙の写真が載った図鑑を見た覚えがある。けれど、人のアルビノを、それも目の前で見るのは初めてだった。

そんな、夢みたいに白い髪や肌とは裏腹に、女性の表情はとても和(なご)やかだった。目尻が少し下がっていて、目を引く美人ではないけれど親しみやすい顔立ちをしている。鼻の上には、愛嬌のある丸眼鏡(まるめがね)。

真っ白な髪と肌。どこか庶民的な容貌。眼鏡とエプロン。それらのアンバランスさのせいで、俺は彼女の年齢が全く読めなかった。子供ではないし老婆でもない、といったくらいだ。

「あ……ええと」

答えられないでいると、女性は俺を待たずに話し始めた。

「びっくりしたわ。ゆうべ、門の方で物音がした気がして、見に行ったらあなたが倒れていて……夫を呼んでここに運んでもらったの。

とても疲れていたのね。いつまでも目を覚まさないから心配したわ」

柱時計は三時二十分を指していた。外はそれなりに明るい。彼女の言葉からすると、俺は半日以上眠っていたらしい。

「あの……ありがとう」

礼を言うと、いいのよ、と白髪の女性は再び微笑んだ。

「今はゆっくり休んで。それと、服は階下で乾かしているから。後で持ってきてあげるわね」

言われて、ようやく俺は自分がパジャマ姿であることに気付いた。パジャマの中をこっそり覗くと、見覚えのない柄の、俺には大きめの下着を穿かされていた。顔が熱くなった。

と、再び扉が開いた。小さな何かがゆらりと滑り込む。

――息を呑んだ。

少女だった。紺色のワンピースに身を包んだ、雪のように白い肌の女の子。

背丈は俺と大して変わらない。年齢も同じ――六年生――か、少し上くらいだろうか。

言い切れなかったのは、少女の髪もまた真っ白だったからだ。

傍(かたわ)らのエプロン姿の女性をそのまま写し取ったような、うっすらとした白金色の綺麗な長髪。よく見れば、瞳も同じ薄青色だ。親子だろうか。

ただ、二人の雰囲気はまるで違っていた。

エプロン姿の女性とは逆に、ワンピースの少女の目尻は吊り上がっていて、冷たく近寄りがたい印象を放っている。神秘的という表現は、むしろこちらの少女の方がよく似合っていた。

少女が俺に目を向けた。かすかに目を細め、すぐ顔を逸らしてエプロン姿の女性の陰に半身を隠す。汚(けが)らわしい珍獣でも目の当たりにしたような態度だった。あらあら、と女性が微笑み、少女の髪を優しく撫でたそのとき、

「目が覚めたか、坊や」

低い声が響いた。

いつの間に部屋へ入ったのか、第三の人物が扉の前に立っていた。

小柄な男だった。吊り上がった目の下の隈(くま)は濃く、頬がこけている。白髪交じりの暗褐色の髪、同じく褐色の瞳。俺の父より年上だろうか。

すべてを見透かすような鋭い光を帯びた眼差(まなざ)しが、エプロン姿の女性やワンピースの少女とは違った意味で、普通の人間とは思えない雰囲気を感じさせた。

「パパ――」

少女が呟いた。

それが、俺とテニエル一家との出逢いだった。

第2章　ブルーローズ（I）

（一九八三年十一月十八日　A州紙より）

『青いバラ　ついに誕生
――A州の牧師、独学で交配の末に
十七日、O州で開かれたバラの展覧会において、青い花を咲かせるバラが公開された。
青バラを作出したのは、A州フェニックス市在住の牧師、ロビン・クリーヴランドさん(41)。聖職者としての務めを果たす傍ら、園芸家としても活動しており、独学で交配を行うなどしてバラの育成を長年続けてきたという。《天界(Celestial)》と名付けられた青バラは、交配の過程で偶然に生まれたものだといい、咲いているのを初めて見たときは「主(しゅ)の思(おぼ)し召(め)しのように思えた」と語る。

バラには赤や黄色の花はあるが、青系統の花はこれまで存在せず、長い歴史の中で多くの人々が挑みながら実現されなかったことから、「不可能」の象徴と言われてきた。その青いバラがアマチュア園芸家の手で誕生したことに、世界の園芸家や研究者から多くの注目が集まっている。……』

※

(一九八三年十一月十九日 A州紙より)


『我こそ「本物の青いバラ」

――C大学が発表 アマ園芸家の青バラを否定
十八日、C大学サンタバーバラ校(C州)は、遺伝子編集技術を用いた青いバラの作出に成功したと発表した。同大理学部生物工学学科フランキー・テニエル教授らの研究グループが実現した。

発表によると、テニエル教授らは、青いバラに必要な遺伝子を効率よく生成する技術を新たに開発し、抽出された遺伝子片をバラに組み込むことで花を青くすることに成功した。詳細は十二月発売のN誌に掲載される。

青いバラは、十七日にA州フェニックス市在住のロビン・クリーヴランドさんが展覧会で公開し、「不可能が可能になった」と注目を集めたばかり。テニエル教授は「交配だけで青いバラが誕生する確率は、バラの性質上ゼロに近い。よほど好都合な突然変異が何度も発生したか、でなければ偽物」と、クリーヴランドさんの青バラに否定的な見解を示している。

これに対しクリーヴランドさんは「偽物でないことは実際に見分してもらえれば解るはず」とコメントし、テニエル教授の見解に反論した。……』

※

（一九八三年十一月二十一日　A州紙より）

『W州で土砂災害
——キャンプ場に土砂が流入、客ら避難
二十日午後、W州の山間で土砂崩れが発生し、麓（ふもと）のキャンプ場を訪れていた客数十名が避難した。土砂の一部が敷地に入り込んだが、幸い負傷者はなかったという。キャンプ場は当分の間営業を中止する。
災害の原因について、現場付近では未明まで悪天候が続いていたことから、雨で地盤が緩んだのではないかとみられている。現場では過去に小規模な土砂崩れが発生しており、警察はキャンプ場の立地に問題がなかったかどうか調べを進めている。……』

※

「……リア、マリア」

遠くから声が聞こえる。

「起きてください。まだ昼寝の時間ではありませんよ」

肩を強く揺すられた。マリア・ソールズベリーがはっと顔を上げると、部下の九条漣(クジョウレン)がやれやれといった表情でこちらを見下ろしていた。

フラッグスタッフ署の執務室だった。

柱時計の針は午前十時半。ランチタイムには少々早いが、周囲に人影は少ない。マリアと漣を除けば、執務室にいるのは向かいの席の同僚ひとりだけだ。他の面々は、先日発生した強盗事件の捜査に向かったのか、綺麗さっぱり出払っていた。

記憶を辿る。九時半に席につき、面倒くさい書類を嫌々書き始めたところまでは覚えているが、その先が曖昧(あいまい)だ。机に目を落とすと、書きかけの報告書の上によだれの跡がついていた。

マリアは慌てて口元と書類を拭(ぬぐ)った。

「ゆうべも遅くまで自棄酒(やけ)を呑んでいらしたようですね。御友人がまたひとり結婚なさったのがそれほど寂しかったのですか」

「してないわよ自棄酒なんてっ」

数ヶ月前、大学時代の知り合いから結婚式の案内状が届いたときは、確かに呑んだけれど。

向かいの机の同僚が顔を上げ、直後に吹き出した。睨(にら)みつけてやると、同僚は慌てたように顔を伏せたが、肩は小刻みに震えたままだ。何がおかしいのか。

「で、レン。何か用？」

同僚を無視し、マリアは漣に向き直った。

小綺麗に整えられた黒髪、理知的な顔を飾る眼鏡。寸分の隙なくスーツを着こなしたＪ国人の部下は、いつものように平坦な声を返した。

「フェニックス署のドミニク・バロウズ刑事から電話がありました。折り返し連絡をもらいたい、とのことでしたが」

——ドミニクが？


『おう、久しぶりだな赤毛（レッドヘア）。元気にやってるか』

ドミニク・バロウズの声は、バーで知り合いに出くわしたときのような気安さがあった。

「おかげさまで」

勤務中に寝入っていたなどおくびにも出さず、マリアは返した。「それで、何の用？」

ドミニクとは、二月に発生した気嚢式浮遊艇（ジェリーフィッシュ）事件の捜査で初めて顔を合わせた間柄だ。職場が離れているため直（じか）に会うことはめったにないが、互いの管轄（かんかつ）にまたがる案件で捜査情報をやりとりするなど、仕事上の付き合いは断続的に続いていた。

今回も、そういった捜査情報の問い合わせだろうかと思っていたら、受話器から飛び出したのは意外な単語だった。

『青バラのニュースは知っているか』

青バラ？

「テレビや新聞に出ていた程度のことなら、だけど……それがどうかしたの」

園芸に興味のないマリアも、二、三日前からの青バラに関する騒ぎはさすがに目にしていた。アマチュアの園芸家兼牧師が世界で初めて実現した、と発表されたと思ったら、翌日に大学教授が同じく青バラの作出に成功したと主張。牧師のバラを「偽物」と評したため、両者の間で争いが始まりつつあるとか何とか。

科学の話題など以前はさっぱりだったが、先のジェリーフィッシュ事件がまさに科学技術絡みの一件だったこともあり、以降、科学関係のニュースを知らず知らずのうちに目に留めるようになってしまった。

『なら話は早ぇ。

青バラ騒動の当事者のひとり――フランキー・テニエル教授に探りを入れてもらいたいんだ。できれば直に会ってもらうのがいい。名目は何でも構わねぇが、あまり相手に警戒されないようにしてもらえると助かる』

「……は？」

思わず間の抜けた声が漏れた。「どういう話？　まるで意味が解らないんだけど」

大学教授が犯罪に関わっている、というのだろうか。

『探りを入れる』という言い回しも引っかかるが、実際に時間を割いて会いに行くとなると、相応の理由づけが――主に出張旅費の申請の面で――必要だ。単に捜査情報を伝えるのとはわけが違う。事情を知らされないまま、はいそうですかと頷くわけにはいかない。

そもそも、テニエル教授を探りたいなら、まずドミニクらフェニックス署の捜査官が動くのが筋だ。所属の違うマリアに頼む理由が解らない。

『理由はあるぜ。テニエル教授の別宅がフラッグスタッフ署の管内にあるらしい。

近々A州で学会が予定されていて、教授が別宅へ立ち寄るかもしれねぇから、その際に話を聞くのでも大丈夫だ』

「だから、あたしが訊いてるのはそんなことじゃなくて」

マリアは言葉を切った。「……何かあるの？ 大っぴらにしづらい理由とか」

『いい勘してやがるな、相変わらず』

電話口から吐息が聞こえた。『端的に言っちまえばイエスだ。といっても極秘の話ってわけじゃねぇ。何というか――電話では説明しづらいんだ。少々込み入っているというか、こっちも真偽を測りかねている代物でな。

とにかく、現物を見ながらでないと正しく伝えられそうにねぇ。そんな案件なんだ』

「ちょっと、ますます意味不明なんだけど」

――真偽を測りかねている？ 現物を見ながらでないと正しく伝えられない？

『だろうな』

ドミニクが苦笑を漏らした。『喋っている俺でさえ胡散臭い話だと思うぜ。

だが悪ぃ、詳細はまだ教えられねぇ。お前さんにはまず、先入観のない状態でテニエル教授に会って話をしてもらいたいんだ。詳しいことは後で全部話す。フェニックス署の連中はちょいと事情があって動かせねぇ。他の警察関係者で信頼が置けるのは、俺の知る限りお前さんたちだけなんだ。……頼めるか？』

寝言をほざいているんじゃないわよ、の一言で電話を叩き切ってもよかった。

が——

仕事上のやりとりを続けて半年以上。ドミニク・バロウズの人となりを、マリアも少しずつだが理解していた。口調はぞんざいだが面倒見はよく、他人に借りを作ったら必ず返すタイプの刑事だ。人の好意につけこんで厄介事を押しつける類(たぐい)の人間ではない。その彼がこんな頼みごとをするからには、恐らくそれなりの理由がある——それも、少々どころではなく込み入った理由が。

マリアの中で返答は固まりつつあった。が、素直に口に出すのは何となく癪(しゃく)に障った。

「頼りにしてくれるのは光栄だけど、そういう話は上層部(うえ)を通してもらわないとねぇ。こっちはこっちで手が離せない案件を抱えてて忙しいのよ」

『そうか？　お前んとこの黒髪に訊いたら、ジェリーフィッシュ事件で下手を打って今は冷や飯を食わされているから、いくらでもこき使って構わないと言っていたぜ？　署長の許可もすぐ下りるだろうとさ』

「レン！　あんた、人が寝てる間に何を勝手に答えてるのよ！」

涼しい顔の部下を怒鳴りつける。『はは、それじゃ頼んだぜ』と受話器からドミニクの笑い声が響き、通話が切れた。

――まったく、どいつもこいつも。

「巡回（そと）に出るわよ！　ついてきなさい」

受話器を叩きつけて席を立ち、椅子に掛けていた上着を掴む。漣の返事を待たずに執務室を出たところで、顔見知りの女性職員と出くわした。片手を上げてすれ違おうとしたが、職員は怪訝（けげん）そうにこちらの顔を覗き込んだ。

「ん？　どうしたのよ」

「あ、ええと……その」

職員がためらいがちに頬を指差す。だからどうかしたの、と言いかけて、窓に映る自分の顔が目に入った。

左の頬に、文字列の形をしたインクの跡がくっきり残っていた。机上の報告書から転写されたものだった。

「ちょっとレン、黙ってないで一言教えなさいよ！」

同僚がさっき肩を震わせていたのはこれだったのか。「いえ、貴女（あなた）なりのメイクかと思いまして」と漣は素知らぬ表情で応じた。

※

三日後——十一月二十四日、木曜日。

「で」

漣の運転するレンタカーの助手席で、マリアはぼやいた。A州から飛行機を乗り継ぎ、C州の空港で自動車を借りて目的地まであと数十分といったところか。U国は広い。「色々と検討した末の名目が、『遺伝子関連技術の犯罪科学捜査への応用に関するヒアリング』、と。……あたしに科学捜査の何を尋ねてこいというのよ。こういうのは検死官のボブの仕事でしょう」

「彼も忙しいようですからね。貴女と違って」

暇なのはあんたもでしょうが——と口にしかけてマリアは思い留まった。漣が今、閑職に回されているのは、上司である自分が道連れにしてしまったようなものだ。どう考えても自分より何十倍もの仕事をしている漣に、勤務中堂々と眠り込む自分が何を言ったところで説得力がない。

ドミニクからの依頼は、電話のあった翌日、フェニックス署からフラッグスタッフ署への捜査協力依頼という形で公式に要請が来た。

漣の予言通り署長の許可はあっさり下りた。「ソールズベリーは放っておいても何かやらかすのだから、いっそ別の仕事をさせた方がまし」と上層部が判断した——と署内の噂で聞いたが真偽のほどは定かでない。

異例とも言える依頼ではあったが、ともかくそれなりの方針を定め、マリアは漣ともども、フランキー・テニエル教授との面会に向かっていた。

ドミニクによれば、学会に合わせて教授がA州に来るらしいとのことだった。が、漣が先方に問い合わせたところ、学会期間中は多忙で時間が取れないとの返答があり、面倒だがこちらからC大学へ出向く段取りとなった。研究室を見学させてもらえるのであればむしろ都合がいい、と漣は語った。

「どのような事情かは解りませんが、フェニックス署は自分たちの動きを相手に悟られたくないと考えているようです。であれば、事情聴取と受け取られかねない接触の仕方は、少なくとも現時点では避けるべきかと」

事情聴取、か。

つい最近まで関わっていた案件――ジェリーフィッシュ事件が脳裏をよぎる。マリアにとって未だ記憶に新しいあの一件も、大学教授の発表した新技術を巡る因縁(いんねん)がもたらしたものだった。

青いバラを生み出したというテニエル教授。この人物もまた、何かの因縁や事件に関わっている――あるいは、巻き込まれようとしているのだろうか。

「フランキー・テニエル、一九四一年生まれ。C大学理学部博士課程修了。専攻は分子生物工学。一九八一年より同学部教授に就任。……大学の公開情報を読む限りでは、絵に描いたような研究者人生を歩んできたようですね。

専攻は『分子生物工学』とありますが、これまでに教授が発表した論文はほぼすべて、『遺伝子工学』と呼ばれる分野に集中しているようです。今回の青いバラはその研究成果のひとつという位置付けですね。

マリア、遺伝子工学についてはどの程度までご存じですか」

「あたしがご存じだと思う? どこかの悪の科学者が遺伝子とやらをいじくって怪物を作る、という話ならコミックか映画で見た気がするけど」

「その『遺伝子をいじくる』部分をより深く、具体的に研究するのが遺伝子工学です。

生物の遺伝情報はデオキシリボ核酸と呼ばれる物質が担っている──と以前お伝えしたのを覚えていますか。

DNAは、デオキシリボースという糖、リン酸、および『アデニン』『グァニン』『シトシン』『チミン』という四種類の塩基のうちのひとつが結合したヌクレオチドが、順不同で鎖のように並んだ分子構造をしているそうです。塩基の記号で表すとT-C-G-C-A-G……といった具合ですね。

ウィルスを除く生物では、二本のヌクレオチド鎖が水素結合を介して絡み合った二重螺旋構造──リング状になっている細菌もいるとか──、またある種のウィルスでは一本鎖など、DNAの立体構造には様々な形態があるようですが、四種類の塩基が連なっているという基本構造はすべての生命体に共通だそうです」

「何それ。まさか、そのTAGCの並び順が暗号になってて、それを解読したものを基にして生き物の形が作られるとかいうんじゃないでしょうね」

漣が目を見開いた。

「いえ、まさにその通りだそうですよ」

「え⁉」

「生物にとって重要な物質のひとつであるタンパク質——といっても様々な種類がありますが——は、二十種類のアミノ酸が特定の順番で連結したものです。DNAの塩基配列は、このアミノ酸の種類と配列を記したものだということです。

タンパク質は、生物の体組織を構成する主要な物質であるとともに、酵素やホルモンといった機能性生体分子の成分です。もちろん、生命活動に必要な物質は他にもありますが、タンパク質なくしてそれらは活用されません。極論を言えば、タンパク質こそ生命の本質であり、DNAの塩基配列という遺伝情報さえあれば生物を形作れる——ということになりますね」

「四種類しかない塩基で、二十種類のアミノ酸をどう表すのよ」

「そこは上手いようにできていて、『GAA』イコール『グルタミン酸』といったように、塩基三セットがひとつのアミノ酸に対応しているそうですよ。コンピュータが01の二進法ですべての数字や文字を表しているのと似ていますね。

四の三乗イコール六十四ですので、二十種類のアミノ酸は充分カバーできます。各々のアミノ酸と塩基配列の対応もすべて判明しているそうですよ」

DNAの塩基配列を基に、アミノ酸が繋(つな)がってタンパク質が合成され、そのタンパク質によって生物の身体が作られる……か。まさに暗号解読だ。

「どこからどんな風に出来上がったのよそんなシステム。神様はコンピュータでもかじってたわけ？」

「そこまではさすがに知りません。貴女ならご存じかと思ったのですが」

「あら。珍しいじゃない、あんたがお世辞を言うなんて。あたしは別に神様じゃないわよ」

「いえ、その頃から生きていた貴女なら詳しい事情を見聞きしたのではと思っただけですが」

「あたしは化石だって言いたいの⁉」

油断しているとこれだ。憎たらしい部下は何事もなかったように、ともかく、と話を続けた。

「DNAを基に生物が形作られる。これを基礎編とすれば次は応用編です。

——DNAの塩基配列を並べ換えれば、生物の姿形を変えることができる」

沈黙が漂った。

「……テニエル教授が創ったという青バラも、同じようにDNAを並べ換えたものだってこと？」

「大学の公式発表では、そう説明されていますね」

漣の物言いは慎重だった。「現在の遺伝子工学がどこまで進歩しているか、私も充分に把握していません。ただ、遺伝子編集で青バラを生み出す試みは、他の研究機関でも様々になされてきたものの、未だ芳しい成果が上がっていないのが実情のようです。テニエル教授がどのように青いバラを実現したかが、今回のヒアリングの主題のひとつとなるでしょう。——あるいは、その真偽も含めて」

真偽、か。それは後で判断するとして。

「青いバラってそんなに難しい代物なの？　ニュースじゃ『不可能が可能になった』なんて大げさな言い方をしてたけど、野菜や果物の品種改良と何が違うのかしら。青い花の咲く植物なんて、他にもごろごろあるでしょうに」

「『そんなに簡単に作れたら苦労はない』というのが、古今東西のバラ育成家や研究者の見解ですね。

もちろん、貴女の言う『野菜や果物の品種改良』も相応の労力を要するでしょうが、青バラの作出に費やされた年月と失敗の数々は、並の品種改良の比ではなかったようです。

人類がバラの育成を始めたのが、少なくとも二千年近く前。そこから現在に至るまで、本当の意味での青いバラ——誰の目から見ても『青』と言えるバラが、公（おおやけ）の場に現れた記録はただのひとつもありません。

『青いバラ』を謳（うた）った花は幾度（いくど）となく現れましたが、それらはすべて、青とは名ばかりの『これまでのバラに比べれば青い要素がなくもない』程度のものだったそうです」

しかし今回は違う——ということか。

騒動の渦中にある二つの青バラの写真を、マリアはまだ一度も見ていない。漣によれば、クリーヴランド牧師は展覧会以後、ほとんどの取材を断っており、テニエル教授も学術誌の取材にしか応じていないらしい。そのため、青バラの写真はマスコミにも数枚しか出回っていないという。

今日、青バラのひとつを実際に目にし、本物か偽物かの感触を摑めれば、ドミニクの要望をある程度は満たせることになるだろうか。

視線を空に移す。気囊(きのう)式浮遊艇――ジェリーフィッシュが、遥か遠方の青空を静かにたゆたっている。白く扁平(へんぺい)な球状の気囊、下側には四本の橋脚(きょうきゃく)とゴンドラ。名前の通り海月(クラゲ)に似たシルエット。

ジェリーフィッシュを巡る大量殺人事件の余波は、様々な方面で今なお続いている。それらがいつ、どのような形で終息するかは解らない。が、少なくともひとつの訴訟については、早期に決着を図る方向で双方が動いているようだ――と、ある知人から聞いた。

漣に気取られぬよう、マリアはそっと吐息を漏らした。らしくもない。自分の手を離れてしまった事件のことをいつまでも気にかけるなんて。

「青いバラの創造がなぜ困難だったのかは私も充分に理解が及んでいませんが、植物全体で見れば、そもそも青い花をつける種の方が珍しいようですね。アサガオ、アジサイ、ケシ……ざっと思いつく限りではこんなところでしょうか。

私の祖国に『桜』という花がありますが、街中で見る桜のほとんどは桃色です。『青い桜』は存在しませんし、見たい、創りたいという話もめったに聞きません」

「桜ならあたしも知ってるわよ。U国にも有名な観光スポットがあって――昔、友達と一緒に見に行ったわ」

「そうでしたか。ところでマリア、J国には『花より団子』という言葉があるのをご存じですか」

「知らないわよ！」

ろくでもない意味なのは解った。

州をまたぐ長旅の末、マリアと漣は、フランキー・テニエル教授の所属するC大学サンタバーバラ校へ到着した。

暖かな空気、青々と茂る芝生、美しい並木道。目の前には海――リゾート顔負けの立地だった。高級感の欠片もないフラッグスタッフ署とは大違いだ。

受付を済ませ、キャンパスを歩いて生物工学科棟へ。待ち合わせ場所に指定されたロビーで、ソファに座って待っていると、奥のエレベータからひとりの少女が姿を現した。

真っ白な女の子だった。

異様なまでに色素の薄い肌、腰まで伸びた白金色の髪。アルビノだ。紺色のワンピースが、肌と髪の白さをさらに引き立てている。小柄で痩せぎすな体格。吊り目の、幼いながら意志の強そうな顔立ち。白髪のせいで大人びて見えるが、実年齢は十二、三歳くらいか。

子供がどうしてこんな場所にいるのだろう。ランチでも届けに来たのだろうか――と思っていたら、アルビノの少女はきょろきょろロビーを見回し、マリアと漣へ視線を向け、てくてく歩み寄った。

「A州フラッグスタッフ署のマリア・ソールズベリー様、それと九条漣様でしょうか」

幼さの残る、涼やかな声だった。「ええ、そうですが」との漣の返答に、少女はにこりともせず会釈（えしゃく）した。

「ようこそお越しくださいました。ご案内します。……どうぞこちらへ」

返事も待たずにエレベータへ歩き出す。マリアは慌てて立ち上がり、漣とともに少女の後を追った。

「ええと、あなたは？」

「テニエル研究室の学生です」

学生？　にしてはかなり若い。飛び級だろうか。

少女はマリアの驚きなど意に介した様子もなく、無言でエレベータに入った。随分と無愛想な女の子だ。

「ねえあなた、お名前は？」

少女は横目でこちらを見た。子供扱いするなとでも言いたげな、どこかむっとした目つきだった。

「……皆からは『アイリーン』と」

「アイリーン、か。……いい名前ね。大人の響きがするわ」

少女――アイリーンはわずかに目を見開き、それから視線を前に戻した。乏（とぼ）しい表情は変わらなかったが、頬に薄く朱が差していた。照れているらしい。

そのまま特に会話もなく六階まで上がり、マリアと漣はアイリーンに連れられ、会議室と思しき部屋の前までやって来た。

「中でお待ちください。先生を呼んできます」

アイリーンは再び会釈し、二人を置いて去った。白い髪に覆われた背中を見送り、会議室の扉を開け――マリアは危うく声を上げそうになった。

先客がいた。

短めに刈り揃えられた銅褐色の髪、軍服越しでもそれと解る、無駄なく鍛え上げられた体躯――マリアと漣のよく知る人物が、驚きの表情をこちらに向けていた。

「ソールズベリー警部、それに九条刑事？　なぜ君たちがここに」

「こっちの台詞よ。何であんたがこんなとこにいるの、ジョン」

U国空軍少佐、ジョン・ニッセンへ、マリアは困惑の声を発した。


「お久しぶりです、ニッセン少佐」

漣が何事もなかったように挨拶した。「といっても八日ぶりですが……今日はどのようなご用件で？」

「あ、ああ」

ジョンが我に返ったように咳払いをした。「……詳細は伏せるが、新規の技術案件調査だ。今はその件で人と会う約束をしているのだが――

君たちは事件の聞き込みか何かか？　部屋を間違えたのなら」

「そうじゃないわよ。あたしたちも今ここに案内されたの。まあ、聞き込みといえば聞き込みのようなものかしら」

アイリーンが部屋を間違えたのか。それにしては何の迷いもなかったが。

いや、まさか――

考えても仕方ない。しばらくしたら誰か来るだろう。マリアはジョンの向かいの席に腰を下ろした。漣もマリアの隣に座る。ジョンは戸惑いの視線を二人に向けたが、やがて諦めたように息を吐いた。

「それにしても奇遇ですね。技術調査とのことですが、大学へはよく回られているのですか」

「ジェリーフィッシュの件があのようなことになったのでな」

彼らしからぬ自嘲の表情が浮かんだ。「恥を曝すようだが、今は閑職に回されている状態だ」

ジョン・ニッセン少佐とマリアたちは、先に発生したジェリーフィッシュ事件で知り合い、ともに犯人を追いかけた間柄だ。一件落着とはお世辞にも言いがたい結末を、ここにいる三人はともに目の当たりにしている。今さら取り繕ったところで仕方ないということだろう。「ざまあないわね。こっちも同じよ」とマリアが返すと、そうか、とジョンは苦笑を漏らした。

「ところで、差し支えなければ君たちの訪問相手を教えてもらえないだろうか。ここに来たということはやはり大学関係者なのだろう。何かの縁だ、興味を引く研究テーマを手掛けているのなら、後で話を聞いてみたいのだが」

漣がこちらを見やる。ドミニクの依頼のことを考えれば、事があまり大っぴらになるのはよろしくないが、ジョンなら大丈夫だろう。

「フランキー・テニエル教授です。青いバラのニュースはご存じかと思いますが、今回は遺伝子関連技術の犯罪捜査への応用という観点から、教授へ話を伺いに」

「青バラ?」

ジョンの眉が吊り上がった。「いや待て。テニエル教授とは私が今から面会する予定になっているのだが」

え?

「何言ってるの。あたしたちの約束も今からなんだけど」

まさかとは思ったがどういうことだ。向こうのスケジュールミスだろうか。

と――

「いや」

ノックもなしにドアが開き、掠れた声が響いた。「そのように予定を組ませてもらった。こちらも忙しいのでね」

会話を聞いていたらしい。ドアの前で、声の主がマリアたちを愉快げに見回した。

外見年齢は四十過ぎ。白髪の交じったダークブラウンの髪。背は一七〇センチより低め。顔も身体も痩せていて、健康的とは言いがたい風貌だ。

しかし、こちらを見据える眼光は鋭く、何者をも抑え込むような威圧感に満ち溢れていた。

「ソールズベリー警部、九条刑事、それとニッセン少佐だったかな。

ようこそ。遠いところをよく来てくれた。私がテニエルだ」

青バラの生みの親のひとり、フランキー・テニエル教授が、口の端の片方を持ち上げた。

「失礼」

ジョンは席を立ち、恐らくは無意識に敬礼した。「U国第十二空軍少佐、ジョン・ニッセンです。本日はお招きいただき感謝いたします。プロフェッサー――」

「その呼び方はやめてくれないか。どうも慣れなくてね」

フランキーは首を振った。「名前か、せいぜい『博士』辺りで呼んでもらえると助かる。それと、かしこまった話し方もなしだ。研究室のメンバーにもそうさせているのでね」

「――では、テニエル博士。今日はよろしくお願いしたい」

「マリア・ソールズベリーよ。よろしく」

「九条漣です。本日は貴重なお時間をいただきありがとうございます」

漣の口調は寸分たりとも変わらなかった。J国人はみんなこうなのだろうか。

「ところで、今さら言っても仕方がないが、彼女らとは面会時刻を別にしてもらいたかったのだが。軍事機密に触れかねない話を部外者の前で交わすわけには」

「ああすまない。我々一般人には警察と軍の違いが今ひとつ解らなくてね。

それに、君たちはどうやら全くの部外者同士というわけでもなさそうだ。なら、別に遠慮することはあるまい」

フランキーは親指でドアの外を指した。「では早速始めるとしよう。ついて来たまえ」

挨拶もそこそこに研究室案内が始まった。

階段を下り、フランキーに続いて廊下を歩く。左手奥の壁側に、嵌め殺しの大きな窓が見えてきた。窓の前で博士が立ち止まり、中を視線で示した。

「クリーンルームだ。……といっても、科全体の共用施設だがね。サンプリングや合成といった作業は主にここで行っている」

フランキーの視線の先、ガラスの向こう側で、数名の人間が作業を行っていた。

手袋を嵌め、マスクをつけ、頭にネットのような帽子を被った若者たち。学生のようだ。植物の葉らしき断片の入った皿を顕微鏡で覗いている者。小さなバスタブのような器具にビーカーを入れ、ストップウォッチで時間を計っている者。ケースに固定された白いネズミの尻尾に、恐る恐る注射針を突き立てている者。……作業内容は千差万別だ。

「博士の研究室では、動物も研究対象になさっているのですか」

「『研究成果を動物へ応用し始めた』と言った方が正しいな。

我々の研究室の主なテーマは、遺伝子編集による生物の人工的形態変化だ。今は植物がメインの研究対象だが、動物でも細菌でもウィルスでも、DNAやリボ核酸を持つものはすべて研究の対象になりうる。私も、学生の頃はああしてマウスに注射針を刺していたことがある」

博士はマリアたちに向き直った。「とはいっても、君たちの関心は私の研究範囲にあるわけではあるまい。『この胡散臭い学者が青バラを生み出したというのは本当か？』――そんなところだろう」

図星を突かれた。フランキーは唇を小さく曲げた。

「論より証拠だ。私ももったいぶるのは好きではないのでね」

再び歩き出す。博士についてエレベータで下り、生物工学科棟の外へ出てしばらく歩くと、サーカスのテントほどの大きさの、小綺麗な平屋の建物が現れた。

温室のようだ。かなり大きい。屋根には天窓、壁一面に大きな窓。緑の葉をつけた鉢が中に並んでいるのが、ガラスを透かして窺える。

フランキーに促され、温室へ入る。正面の扉をくぐった先は前室になっていて、左右にロッカーやクローゼット、細々とした備品が並んでいた。奥の壁には扉。実際の温室はこの先のようだ。

前室で、備え付けの手袋とネットキャップをつけ、水色の薄い上着を纏う。「さて、不思議の国へご案内と行こうか」と冗談めかした台詞を呟き、博士は扉を開いた。

――温室は、思いのほか整然としていた。

細長いテーブルが、右手から左手へ、手前から奥へと美しく列を作っている。各々のテーブルの上に、鉢植えの株がずらりと並んでいた。

甘い匂いが鼻をくすぐった。外からは見えなかったが、花をつけている鉢も多い。テーブルの間を歩く。手前寄りのテーブルの一角に、青い花の鉢が十個ほど寄り集まっていた。青バラかと思ったが、よく見ると形が違う。見たことのない花ばかりだ。

「サイネリアですね」

一番手前の鉢へ視線を移しながら漣。「その左隣がリンドウ、さらに隣はハナハマサジ……」

すらすらと名を挙げる。故郷で花屋でもやっていたのだろうかと思うほど、流暢な解説だった。

「比較用だ。青い花を新しく創るといっても、まず既存の花を分析し、色素の構造や生体反応プロセスを知らないことには始まらないからな」

フランキーの説明に、なるほど、とジョンが頷く。

青い花を順繰りに眺めていると、唐突に赤い花に出くわした。

まだ開花はしていない。ハンカチを絞ったように、紅色の花弁が細長くよじれている。支柱に絡まった蔓は細くつるりとして、マリアのイメージするバラとは似ても似つかなかった。

「レン、これは？」

「アサガオですね。J国では何百年も前から人々に愛されている花で、小学生の植物観察にもよく用いられます」

「へぇ」

U国ではあまり馴染みのない植物だった。J国には色々な花があるものだ。

赤い花はアサガオだけでなく、その隣にもいくつか並んでいた。ここからが『赤いエリア』らしい。やはり比較用に育てられているようだ。

「こちらがカーネーション。バラやキクと並ぶ三大切り花のひとつですね。その隣がチューリップです。こちらも学校の花壇などによく植えられている品種で——」

「知ってるわよそれくらい！」

馬鹿にしているのか。

さらに前方へ視線を移すと、今度は色とりどりの花々が目に飛び込んできた。バラだ。赤、黄、白、桃……鮮やかな色合いの花弁が、空調機の風に揺られている。

しかし、多く目につくのは、紫——薄い赤に青をほんのり混ぜた、淡いラベンダー色の花だった。「……これは」と漣が目を見開いた。

「どうしたの、レン」

「青いバラはこれまで存在しなかった、と車中で説明しましたが——それはいわゆる普通の『青』だけでなく、青系統の色も同じです。『紫』のバラなど、少なくとも私は見たことがありません」

思わず視線を戻した。ジョンも食い入るように、ラベンダー色の花々を凝視する。

これが、博士の生み出した『青いバラ』？

「いや」

博士が面白そうに首を振った。「それは試作品だ。本物はこちらにある」

テーブルの間を歩き、温室の奥、背の高い株に囲まれたテーブルの一角を指差した。

「お目にかけよう。これが私の研究成果だ」

マリアは株の間を覗き込み――息を止めた。

青いバラが――

何の混じり気もない、深い青色のバラが、妖艶に花開いていた。

第3章　プロトタイプ（Ⅱ）

「──というわけだ。ここまではいいかな」

チョークを握る手を止め、博士が振り向いた。

ガラス容器や薬瓶がそこかしこに並んだ、ベッドルームほどの広さの部屋。薄暗く薬品臭い部屋の一角で、俺たちは博士の講義を受けていた。

「ええと」

テニエル博士のとんでもなく難しい話に圧倒されながら、俺はたどたどしく言葉を紡いだ。

「何だかよく解らなかったけど……生き物の細胞には一個一個、『遺伝子』っていう成分が入っていて、それのおかげで、ヒトはヒト、犬は犬の形に成長できる、ってこと？」

ほう、と博士は感心したように息を吐いた。

「本質は理解できたようだな。今日の授業の成果としては充分すぎる出来だ」

褒められたのだろうか。家でも学校でも、そんな言葉を一度ももらったことがなかったから、嬉しさより戸惑いの方が大きかった。

「人間と犬とで姿形が異なるのは、遺伝子に書かれている情報が異なるためだ。

裏返せば――遺伝子を何らかの方法で書き換えることができれば、その生物の形状を変えられる、ということになる」

怪談を聞かされたような、ぞわぞわした感覚が皮膚（ひふ）を走った。

「博士のあのバラも、そういう風に遺伝子を書き換えたの？」

「簡単に言えばな。――恐ろしいか」

「恐ろしいというか……気味が悪い」

俺が正直に呟くと、博士は気分を害した様子もなく笑った。

「だろうな。科学者の中にさえ、『神の領域に手を突っ込むべきではない』と真顔で私に抗議した者もいるほどだ。

しかし実のところ、遺伝子が書き換わって姿形が変わるのは、自然界ではごくありふれた現象だ」

「え、そうなの？」

「生物は一個の細胞が次々と分裂することで成長する。その際、遺伝子も個々の細胞にそっくり複写（コピー）されるのだが、まれにこの複写が失敗することがある」

「失敗するの？」

「生物は機械ではない。君も、聖書の一節を一万枚の紙に書き写せと言われたら、すべての紙に一文字の誤りもなく書き写せる自信などないだろう」

それはそうだ。

「また、遺伝子は細胞核内に『染色体』という形で存在する。有性生殖を行う生物の多くは、類似の染色体を二本ずつ持っているのだが、減数分裂――精子や卵子が形成される際の細胞分裂様式だが――において、この類似の染色体同士が互いに混ざり合い、『遺伝的組み換え』を行うことがある。先程の喩(たと)えになぞらえれば、本来書き写すべき聖書の一節を、気まぐれに別の一節に置き換えてしまうといったところか。
こういった複写ミス、あるいは遺伝的組み換えが、生物の形態変化を引き起こす。その程度は様々だ。奇形となって死滅する場合もあれば、より環境に適応した形態として元の形態を駆逐する場合もある。あるいは単に、個々の人相といった細かな差異にとどまることもある――肌や皮膚の色などのように」

思わず隣を見やった。

白髪の少女が、椅子にちょこんと腰かけて父親に目を向けている。俺の視線など微塵(みじん)も気にかけた様子はない。

……何か、変なことになったな。

それが、今の俺の正直な心境だった。

※

二日前。一家と初めて対面した、あの後――

名前を訊かれた俺は、長いこと口をつぐみ、「知らない」と答えた。

「知らない？　記憶がない、ということか」

俺は唇を引き結んだ。

沈黙が流れた。男が眉をひそめたとき、今度は白髪の女性が問いかけた。

「何があったの？　立ち入ったことを訊いてしまうようだけれど」

答えられず、俺は俯いた。女性の声音が真剣味を帯びたものに変わった。

「あなたの身体、見させてもらったわ。……ひどい痣だらけだった」

思わず顔を上げる。女性が優しげな瞳で俺を見つめた。

「大丈夫。ここには、あなたを知っている人は誰もいないわ。責める人もいない。……よかったら、話してみて？」

どこまでも静かな声だった。再度の長い沈黙の末、俺は唇を震わせた。

「誰も、俺を名前で呼んでくれなかった。……だから、本当の名前は覚えてない」

父に殴られ母に蔑まれ、学校でも孤立していた日々のことを、俺は吐き出した。今まで誰にも喋れずにいたことを、会ったばかりの他人に。

女性が表情を硬くした。男を見やり、再び俺に向き直る。

「それで……家を飛び出したのね」

頷く。……それ以上のことは話せなかった。

白髪の女性は長いこと黙り込み、やがて静かな笑みを浮かべた。

「解ったわ。あなた、しばらくここにいらっしゃい。いいかしら、フランク？」

白髪の女性の問いに、男は吐息で応じた。「ママ――？」少女が驚いたように女性を見上げる。

「え⁉　けど、俺」

仰天したのは俺も同じだった。あの家に帰されずに済むのはありがたかったが、いつまでもここに居座り続けるわけにもいかない。そう思っていたら、

「無料でとは言わん」

男が口の端を吊り上げた。「単なる居候を抱えるだけの余裕は我々にはないからな。君には私の助手になってもらう。報酬は三食と寝床。どうだ？」

そうして俺はテニエル博士の助手になった。

頰のこけた怪しげな男が、『分子生物工学』だとかを研究している学者だということを、俺はこのとき初めて知った。『ぶんしせいぶつこうがく』とは何か、と俺が尋ねると、博士はしばらく天井を見つめ、やがてにやりと笑った。

「そうだな。神の領域に手を突っ込む学問、とでも言っておこうか」

芝居がかった台詞を口にし、踵を返しながら再びこちらを向いた。

「せっかくだ、研究成果のひとつを見せてやろう。着替えて階下に降りてきたまえ」

着替えを済ませ、博士に連れられて——白髪の母娘も一緒だった——裏庭らしき場所に出た瞬間、俺は思わず目を見張った。

バラの園だった。

赤、黄、白、桃、黒……色とりどりのバラが、庭の一面に——あるものは小高い木立に、あるものは柵に絡まった蔓に、いくつも花開いている。小ぶりで可憐な花から華やかな大輪まで、大きさも千差万別だ。

雨はいつの間にか上がっていた。雲の切れ間から光が差し、水滴を纏った葉や花弁を輝かせている。

花のことなんかまるで解らない俺でさえ、しばらく言葉を忘れてしまう眺めだった。

「……神の領域に手を突っ込むって、花を育てること？」

「いや、これはケイトが手入れをしたものだ。美しいだろう」

『ケイト』というのが、俺を世話してくれた女性——テニエル博士の妻——の名前であることを、俺は裏庭へ案内されるときに知った。当人は白い頰を薄く染めてはにかんでいる。

と、夢心地を打ち破るように、低い獣の呻き声のような音が聞こえた——ような気がした。

「博士、犬でも飼ってるの？」

それらしい動物の姿は見えない。白髪の少女は平然とした顔で沈黙している。

「——いや」

テニエル博士の返答には二、三秒の間があった。「あの声は実験体七十二号だな。君の匂いを嗅ぎつけて騒いでいるのだろう。ちょうど腹を空かせている頃合いだ」

「フランク、怖がらせては駄目よ」

ケイトが眉をひそめる。……聞かなかったことにしよう。

やりとりを交わす俺たちの横で、少女が小馬鹿にしたような目を俺に向けていた。感じの悪い奴だ。

屋敷から裏庭を挟んで反対側、森の方に目を移す。

敷地を仕切る柵の手前に、石垣のようなものが円筒状に組まれていた。木製の丸い蓋が被せられている。

「井戸よ。もう使われていないけれど。

ここは元々、私の実家の別宅だったの。他にもいくつかあったのだけど、ここが一番のお気に入りでね。小さい頃、フランクと二人でこっそりあの中に下りて探検ごっこをして……戻ってみたら、私がいなくなったと家中で大騒ぎになっていたわ。フランク、覚えてる?」

さあな、と博士は興味なげに答えた。二人は幼馴染みらしい。……別宅をいくつも持っているなんて、実はかなりの大金持ちなんだろうか。

庭の隅に小さな温室があった。ガラスの奥に、色とりどりの花の影がぼんやりと見える。

「私の研究成果はこの中だ。――アイリス、鍵を開けてくれ」

父親の声に、少女――アイリスという名前らしい――が頷き、ワンピースのポケットから鍵を取り出した。扉の鍵穴が小さな音を立てた。

「これを見るのは、我々以外では君が最初だ。光栄に思いたまえ」

大仰な台詞とともに、テニエル博士が扉を開いた。

青いバラが、温室の奥に咲いていた。

鉢植えの一株だった。棘付きの、蔓のような幹のような枝が、鉢に盛られた土から添え木に沿って、五〇センチメートルくらいの高さまで伸びている。

その枝の先端部と、やや下がった辺りに、合わせて三つの花が咲いていた。

瑞々しい花びらが幾重にも折り重なった、俺の手のひらより少し小さい程度の優美な花。バラと聞いて頭に思い浮かぶ形そのままだ。

けれど、その色が普通ではなかった——真っ青だ。写真で見た異国の海のような、青としか呼べない青。

温室の中には、他にも鉢植えのバラがたくさん置いてある。庭のバラ園と同じ、赤や黄や白の色とりどりの花々。けれど、青い花を咲かせているのは目の前の株だけだった。他の鉢と比べて、明らかに異様な存在感を放つ一株。

俺は目を離すことができなかった。

……なぜだろう。

ただ花びらが青いだけなのに、どうしてこのバラは、こんなにも現実感がなくて――こんなにも、恐ろしいのだろうか。

「バラって、青い花もあったんだ」

「……ない」

白髪の少女――アイリスが唇を動かした。氷の刃のように冷たく鋭く、透明感のある声だった。

「え？」

「青い花を咲かせるバラは、他のどこにも存在しない。……これはパパの研究成果。パパが創った、世界で初めての青いバラ」

俺は青バラを見返した。――世界で初めての、他のどこにもないバラ？

「まだ公表はできんがな」

テニエル博士が眉根を寄せた。「『創った』とはいっても、作出法の再現性が取れたわけではない。改良すべき要素は山積みだ。何より、頭の固い査読者どもを黙らせるだけのデータが充分に揃っていない。研究は道半ばといったところだ」

博士の言っていることはよく解らなかったが――俺の中に予感が芽生えたのはこのときだった。

……もしかして、俺はとんでもないところに迷い込んでしまったのではないか？

「さて」

博士が唇の端を上げた。「君にはこれから、私のこういった研究の手助けをしてもらうことになる。覚悟はいいか？」

※

それが、二日前。

「まずは基礎知識の習得からだな」と、博士の講義は初日から始まった。色素がどうの二重螺旋がどうのと、ジュニアハイスクールにも入っていない俺に対して全く容赦のない内容だった。正直に言って百分の一も理解できた自信がない。

ただ博士は、そんな俺に腹を立てることはしなかった。

これが両親なら、間髪を容れず拳か平手打ちが飛んだことだろう。けれど博士は、俺が解らないと言えば苛立ちひとつ見せず説明を繰り返してくれた。細かい部分は忘れてもいい、重要なのは本質を理解することだ――それが博士の口癖だった。

「――そして、遺伝子の構造はほぼすべての生物に共通だ。人間も犬も猫も、鳥も虫も細菌も、そしてバラをはじめとした植物も、遺伝子はデオキシリボ核酸という同一の物質からなる。紙に記された文章の内容は違っても、紙の材質そのものは同じ、といったところだな」

「……ごめん博士、よく解らない」

「難しすぎたか？」

「そうじゃなくて、何で『紙』じゃなきゃいけないのさ。

人間なら紙、犬なら石板、植物なら粘土板……みたいに、遺伝子が生き物同士で全然違ってたっていいじゃんか。デオキ何とかってやつじゃなくて、砂糖でも塩でも何でも」

「あなた、馬鹿？」

アイリスが無表情に呟いた。「砂糖はともかく、塩は分子構造が単純すぎる。遺伝情報なんて記録できない。……無駄な質問で講義の邪魔をしないで。居候のくせに」

「う、うるせぇよ」

小難しいこと言いやがって。そもそもこれは俺相手の講義なのに、どうしてお前までここにいるんだ。

が、向こうに言わせれば「勝手に割り込んできたのはあなたの方」らしい。驚いたことに、この少女は日頃から父親の講義を聞き続けているようなのだが――突然押し掛けた居候という立場を的確かつ冷徹に突かれ、俺は泣く泣く黙り込んだ。

今日に限った話ではない。昨日も一昨日も、アイリスは事あるごとに俺を居候呼ばわりする。事実であるだけに言い返せない。卑怯な奴だ。

もっとも、アイリスの頭の良さは俺も認めざるをえなかった。宇宙語のような博士の講義に、同じく宇宙語のような質問を挟み、俺を置いてきぼりで議論することもある。下手な大人より学力は上かもしれない。

そんなアイリスと俺のささやかな口論を、博士は目を細めて見つめていた。

「な、何だよ」

「……いや、いい疑問点だ」

博士は口元を緩めた。「君の言う通り、遺伝情報の担い手がDNAという化学物質でなければならない理由はどこにもない。そもそも、生物がDNAをどのように遺伝物質として取り入れたのか、その過程も実のところ解っていない。

だが、すべての生物の遺伝物質が同じである点については、ひとつの仮説が存在する。遺伝子の変化が形態変化を引き起こす、と説明したが、これを長いタイムスケールで、生物種の変遷という視点で捉えたのが『進化論』という学説だ。聞いたことはあるかな」

ある。人間は猿が形を変えたものだとか何とか。両親は「神の教えに反する」と否定していたけれど。

「なら話は早い。

ここで重要なのは、ひとつの生物は一種類の形態にしか変化しないわけではなく、複数の形態に枝分かれしうるということだ。単一の祖先から、あるグループはヒトへ、別のグループはチンパンジーへ……といったように。

相異なる複数の生物が同一の形態へ収斂(しゅうれん)することは稀(まれ)だが、ひとつの生物が様々なバリエーションの形態へ枝分かれすることは、全く不思議ではない」

何となく解る。同じ『犬』でも、レトリバーやらダックスフントやらプードルやら、色々な種類がいるもんな。

「さて、この考え方を裏返すとこうだ。

どんなに姿形の異なる生物であっても、進化の道筋を逆に辿れば、大本はひとつの生命体

——共通祖先に行き着く」

俺は呼吸を止めた。……人間も犬も猫も、元々は同じ生き物?

「『様々な生物の遺伝子が、なぜかDNAという共通の物質からできている』のではない。『DNAを遺伝物質としたひとつの生命体が、様々な生物に分化した』わけだ」

「パパ——それって、植物も?」

アイリスもこの話を聞くのは初めてだったのか、父親に問いを投げる。テニエル博士は頷いた。

「動物も植物も、多細胞生物という点では同じだ。共通祖先は、そこからさらに遡った単細胞生物——細菌のようなものだったのではないかと思われる。

もっとも、この『共通祖先』という概念も、現時点では仮説に過ぎん。様々な生物の遺伝子を詳細に調査すれば、いずれ共通祖先の痕跡を辿ることができるかもしれんが、それは当分先の話だろう」

「博士が遺伝子を研究してるのは、その『共通祖先』っていうのを見つけるため?」

「……いいや」

何秒かの沈黙の後、テニエル博士は自嘲めいた笑みを浮かべた。「そんな高尚なものではな

い。私は、私の個人的な願望のために遺伝子の研究に手を付け、私的な理由で世間に背を向けた、ただの俗物に過ぎんさ。

だから、君がもし科学の道を歩みたいと思うなら、私のようになってはいけない。純粋な知的好奇心でなく、個人的な目的のために科学を突き詰めるなら——それは呪われた道だ」

※

講義の後は、研究の手伝いという名の雑用だった。

廊下や実験室、ガレージ、リビング、ダイニング、キッチン、バスルームなどの掃除。実験器具の片付けや洗浄、食後の皿洗い、裏庭の手入れ、などなど。

助手というより使用人だ。けれど苦痛ではなかった。追い出されずに済んでいるだけでも奇跡的なのだ。客扱いされるより、仕事を与えてもらった方がずっと気が楽だった。

どうして、博士たちは俺を受け入れてくれたのだろう。

博士もケイトも、あれから俺には何も尋ねてこない。

訊かれたのは年齢だけだった。六年生、と答えたら、「じゃあ、アイリスがお姉さんね」とケイトが微笑んだ。あいつの弟になったところを想像して、俺は心底ぞっとした。

ともかく、あの日のことを語らずにいられるのは助かったが、一方で、博士とケイトに隠し事をしたままの自分がひどい悪人のように思えて、胸が痛んだ。

……いや、駄目だ。世話になっているのなら、なおさらあのことを彼らに知られるわけにはいかない。絶対に。

アイリスも何も訊いてはこなかったが、こっちは話をする以前の問題だ。実験室での態度を見れば、顔には出さずとも彼女が俺を快く思っていないのは明白だった。

まあ、あいつのことはいい。考えたって仕方ない。

ひとまず廊下の掃除を終え、腰に手を当てて身体を反らす。

姿勢を戻すと、目の前に一枚の扉があった。

廊下の突き当たりを右に曲がったすぐ先。曲がり角というより、廊下の壁が端っこだけ凹(へこ)んだような場所だ。そこに、掛け金付きの扉がひっそりと身を潜めている。

地下室への扉らしい。壁に紐付きの鍵が下がっているが、開けたことはなかった。入らないでね、とケイトからも言われている。「埃っぽいし、物置になってて見せられない」のだそうだ。

……廊下を見渡す。誰の姿もない。

俺は扉の掛け金に恐る恐る手を伸ばし――引っ込めた。

やめよう。余計なことをしたのがばれたら追い出されてしまう。

首を振って邪念を追い払い、俺は実験室へ向かった。今は博士もアイリスも休んでいるはずだ。

床掃除とガラス器具の洗浄を一通り済ませ、廊下に出ると、扉を背にして左手、リビングに入る扉の方から声が聞こえた。

博士だ。内容は聞き取れなかったが、あまり機嫌がよろしくない声音だ。何だろう。

扉の隙間から中を覗くと、玄関の前で、博士が誰かと押し問答していた。

——来客?

思わず身を硬くする。俺が実験室に入っている間に来たらしい。掃除に夢中で呼び鈴の音が聞こえなかった。

相手の容姿は、博士の身体と玄関の扉の陰に隠れてよく見えない。けれど——何となく厳めしそうな顔つきと、全身を包む真っ黒な服が見て取れた。

……誰だ、あいつ。

押し問答はしばらく続いた。やがて「——また日を改めて——」と相手は低い声で言い残し、一礼して去った。

博士が苦々しく息を吐き、こちらに向かってくる。俺は慌てて実験室に戻った。


「ありがとう。とても助かるわ」

夕食後、キッチンで食器洗いをする俺の隣で、ケイトは右手の布巾を皿へ滑らせながら微笑んだ。テニエル家に来るまでは、何かをやって人に礼を言われたことなんてなかったから、俺は曖昧な返事しかできなかった。

「それと、アイリスのことも。フランクから聞いたわ、あの娘ととても仲良くしてくれているって」

「仲良く？」

あれのどこがどう仲良く見えたのだろう。害虫のごとく毛嫌いされているとしか思えないのだが。俺がそう返すと、ケイトは「そうね、そういうことにしておくわ」と楽しそうに答えた。

そのアイリスは、父親とともに実験室へ行ってしまった。博士の実験を横で見るのが日課になっているらしい。時計の針は夜九時近く。夕食後に仕事を続ける博士も博士だが、付き合う方も付き合う方だ。「しょうがないわね、二人とも」とケイトは苦笑していた。

使用人の真似事をするようになって気付いたのだが、博士もアイリスも、研究や勉強以外では結構ずぼらなところがある。博士が使った後の洗面台はいつも、歯磨き粉や白髪染めのチューブが放りっぱなしだし、アイリスはアイリスで、服を自分の部屋の床に大量に脱ぎ散らかしている。昨日、彼女の部屋をうっかり覗いてしまい、「居候は入って来ないで」ときつい目を向けられたばかりだ。だらしない博士とアイリスの面倒を、これまでずっとケイトがひとりで見てきたのかと思うと同情せずにいられなかったが、当の本人は至って幸せそうだった。

「エリック、疲れたでしょ？　もう休みなさい。後は私がやるわ」

「……解った。ありがとう」

新しい呼び名にもすっかり慣れた。それが本当の名前だと自分でも勘違いしそうになるほど、テニエル夫妻から与えられた『エリック』という名はすんなり身体に染み込んだ。

二階の客間に戻り、着替えを持って再び階下へ。客間のバスルームは、バルブが壊れたらしくお湯が出なくなってしまったため、代わりに一階の共用バスルームを使わせてもらえることになった。普段はアイリスが使っているらしいのだが、今は戻ってくる様子もない。俺はドアを開けて中に入った。

着替えとタオルと脱いだ服をまとめて洗面台の脇に置き、バスタブへ。石鹸(せっけん)を手で泡立てながら自分の身体に目を落とすと、腹や太腿(ふともも)の至るところに、青黒い痣が残っていた。

痣に触れるたび、父に拳を叩きつけられたときの痛みが蘇(よみがえ)る。

そして――未だ手に残る、あのときの感触。

……俺はシャワーのバルブを全開にした。

痣の痛みも、忌(い)まわしい記憶も全部、熱い飛沫(しぶき)に洗い流されてしまえばいいと思った。

シャワーを止め、手を伸ばしてタオルを取る。一通り身体を拭い、バスタブを出て、重い気分のまま髪の毛を拭いていたそのときだった。

バスルームのドアが開いた。

アイリスが、ドアノブを握ったまま俺を見つめていた。

一糸まとわず、両手をタオル越しに頭に乗せた格好で、俺も固まる。

――俺とアイリスの甲高い悲鳴が、バスルームに響き渡った。

「居候のくせに、鍵もかけないでバスルームを無断で使うなんて。どういう神経してるの、この類人猿」

アイリスは声を震わせた。氷点下の冷気を帯びた両眼の下、頬には朱が差していた。

「……信じられない」

※

「いや……鍵のことは悪かったけど、使っていいと言ってくれたのはケイトさんだぞ。勝手に忍び込んだわけじゃないって」

小さい頃、用を足してバスルームを出たら父が立っていて、「勝手に鍵をかけるな」と殴られたことがある。それが、世間の一般常識とかけ離れたことなのだと知ったのはごく最近だ。テニエル家に来てからも、意識しないと鍵を開けたままにしてしまう。

バスルームでの騒動から十数分後。一階のリビングのソファに、俺たちは離れて座っていた。ソファの前のテーブルには、ホットミルク入りのカップが二つ。ケイトが淹れてくれたものだ。悲鳴を聞いて駆けつけた彼女は、状況を察したのか、俺たちをリビングのソファに座らせた。ホットミルクを作り、「後は二人でね」と柔らかく微笑むと、俺たちを置いて去ってしまった。仲直りしろと言いたかったのだろうが、何をどうしろというのか。

「U国人ならシャワーは朝。その程度の常識も知らないの？　居候のくせに」

母親の名前を出されたのが癇に障ったのか、アイリスはさらにまなじりを吊り上げる。何度も居候呼ばわりを繰り返され、俺の忍耐もさすがに限界を超えた。

「知ってたから、誰も使わない夜のうちに済ませようと思ったんだよ。お前は実験室に行っちまって、いつ戻ってくるか解らなかったし。

大体、朝使うのが常識なら、お前だって明日の朝まで待ってればよかっただろ」

それともトイレか、と口にしかけて思い留まった。アイリスは声を詰まらせた。

「……今日は、早く汗を流したかったから。

でも……だからって鍵もかけずに、はしたない格好をレディに見せびらかしていいなんて法律はない。この変態っ」

「じろじろ見てたのはお前の方だろ。それに、鍵のことを言うならそっちこそノックくらいしろよ」

自分で言っておきながら、顔が一気に熱くなった。俺はアイリスから目を背けた。

気まずい沈黙が流れた。柱時計の針の音がやけに大きく響く。

横目で見ると、アイリスも頬を染めたまま、唇を嚙んで俯いている。初めて会ったときの神秘的な雰囲気や、実験室での冷淡な印象は影を潜め、母親と同じような人間らしさが顔を覗かせていた。

仮面を脱いで恥じらいに身を縮める、俺とあまり年齢の変わらない女の子。

その横顔を見つめながら――俺の心になぜか、安堵(あんど)のような思いが芽生えた。

何だ、こいつ、こんな表情もできたのか。

それに……なぜだろう。

大して可愛くもないと思っていたのに、今は、こいつから目が離せないでいる——

「違うから」

アイリスが唐突に呟いた。

「え？」

「そういう意味で見てたわけじゃないから、あなたの身体。

本当に、痣だらけだったから」

あ——

「悪い……変なもの、見せた」

俺のたどたどしい謝罪に、ううん、とアイリスは首を振った。

「あなたのせいじゃない。私にも、その……過失がなかったわけじゃないし」

謝っているのだろうか。そっぽを向いてしまったアイリスの、綺麗な白髪から覗く耳たぶは、頬と同じほのかな桃色に染まっていた。

不意に、俺の口から笑みがこぼれ落ちた。

どうしてかは解らない。ただ、さっきまでの言い争いが全部笑い話のように思えて、気付けば俺は笑い出していた。

心から笑ったことなんて一度もなかった、この俺が。

「な、何」

「何でもない」

俺はテーブルに手を伸ばし、カップを持ってアイリスの前に掲げた。「それより早く飲もうぜ。冷めたらもったいない」

アイリスは目をしばたたいた。照れたように顔を伏せ、やがてもうひとつのカップを手に取り、俺のカップとかつんと触れ合わせた。

※

思えば、テニエル家で過ごした短い日々が、俺の人生で最も幸福な瞬間だった。

だが——

その幸福はあっけなく、最悪の形で崩れ去った。

第4章　ブルーローズ（Ⅱ）

フランキー・テニエル博士の青バラから、漣は視線を離すことができなかった。

中心から外側へ何重にも折り重なった、艶やかな深青色の花弁。先程目にした『青みのある』紫色の花とは全く違う。誰が見ても『青』としか表現しようのない、純粋な青をたたえたバラが、瑞々しく茂る葉を背に、合計三輪咲いていた。

顔料を塗布したのではないか。あるいは、青く着色した水を白バラに吸わせたのではないか──とも思ったが、そうでないことは間近で観察して解った。この青色は、明らかに花自身が持っているものだ。

各々の花の直径は五センチメートルほど。赤子の手のひらほどの大きさだ。枝の上で、棘が鋭い刃を向けている。そこから新たな花が芽生えるかのような、濃い青緑色の棘だ。

博士の青バラの写真を、漣は一度だけニュースで目にしている。白バラを真っ青に塗り直したような、現実感に乏しい映像だった。偽物ではないかと一度ならず疑いもした。

だが──

漣の背筋を戦慄が走った。間違いない。本物だ。不可能と言われた青いバラが今、目の前にある。

しかも、色合いはかなり深い。海の底を覗き込むような、恐怖すら感じさせる禍々しい青——

「どうかな、『不可能のバラ』を見た感想は」

漣たち三人の背中から、フランキーが問いを投げた。

「正直に言っていい？」

漣の上司、マリア・ソールズベリーが、青バラを見つめたまま唇を動かした。

角度によって紅玉色に輝く瞳。美麗な顔立ち。胸元から腰、臀部から腿へと至る蠱惑的な曲線。

そして、それらを台無しにする身だしなみ——ネットキャップからはみ出さんばかりの寝癖だらけの長い赤毛。だらしなくボタンの外れたブラウス。泥まみれの靴。あらゆる意味で人目を引かずにいられない型破りな上司が、今、目の前の青バラに釘付けになっていた。

「ああ」

「……ぞっとするわ」

だろうな、とフランキーは声を上げて笑った。

「公式発表からこれまでに何人もの見学者が訪れたが、一言目に『美しい』と口にした者は誰もいなかった。ありえないものを目にすると、人は美より先に恐怖を感じてしまうらしいな」

言葉を返せなかった。ジョンも、マリアや漣と同じ印象を抱いていたらしく、無言で息を詰めている。

「けど、不思議ね」

手袋を嵌めた手を、マリアは青バラへ伸ばした。「恐ろしくてたまらないはずなのに、触れずにいられないというか――」

「おっと」

博士が大きな声を投げた。「触らない方がいい。『美しいバラには毒がある』――とまでは言わないが、いくら手袋越しとはいえ油断は禁物だ。このバラの棘は鋭いのでね」

マリアははっと手を引き、目をしばたたいて首を振った。よく見ると、青バラの植えられた鉢に、『**危険 触れるな**』と記された札が挿さっている。

赤毛の上司の不注意を、漣は咎(とが)めることができなかった。ひとりでこの青バラの前に立ったら、果たして自分も同じことをせずにいられたかどうか。そんな疑問を抱かせるほどの魔力を、目の前の青バラは漂わせていた。

「さて、何か訊きたいことはあるかな」

「では」

ジョンが気を取り直すように咳払いをした。「この青バラは、新たに開発された遺伝子編集技術で創り出されたものだと聞いている。実を言えば、私も実物を見るまで半信半疑だったが――どうやらその認識は間違っていたらしい」

「虚偽の成果を公式発表する勇気など私にはないさ」

そのようだな、とジョンは頷き、

「そこで質問したいのだが――

この技術を人間に適用することは可能か？」

フランキーが眉根を寄せた。

「……具体的には？」

「常人を超える運動能力を持った人間、常人を上回る知能や認識力、判断力を身に付けた人間――そういった『超人』を、遺伝子編集技術を用いて人工的に生み出すことはできるか？」

「ちょっと、ジョン！」

「ニッセン少佐、それは」

「倫理的な問題があることは認識している」

マリアと漣を顧みもせず、ジョンは返した。「何年か前に、科学者らが人間の遺伝子編集に関する声明を発表したことも知っている。

私が知りたいのは、単純に技術上の可能性だ。極端な話、仮に敵国で同様の技術が開発されれば、奴らが倫理を無視して超人開発に着手する可能性もゼロではない。あるいはすでに行われているかもしれん。それが技術的にどの程度の確度で実現しうるのか――実現しうるとすればどのような対策を打つべきか、今からでも考えておく必要がある」

ジョンの台詞を、漣は額面通りに受け取ることができなかった。

青年軍人の言葉に嘘はないだろう。だが、そのような非倫理的な実験が、敵国でのみ行われるとは限らないことを、ジョン自身はどう考えているのか――その表情からは判断がつかなかった。

沈黙が訪れた。テニエル博士は瞼を閉じ、再び開いた。

「実に興味深い議題だな。

しかし、それを議論するとなると少々時間がかかる。青バラの件も含め、詳しい話は戻ってからとしよう」

※

「青いバラがなぜ不可能の代名詞とされたのか。我々がどのように不可能を可能にしたのか。

先程も触れたが、それを理解するには『他の青い花はどのように青色を発現しているか』を知るのが早道だ」

いくつかの実験室を回り、最初の会議室へ戻った後、フランキーは漣たちの前で講義を開始した。

「一般に、植物の青色を担うのは『アントシアン』と呼ばれる物質だ。これは特定の分子名ではなく、構造の似通った有機色素化合物の総称なのだが――自然界に存在する青い花はすべて、アントシアンに分類される化学物質を含んでいる」

「そのアントシアンとやらをバラに入れれば青くなる、ってこと？」

「話はそれほど単純ではない」

博士は口の端を歪めた。餌に食いついた獲物を見るような笑みだった。「青い花にはアントシアンが含まれるが、アントシアンがあるからといって必ず花が青くなるわけではない。アントシアンが単独で青色を示すのは、環境のpH（ペーハー）がおよそ七以上のときだけだ。それ以下の場合は青ではなく赤色に変わってしまう」

「ペーハー？」

「水素イオン濃度指数。酸性・アルカリ性の強さの指標ですよ」

漣は呆れながら、「pHが七で中性、それより少なければ酸性、多ければアルカリ性です。こんなミドルスクールレベルの科学知識もないのですか。可哀想に、貴女の成績表を見たときの御両親の心労が偲ばれますね」

「うるさいわよ！」

マリアは眉を吊り上げ、フランキーとジョンの視線に気付いたか、慌てたように空咳をした。

「……つまり、アルカリ性なら青色になるってことよね。

それがどうかしたの。バラ以外の青い花は現実に存在するのよね。だったら、青い花はアルカリ性でバラはそうじゃない、ってだけのことじゃないの？」

「ところが、ほとんどすべての植物の体液は酸性なんだな」

「……え？」

「正確には、細胞の組織のひとつである『液胞』――花弁の色素はここに凝縮されている――の中がpH五前後の酸性なのだが。

液胞は酸性だ。ところがアントシアンは酸性下では青色にならない。さてマリア・ソールズベリー君、この矛盾を君ならどう説明する？」

マリアは顔をしかめ、右手の指を顎に当て――何十秒かの沈黙の後、不意に視線を上げた。

「『単独で青色を示す』って、さっき言ったわよね。

アントシアンだけじゃ駄目ってこと？　酸性でもアントシアンが青色を保てるような、何か別の物質が必要とか？」

「その通り」

ほう、と感心した表情を博士は浮かべた。「失礼した。君は見かけによらず頭が回るようだな」

「どういう意味よ」

睨みつけるマリアを意に介さず、博士は話を続けた。

「世界中の多くの研究者により、アントシアンが酸性環境下で青色を発現するには、主に二つの要素が重要らしいことが明らかになってきた。

ひとつは、マグネシウムやアルミニウムなどの金属イオン。もうひとつは『コピグメント』と呼ばれる、色を持たない補助的な分子だ。これらとアントシアンが合体することにより、酸性環境下でも安定的に青色を保てるらしい――というのが、現時点で判明しているメカニズムだな」

「アルカリ性なら合体しなくてもいいけど、酸性だと合体しなきゃいけない……？」

「詳細は不明だ。そもそも、アルカリ性で青色を示すとはいっても、アントシアン単体では鮮やかな青にならず、しかも時間とともに退色してしまう。

これは臆測になるが、アントシアンが『鮮明に、かつ安定的に』青色を発現するには、金属イオンやコピグメントの力を借りて何かしらの立体構造を形成し、分子内の発色に関わる特定部位を、周囲の水素イオンや水分子から覆い隠す必要があるのだろう。アルカリ性環境下では水素イオンが少ないので、アントシアン単体でもある程度は耐えられるが、安定性に限界がある……ということなのかもしれん」

難解な話になった。マリアとジョンの表情の変化を察したか、博士は口元を緩めた。

「まあ、細かい理屈は脇に置いていい。花の青色はアントシアンによってもたらされること。アントシアンはアルカリ性で青くなること。理想的な青い花が生まれるにはアントシアンが金属イオンやコピグメントと合わさる必要があること――これらが理解できればまずは充分だ」

「青いバラが存在しなかったのは、アントシアン、金属イオン、コピグメントのうちいずれかが欠けていたから――ということでしょうか」

漣の問いに、博士は「惜しいな」と首を振った。

「いずれかではない。すべてだ。

バラの花弁には、青色を発現するアントシアンも、安定化に必要な金属イオンもコピグメントも存在しない。青い花を咲かせるのに必要な要素を、ことごとく欠いているのがバラという植物なんだ」

花を青くするための要素が、全く存在しない……？

「つまり」

ジョンが手を挙げた。「青いバラを生み出すには、それらに関わる遺伝子をすべて組み込まねばならない、ということか」

「大雑把（おおざっぱ）に言えば、な。

『青色を発現するアントシアン』という表現を使ったが、実はアントシアン類に属する物質すべてが青色を発現できるわけではない。花の色を支配するアントシアンは主に三種類あって、それらの元となる物質は分子式でそれぞれ $C_{15}H_{8}O_{2}(OH)_{4}$、$C_{15}H_{7}O_{2}(OH)_{5}$、$C_{15}H_{6}O_{2}(OH)_{6}$ と表せるのだが、青色を示す能力を持っているのはこのうち三番目、$C_{15}H_{6}O_{2}(OH)_{6}$ を元にした分子――『デルフィニジン』とその配糖体だけだ」

博士はチョークを握り、黒板にフローチャートのようなものを書き記した。

$C_{15}H_8O_2(OH)_4$ → ペラルゴニジン（黄）

↓

$C_{15}H_7O_2(OH)_5$ → シアニジン（赤）

↓

$C_{15}H_6O_2(OH)_6$ → デルフィニジン（青）

馴染みのない名詞が増えた。括弧で色の名前が書かれているのは、その色を発現する色素ということだろう。

「で、バラには、デルフィニジン——正確には、その元となる$C_{15}H_6O_2(OH)_6$を合成する能力がない」

博士は一番下の行を指し示した。「青い花を持つ他の植物は、$C_{15}H_7O_2(OH)_5$を起点として、$C_{15}H_7O_2(OH)_5$ → $C_{15}H_6O_2(OH)_6$、あるいは一飛びに$C_{15}H_8O_2(OH)_4$ → $C_{15}H_6O_2(OH)_6$といった生体合成を行うための酵素——仮にAとしようか——を持っている。だが、バラにはこの酵素Aがないんだな」

「どうしてよ」

「知らん。それこそ『神のみぞ知る』だ。

学術的に表現すれば『進化の過程でそのような取捨選択が行われた』ということになるが、そこに何かしらの意図(いと)を見出そうとしても無駄だ。生物は『こうありたい』と願って進化するのではない。たまたま死滅を免れた種族が、振り返ってみたら昔と姿形が変わっていた。進化の本質とはしょせんそれだけのことだからな。

——話を戻すが、バラには$C_{15}H_6O_2(OH)_6$を合成するための酵素Aがない。そのため、青を司(つかさど)るデルフィニジンも生成できない。生み出せるのはペラルゴニジンとシアニジン——黄色と赤の色素だけだ。バラの花の大半が黄色や赤なのもここに理由がある」

「白とか黒とかピンクはどうなの？」

「白バラは、デルフィニジンどころかペラルゴニジンもシアニジンも生成できない種類だ。黒バラは、赤の色素が凝縮されて黒く見えるだけで、実態としては赤バラに近い。ピンクも同じく赤バラの一種で、こちらは逆に色素が少ないせいで薄い桃色になる。

と、このように、生成される色素の量や配分によって、バラの花の色が決まるわけだな」

「その色素の量や配分は、どのように決まるのでしょう」

漣の問いに、博士は「ポイントは大きく二つある」と二本の指を天井に向けた。

「これはバラに限らずどの花でも言えることだが――ひとつは、各色素の元となる$C_{15}H_8O_2(OH)_4$や$C_{15}H_7O_2(OH)_5$、あるいは$C_{15}H_6O_2(OH)_6$の生成量。フローチャートでいえば『縦』の反応の度合いだ。

もうひとつが、それらの元物質から各色素へ至る反応の度合い。こちらはフローチャートの『横』の反応だな。実を言えば、三つの『横』の反応はすべて、植物ごとに決まった酵素――Bと置こうか――に支配されている。酵素Bがどのルートを贔屓するかが、『横』の反応の優劣を握っているわけだ。

これら縦横の反応のバランスが、その花の色素の量、ひいては見た目の色を決める」

博士は先程のフローチャートに書き込みを加えた。

$$
\begin{array}{lcl}
 & & \quad B \\
\ulcorner & C_{15}H_8O_2(OH)_4 & \rightarrow \text{ペラルゴニジン（黄）} \\
 & \downarrow & \quad B \\
A & C_{15}H_7O_2(OH)_5 & \rightarrow \text{シアニジン（赤）} \\
 & A\downarrow & \quad B \\
\llcorner\rightarrow & C_{15}H_6O_2(OH)_6 & \rightarrow \text{デルフィニジン（青）}
\end{array}
$$

記号の増えたフローチャートを、マリアが親の仇でも見るような顔で睨む。

「ひとつ質問が」

ジョンが再び問いを投げた。「三つの『横』反応は同一の酵素Bに支配されている、ということだが……$C_{15}H_6O_2(OH)_6$ さえ存在すれば、バラも青い色素を生成可能だということか？」

「その通り。理解が早いな。

つまり酵素Aの不在こそが、バラにおける青色の発色を妨げるボトルネックのひとつになっているわけだ。青いバラを作るには、まずこの問題をクリアしなければならない。

そこで我々は――」

「酵素Aを生み出すための遺伝子を、他の植物から抽出してバラの遺伝子に組み込んだ……ということか」

博士は頷いた。

「もう少し専門的に言えば、『酵素Aのアミノ酸配列が記されたDNA断片』を、制限酵素とリガーゼとベクターを用いてバラのDNAに組み込んだわけだが」

「いや、ちょっと待ちなさいよ」

マリアが割って入った。「酵素Aが手に入りました、青い色素ができました。そこまではいいわ。けど、青い色素だけがそんなに都合よく合成されるものなの？

『横』反応の残りの二つ、『$C_{15}H_8O_2(OH)_4$ → ペラルゴニジン』や『$C_{15}H_7O_2(OH)_5$ → シアニジン』のルートはどうなのよ。酵素Aがあったからといって、それらのルートがはいそうですかと大人しく道を譲ってくれるわけじゃないでしょ。『縦』の反応が最後まで進む前に、途中で『横』に逸れて黄色や赤の色素ができちゃうことだってあるんじゃないの？」

博士は目を見開き、宝物でも発見したような満面の笑みを浮かべた。

「素晴らしい……実に素晴らしいな。一度説明を聞いただけでそこまで深い理解に及ぶとは。私の研究室に君をぜひ招きたいところだ」

「……あんた、馬鹿にしてる？」

「いいや」

博士は真顔で首を振った。「まさに君の指摘通りだ。

酵素Aを導入するだけではバラは綺麗な青色にならない。他の『横』反応によって、黄色や赤の色素も同時に合成されてしまうからだ。

これを回避する最も単純かつ確実な方法はひとつ。酵素Bを変えるしかない。

青いバラを生み出すには――言い換えれば、青い色素だけを生成させるには、元からある酵素Bを抹殺し、デルフィニジンだけを選択的に生成するような新たな酵素Cへと置き換えねばならないというわけだ」

奇妙に含みのこもった声だった。

ややあって、漣は口を開いた。

「酵素Bの遺伝子発現を抑制すること、酵素Cの遺伝子を導入すること――これらの手順がさらに必要となるということですね。

そのような複雑な遺伝子編集が、少なくとも研究レベルではすでに可能になっている、と？」

「理屈の上ではな。

だが、実態はそれほどスマートではない。膨大な塩基配列の中から目的の遺伝子をピンポイントで見つけ出し、抽出し、狙い通りの場所へ移植する――などといったことは、現在の技術水準ではまだ夢物語だ。現在の研究者たちがやっていることは、決まった箇所しか切れないハサミでDNAを切断し、微生物――ベクターの力を借りてそれらしい断片を細胞内へ送り込んでいるだけに過ぎん。目的の遺伝子が狙い通りの場所に組み込まれ、発現するかどうかは、ベクターに晒した細胞を実際に育てなければ解らない、というのが実情だ」

自嘲を浮かべながら博士は続けた。

「さらに言えば、先程のフローチャートですら第一段階に過ぎない。青いバラを創り出すには、デルフィニジンに加え、金属イオンやコピグメントを導入するための種々の遺伝子も併せて導入しなければならない。『遺伝子編集で青いバラを生み出す』と一口に言っても、実際には果てしない試行錯誤の積み重ねが必要というわけだ。

さて、ジョン・ニッセン君。ここで君の質問に戻るとしよう」

博士がジョンを見据える。青年軍人は不意を衝かれたように身を硬くした。

「『遺伝子編集で超人を創ることは可能か』と言ったな。

結論から述べよう。不可能とは断言できない。が、十数年内で実用的なレベルに達するかどうかと訊かれたら、その答えは明確にノーだ」

「……必要となる遺伝子操作があまりに膨大だから、か」

ジョンの呟きには、落胆とも安堵ともつかない感情が滲んでいた。

青いバラでさえ、その実態は複雑な生体反応や種々の補助物質の重ね合わせであり、バラには元々存在しない遺伝子を数多く組み入れねばならなかった。ましてや、『超人』を生み出すのにどれほどの生体反応や物質が関与し、それらを実現するためにどのような遺伝子がどれほど必要なのか——考えるだけで気が遠くなる話だ。

「その通り。

だが、『人間』を遺伝子編集の対象とする場合、作業量の膨大さに加えてさらに巨大な障壁が存在する」

「倫理的な問題でしょうか」

「『超人』を作ろうとする輩（やから）が、倫理など歯牙にかけると思うか？　もっと即物的な問題だよ。実験体の成長速度だ。

バラの場合、遺伝子編集を施した細胞が花を咲かせるまでの期間は半年から一年だ。これでも研究サイクルという観点からすれば長いのだが、これが人間になると、受精卵から赤子、幼児を経て成長期を終えるまで約二十年の年月を必要とする。それで致命的な副作用が現れて失敗したとなれば、また十年単位で一からやり直しだ。

比喩ではない。一から、だ」

「どういう意味？」

「植物の場合、成体から任意の細胞片を切り出し、全く同じ遺伝子を持った株を新たに育て上げる技術が確立されている。俗にいう『複製（クローニング）』というものだな。

つまり、途中まで成功した個体があったとしたら、その個体から細胞を採取し、遺伝子編集の続きを行うことができるわけだ。

が、脊椎動物の体細胞を用いてクローニングに成功した例は、現時点でどこにもない。『超人』の開発が途中まで成功したとしても、一度人間の形に成長してしまったら、それを人柱に新たな成果を積み上げるのは事実上不可能だということだ。面倒な遺伝子編集を、もう一度最初から全部やり直さなければならない。

そんな手間暇をかけて『超人』を作り上げるより、その超人をすら一撃で葬り去る高性能な兵器を開発する方が、よほど合理的だろうさ」

ジョンが険しい顔で口を開きかけ、しかし反論の糸口を見つけられなかったのか、短い唸りを発しただけに終わった。代わって声を上げたのはマリアだった。

「要するに、『超人』なんか研究するだけ無駄、ってこと?」

「そういう見方もできるな。殺戮兵器と捉える場合は、だが」

「なら――」

深紅に光る瞳をマリアは向けた。

「あんたはどうして青バラを創ろうと思ったの?」

博士の顔に初めて、虚を衝かれたような表情が浮かんだ。

「自然界に存在しない、だから創りました、というのなら、別に青いバラでなくても構わないわよね。甘いニンジンとか甘いピーマンとか、人間様の役に立つ植物なら他にも考えられたはずよ」

それは貴女の嫌いな食べ物でしょう、と漣は思ったが口には出さなかった。

「無数にある選択肢の中から青いバラを選んだ、その理由は何？」

沈黙が続いた。──やがて、

「ないさ、そんなものは」

博士が大仰に肩をすくめた。「創りたいと思ったから創った。それ以外の何物でもない。『青いバラは不可能の象徴であり、それを覆すことは遺伝子工学の大いなる一歩だから』──そんな回答はしょせん、お偉方や大衆向けの宣伝文句に過ぎん。君とて、そんなよそ行きの答えを知りたいわけではないだろう。

そうしたかったから創った。それが私にとって必然の成り行きだった。それだけだ。なぜと尋ねられたところで、それは『お前はなぜ酒を好むのか』と同じくらい深遠かつ無意味な問いだろうさ」

博士がマリアを逆に見据える。数瞬の睨み合いの後、「──解ったわ、つまらないこと訊いたわね」と赤毛の上司は肩の力を緩めた。

「いいや。こんな言葉がある。『つまらない質問などない。あるのはつまらない答えだけだ』」

「そうね。似た質問をしたらあんたと同じように答えた奴がいたわ。つい最近」

漣は息を止めた。ジョンも表情を硬くする。博士はこちらの様子に気付かず、「良い酒を呑めそうだな、その人物とは」と唇の端を上げた。

「さて、他に質問は？」

「――先日の発表によれば」

漣は口を開いた。「新たに開発された遺伝子編集技術を用いて青バラの作出に成功した、ということでした。しかし、お話を伺ってもその技術の全容が今ひとつ見えません。公式発表にある『遺伝子を効率よく生成する技術』とは、具体的にはどのようなものでしょう。詳しくご説明いただけますか」

「残念ながら今はできない。学会の予稿集（プロシーディング）も出ていないのでね。とはいっても、アイデア自体は単純だ。遺伝子発現の基礎知識があればすぐ理解できる。詳細を記した論文が来月早々に公開されるのでそちらを読んでくれたまえ」

はぐらかされた格好だが、漣はそれ以上の追求を控えた。論文が公開されるのなら後で目を通せばよい。自分たちの――建前上の――本題は次だ。

「遺伝子を改変するには、まず前段階として、ＤＮＡの塩基配列を解読する必要があると思われます。その方面の技術はどの程度まで進展しているのでしょう。

ＤＮＡ判読技術を犯罪捜査に適用できれば、血液型より遙かに詳細な個人識別が行えるようになる、と期待されているようですが」

「ＤＮＡ鑑定の話か？　私も聞いている。あと数年で実用化が始まるのではないかな」

驚いた。予想外に早い。

「とはいっても、今研究されているのは、DNA内の特定の塩基配列だけを切断して、断片の長さの違いから大雑把に個人を絞り込む程度のものだ。峻別（しゅんべつ）可能なパターンはせいぜい数十種類。『DNA型判定』とでも呼んだ方が正確だな。

塩基配列をひとつひとつ、DNAの端から端まで正確に判読するには、DNA合成反応を用いた複雑かつ多数の工程が必要だ。現在の技術水準では、人間ひとりのDNAを解読するのに数十年はかかるだろう。

厳密な意味でのDNA鑑定が実用レベルで可能になるのは、少なくとも来世紀以降の話だな」

道のりは遠い、というわけか。

しかし、たった数十パターンとはいえ、ABO血液型よりは遥かに多い。DNA判読技術があと十数年早く進展していれば、過日のジェリーフィッシュ事件も起こることはなかったのだろうか。

「他に質問は？」

「あんたの公式発表の直前に、A州の牧師が青バラを発表したわよね。彼の青バラについてどう思う？」

「およそ信じがたいな」

即答だった。「偽物か、でなければよほどの神の気まぐれかのどちらかだ。理由は、今の君たちなら理解できるだろう」

「バラは、青い花の要素を遺伝的にことごとく欠いている。それらが自然発生的に埋め合わされる確率はほぼゼロに近い――ということか」

「正解だ。

偽物とは断定しない。反証もなしに決めつけるのは科学者の流儀に反するからな。

だが、前者の可能性が極めて高いということだけは、改めて見解として述べておこう。現物を調べればすぐに解ることだが。――他には？」

「じゃあひとつだけ」

マリアが手を挙げた。「あんた、自分の青バラをこれからどうするつもり？」

「……どうする、とは？」

「自分で創っておいて、後は知りませんと放り出すわけにもいかないでしょ、捨て子じゃないんだから。まさか何も考えてないわけじゃないわよね」

フランキーの顔に、一瞬、怒りとも悲哀ともつかない表情がよぎった――ように見えた。

しばしの無言の後、「心配には及ばん」と薄い笑みが返った。

「商品展開の話を複数の企業から受けている。特許も出願済みだ。いくつかの改善点を克服すれば、いずれ市場にお目見えすることになるだろう」

さすがに事業化は見据えているらしい。青バラというこれ以上ない成果が出た以上、他の企業や研究機関にとって博士の技術は垂涎(すいぜん)の的だ。まさに今回、ジョンが軍を代表してここに来たように。

だが漣は、フランキーの口調に奇妙な引っ掛かりを覚えた。

自分の成した業績が莫大な利益をもたらすであろうというのに、どこか他人事（ひとごと）のようだ。物欲の薄い気質なのだと言われればそれまでだが。

「楽しみにさせていただきます」

嫌味と受け取られぬよう、漣は慎重に社交辞令を返した。

「ところで」

ジョンが不意に思い出したように、「市場化といえば、例の青バラには何か呼称が付けられているのだろうか」

「呼称？」

「新種のバラには大抵、固有の名前が与えられる。私の親族にバラの愛好家がいて、様々なバラの名の由来をよく聞かされたものだ。

件（くだん）の牧師の青バラにも、確かそのような名前があったはずだ。《天界》――だったか」

「あんたの青バラは？　何かそれっぽい名前は付いてるの」

気取ってるわねぇ、とマリアが偉そうに論評し、フランキーへ顔を向けた。

「ない。何百何千と作ったサンプルのひとつだ。通し番号以外の呼び名などないさ。

だが、そうだな……あえて名付けるとしたら」

フランキーは言葉を切り、面白い冗談を思いついたように続けた。

「《深海(Abyss)》、というのはどうだ？」

※

テニエル博士との面会を終え、漣たちは生物工学科棟を後にした。

ジョンは空軍基地へ寄るとのことで、二人とは別の方向へ去った。近隣の州で発生した土砂災害の復旧作業に関する資料を受け取りに行くのだという。「せっかくだし、呑まない？　あんたの奢(おご)りでいいから」とのマリアの誘いを、青年軍人は苦笑とともに断った。

駐車場に向かってキャンパスを歩いていると、ひとりの女性が真向かいからやって来た。

東洋人だ。年齢は三十代半ばだろうか。セミロングの黒髪に黒い瞳。太縁(ふとぶち)の眼鏡をかけ、スーツとパンプスに身を包み、左手にキャリーカートを引いている。海外出張に来た保険外交員といった雰囲気だ。

地図と思しき紙を片手に、女性は困惑の表情で周囲を見回していた。道に迷ったらしい。

と、女性がこちらに気付いた。

「すみません(エクスキューズ・ミー)、お尋ねしたいのですが」

訛(なま)りの強いU国語で話しかけられる。聞き覚えのある音調だった――J国人に多い、母音の強い喋り方。

「どうかなさいましたか」

漣がJ国語で返してみると、女性の顔が、砂漠でオアシスを見つけたように輝いた。

「あの、すみませんけど、生物工学科棟がどこか解りますかしら」

つい先刻まで漣たちがいた場所だ。背後の道を指し、地図で現在地と目的地を教える。女性が安堵の表情を浮かべた。

「助かりました。ここへは初めてで勝手が解らなくて……何とお礼を申し上げればいいか」

「お気になさらず。ところで、こちらへはお仕事で？」

「仕事といえばそうかしら。実はわたくし、大学の研究室に所属していまして、今回は現地調査のようなもので」

外交員ではなかったらしい。所属を尋ねると、漣も耳にしたことのある著名な国立大学だった。

「レン。土星語で何を話してるのよ。知り合い？」

マリアが怪訝な顔で尋ねる。「あら、ごめんなさい（アイム・ソーリー）」と女性が謝罪し——その表情が硬くなった。マリアの全身を頭のてっぺんから足のつま先までなぞるように見つめる。彼女のだらしない身だしなみが気に障ったのか、あまり好意的とは言いがたいまなざしだった。

「何？　どうかしたの」

全く気付かない様子でマリア。女性ははっと顔を上げ、「あ、あらあら」と乾いた笑い声を上げた。

「失礼しました。それではごきげんよう」

お辞儀をし、キャリーカートを手にそそくさと歩き去る。キャスターの音がからからと遠ざかった。

「……何だったのかしら。J国人って変わり者が多いのね」

「貴女に言われる筋合いはないかと思いますが」

どういう意味よ、とマリアが目を吊り上げた。

ドミニクから再び電話がかかってきたのは、二人がフラッグスタッフ署へ帰着した直後だった。

※

「ようこそお越しくださいました。ソールズベリー様、九条様」

ロビン・クリーヴランド牧師の低い声が、礼拝堂に重々しく響いた。

『牧師』や『バラ育成家』という肩書のイメージとはかけ離れた、巌(いわお)のような男だ。彫りの深い顔。背丈は一八〇センチ強。黒い祭服に包まれた身体は痩せても肥(こ)えてもいないが、肩幅が広く頑強な雰囲気を感じさせる。

「……裏で殺人稼業でもやっていそうだわね」

漣の隣で、マリアが無礼な台詞を呟いた。彼女の声に気付かなかったのかどうか、ロビンは表情を変えることなく、「では、こちらへ」と背を向けて歩き出した。

――フェニックス市郊外。青バラを生んだもうひとりの人物、ロビン・クリーヴランド牧師の教会だった。

質素な礼拝堂だった。祭壇と、数列に並んだ長椅子の他には、これといった装飾品もない。日曜になれば多くの信者が集まるのだろうが、土曜日の今日は人気もなく静まり返っている。

ロビンの後に続いて正面の扉を出る。背後を振り返ると、鈍角に交わった屋根の境のすぐ下、扉の上部の壁に、大きな十字架が貼り付けられている。教会と聞いてまず思い浮かぶ類の、十字架の載った尖塔はない。平屋の集会場のような庶民的な建物だった。


二日前の夜、フラッグスタッフ署に戻った漣とマリアを待っていたのは、ドミニクからの新たな依頼だった。

「今度はロビン・クリーヴランド牧師を――ですか？」

『悪ぃ。フェニックス署の上層部が「同じ人間に確認させた方がよい」とか言い出しやがってな』

ドミニクの声はさすがに遠慮がちだった。ひとまず赤毛の上司に受話器を渡すと、彼女は眉をひそめながらドミニクと議論を始めた。

「もしもし、マリア・ソールズベリーよ。……ちょっと、また？」「……ええ、本物だったわ。……テニエル博士？　まあ、変人といえば変人だったけど、研究者としてはかなり優秀な方じゃない？……は？　それってどういう意味？……いや、ないわね。素人の第一印象だけど、専門知識はかなりのものだったもの」「……解ったわ、今度奢りなさい。……二杯？　少なすぎる。四杯よ四杯。これは最低ラインだから」

様々な密約を経て今日。漣とマリアは、もうひとつの青バラの作出者、ロビン・クリーヴランド牧師を訪れることになった。

予想してしかるべき流れではあった。青バラ騒動の当事者の片方に探りを入れておいて、もう片方を放置する理由がない。

とはいえ、どんな名目で面会を取り付けるかは頭を悩ませた。フランキー・テニエル博士と違い、今回の相手は遺伝子工学の専門家ではなく、技術ヒアリングといった名目は使えない。かといって、何らかの捜査だと正直に伝えてしまうのも、フェニックス署の意向に沿わなくなる恐れがある。

考えた末、講演の依頼という体裁を取ることにした。

地道な努力が大きな成果に結びつくのは、警察署員にとって大いに励みになる。ついてはお話を聞かせていただけないだろうか——滑稽極まる内容だったが、警察署という威光が効いたのか、先方からは了承の返答があった。平日は伝道活動などがあり、日曜も礼拝で忙しいとのことで、急であるが土曜日の今日、最初の顔合わせとなった。

――それにしても、フェニックス署の目的が相変わらず見えない。

青バラに関わる何かを探っているのは察しがつくが、その何かとは何なのか。フェニックス署でなくフラッグスタッフ署の人間を使うのはなぜか。解らないことが多すぎる。

……答えの出ない問いを巡らせながら、漣はマリアとともにロビンの後に続いた。

礼拝堂の横を回り、裏手へ。教会の敷地を囲う煉瓦造りの塀の一面――正門から見て左手の塀の奥側に、木製の古びた扉が見えた。

こんなところに扉が？　通用門だろうか。この先は隣の敷地のはずでは――

漣の疑問をよそに、ロビンは扉を開けた。促されるまま通り抜けると、大きな庭のような空間が眼前に広がった。

乾いた土。敷地を囲う塀。塀に張り付くように植えられた木々。左手の奥には正門らしい大きな門扉。こちらも木製だ。今はぴたりと閉ざされていて、外の様子は見えない。

漣たちのほぼ正面に、四方と屋根をブラインドで覆われた小屋が建っていた。

ブラインドの羽根（スラット）の隙間からガラスが光り、茶色の蔓や緑の葉、そして青みがかった影が覗いている。

温室だ。間口数メートル、奥行きは一〇メートル弱。鈍角に交差した屋根。一昨日のC大学の設備と比べれば明らかに見劣りするが、それでも個人所有としてはかなり立派なものだ。ブラインドは後付けのようで、壁や屋根の上部のフレームに小さなフックを付け、簾（すだれ）のように吊り下げたものだった。

「バラの育成はあちらで行っています」

ロビンが温室へ視線を向けた。「……この場所は元々、教会付属の孤児院でしてね。だいぶ昔に閉鎖され、建物も取り壊されて空き地となっていたのを、こうしてバラ園として活用しています」

付属施設の跡地か。言われてみれば、こちらの敷地を囲う塀も、教会のものと同じ煉瓦造りだった。

「『園』とはいっても、今のところあの温室だけです。この辺りは気温が高く雨が少ないので、バラ育成には季節を問わず遮光管理が欠かせません。——では」

ロビンが温室の前で歩を止め、ブラインドの紐を引く。出入り用に分割されているらしく、壁の中央、幅一・五メートル弱の部分だけブラインドが上がる。ロビンの身体の陰からガラスの扉が覗いた。牧師は無言で扉を開いた。

漣はマリアとともに中に入り——足を止めた。


青いバラが一面に咲き誇っていた。

幾多(いくた)の蔓で覆われた壁と窓と天井。それらの蔓の至るところに、直径七センチほどの青い花が、瑞々しい花弁を幾重にも折り重ねている。

色は薄い。青というより水色に近い。だが、紛れもない『青いバラ』だった。初春の空のような、透明感ある淡い青。ブラインドの隙間から陽光が差し、花弁を輝かせていた。

「……美しいですね」

思わず言葉が漏れる。テニエル博士の《深海》は畏怖や禍々しさが先に立ったが、今、温室を取り囲む薄青色の花々は、草原から見上げる空のような穏やかさを感じさせた。

——なるほど、《天界》とはよく名付けたものだ。

温室には他にも、赤や黄や白のバラが多く咲いていた。土に直接植えられた株や、鉢植えの株もある。だが、半数以上の花は青色だ。C大学の《深海》のように小ぢんまりとした鉢植えだけかと思っていたが、ここまで数多く花開いているとは予想しなかった。

「光栄です。……とはいっても、私はあくまで育成を行ったに過ぎません。このバラを美しいと感じられたなら、それはあなた自身がバラの美しさを見出したということです」

重厚な声ながら、返答は謙虚そのものだった。漣はさりげなく質問を開始した。

「これまでに何度も質問を受けられたかと思いますが、この青バラはどのように創られたのでしょう。最初から青いバラを目指していらしたのですか」

「いえ」

牧師は首を振った。「異なる種類のバラを掛け合わせるといった、品種改良の真似事をしたことはありますが、積極的に青バラを生み出そうと考えたことはありません。

この温室の花々は、私が一から育てたものだけでなく、信者や友人知人の方々から株分けしていただいたものも多くあります。それらを鉢や土に植えて育て、あるときは互いに掛け合わせ――そのようなことを長い間続けていたある日、新しい鉢の中に、これら《天界》の基となる花が咲いていた。それだけのことです。

不遜な表現をすれば、神が私の元へ送り届けてくださった、とでもなるでしょう。もう一度繰り返してみろと言われたところで、それは神の奇跡を二度望むのに等しいことです。――貴方がたの望まれる話とは、少々ずれるところもあるでしょうが」

「いえ、ご心配なさらず。私どもの署長も、ぜひお話を伺いたいと申しておりましたので」

これは本当だった。お偉方が権威をありがたがるのはJ国に限った話ではないらしい。

「フランキー・テニエル博士は、青バラが自然に生まれるなんてほぼありえないと言ってたけど?」

マリアが挑発的な問いを投げる。ロビンは眉ひとつ動かさなかった。

「新聞でも目にしました。悲しいことです。……が、ご覧の通り、《天界》はこうして現世に存在します。科学を証明するために事実があるのではなく、事実を説明するために科学がある以上、事実と科学のどちらが先に立つかは明らかでしょう。

もっとも、かの教授がそれを理解されていないとも思えませんが」

確かに、フランキーは「偽物の可能性が極めて高い」と言ったが、百パーセントありえないとまでは明言しなかった。

フランキーの《深海》と同様、ロビンの《天界》も――あくまで素人目だが――人為的な加工の痕跡は見受けられない。顔を近付けて観察したが、塗料で着色された様子もなく、青い水を吸ったという印象も受けなかった。

本物だ。この薄青色は、花自身の持つ色がそのまま表に現れたものだ。

ロビンの言葉が正しければ――自分はまさに今、神の奇跡を目の当たりにしているのだろうか。

「テニエル博士のとは全然違うのね。花だけじゃなくて、全体の形も」

マリアが質問を変えた。

《深海》は枝に咲いていたが、温室を囲む《天界》は蔓状だ。――もっとも、鉢植えされた《天界》もあって、それらの一部は木に近い形状になっていた。

「バラの区分には、花の色のほか、蔓性・樹木性の分類が存在します」

厳めしい外見とは裏腹に、バラを語るロビンの口調は穏やかで澱みがなかった。「が、実のところ両者の境界は曖昧です。蔓バラを気候の異なる場所で育てたら樹木性になった、あるいはその逆になった、といったことはよくあります。

置かれた環境や育て方ひとつで容易に変わりうる。その点はバラも人間も変わりません」

へえ、とマリアが感心したように呟き、

「なら訊きたいんだけど、遺伝子編集で生き物の形を変えることについてどう思うかしら」

フランキーの青バラを認めるか否か。マリアの言外の質問に、「罪深いことです」とロビンは両眼を閉じた。

「生命の進化を論ずる学説について、私は何ら賛否を唱えるものではありません。が、物事には禁忌というものがあります。生けるものの姿形が変わるのであれば、それはあくまで、自然の営みの中で生じうる範囲に留めるべきものです。その一線を人間が欲望のままに越えてはなりません」

「品種改良も、ですか」

人為的に品種を掛け合わせる行為も、見方を変えれば一種の遺伝子改変だ。DNAレベルでの遺伝子編集との違いを牧師はどう考えるのか。

「人の手を一切介してはならない、という立場を取るのであれば、私の手も汚れていることになります。

が、花粉が風や鳥に運ばれて海を渡り、別の大陸の花に着床して実を結ぶこともありうる以上、異なる花の花粉を人の手で受け渡すことが罪だとは、私は考えません。それを罪とするのなら、異なる大陸を結ぶ船や飛行機をも罪としなければならないでしょう」

自己弁護と言われればそれまでですが――とロビンが薄い笑みを浮かべた。

「異なる者同士が結ばれ、新たな可能性が生まれる。生命とはそうしたものであり、またそのようにしてのみ生まれるべきものです。

その理（ことわり）を超えたやり方で生命を創り出すのであれば、人は神に代わってその運命を綴（つづ）り、願いを聞き届け、幸福へと導かねばなりません。――果たして人に、それほどの力と責任感が備わっているでしょうか？」

午後は予定が入っているとのことで、ロビン・クリーヴランドとの面会は正午前に終了となった。
礼拝堂へ戻った後、フラッグスタッフ署での講演について簡単に打ち合わせを行った。講演そのものは快諾。年末年始は教会が多忙になることと、署内への告知の都合があるため、開催時期は一月中旬以降を目処に改めて調整することで了解を得た。

「面倒ねぇ。ただ会って話をするだけのためにどうしてこんなに手間かけなきゃいけないのよ」

フェニックス市からの帰路、マリアが助手席でぼやいた。

成り行きとはいえ、よりによって署で牧師の説教を聞く羽目になったのだ。信仰心の欠片もなさそうな上司が辟易するのも無理はなかった。

「諦めてください。神は細部に宿るという言葉があります」

適当に返しつつ、漣の思考は別の方向に飛んでいた。

――ロビン・クリーヴランドの人となりは、漣が見る限り、常識的な牧師の範疇を著しく外れるものではなかった。

進歩的な考えをする側面もあったが、彼の口から語られた言葉には、聖職者としての信仰が根底に流れているように思える。青バラの出自を問われたときの返答も落ち着き払っていた。マリアの言う「殺人稼業でもやっていそうな」容姿はともかく、少なくとも今日対話した限り、彼が何かしらの疑惑に関わっているといった心証を得ることはなかった。

教会からの帰りにフェニックス署へ立ち寄り、ドミニクへ簡単に報告を行った。銀髪の刑事は悩ましげな顔で、「そうか……悪ぃな、手間をかけさせた」と返した。

「ひとまず今回の件はこれで締めだ。助かったぜ」

「後で詳しく教えてもらうわよ。フェニックス署（そっち）にどんな裏事情があるのか知らないけど。いいわね」

ああ、とドミニクは苦笑を浮かべた。

※

だが、ロビン・クリーヴランドの講演は、結局実現することがなく――

ドミニクと交わした「事情を話す」約束の方が、思いがけない早さで果たされることになった。


翌日――

マリアの自宅近くの電話ボックスで、漣はダイヤルを回した。ガラスの外の街並みが、昨夜から明け方近くまで続いた雨で濡れ光っていた。

何十回目かのコールの後、受話器から『もしもし……』といつも通りの不機嫌な声が響く。

「マリア、起きてください。事件です、現場に向かいますよ」

『事件……？』

上司の声は未だ眠たげだった。『何よ……あたしは捜査から外されてるんじゃなかったの。それに……今日は非番のはずじゃ』

「警察官の休日は潰れるものだということを、貴女も数十年前から実感されているはずですが」

だからあたしは年増じゃないわよっ、と受話器から響くわめきをやり過ごし――

つい先刻入ったばかりの緊急連絡の内容を告げた。

「フランキー・テニエル博士が殺害されました。

フラッグスタッフ市の別宅で遺体が発見されたとのことです」

第5章　プロトタイプ(Ⅲ)

テニエル家の一員となってから一ヶ月半後——

この日も、始まりはいつもと変わりなかった。

ケイトと一緒に朝食の準備をし、博士やアイリスを交えて同じテーブルで食事。後片付けと食器洗いが終わったら家の中を一通り掃除。博士の実験を手伝う——といってもガラス器具やサンプルの準備などの雑用だったが——合間に、裏庭でケイトのバラの世話の見習い。

「その枝にハサミを当てて、方向は……そう。そのまま——」

ケイトの指示に合わせ、俺は園芸用ハサミに力を込めた。持ち方が違うせいかひどく切りにくかったが、四苦八苦の末、バチリという音とともに枝が地面へ落ちた。

「その調子よ。筋がいいわね、エリック」

「そ、そうかな」

枝を切っただけで筋のいい悪いが解るのだろうか。素人の俺には判断がつかなかった。

ケイトの説明によれば、今、俺たちが行っているのは『剪定（せんてい）』という作業らしい。余分な枝を切り落とすことで、株の形が整い、花の育ちも良くなるという。バラの育成には欠かせない工程なのだそうだ。

「後は、印のついた枝を同じように切っていってね」

「うん――」

次の枝にハサミを当てながら、俺の心にぼんやりした疑問が浮かび上がった。

「……あのさ」

「え？」

「この、枝を切るのって、絶対にしなきゃいけないのかな」

ケイトは目をしばたたき、「そうねえ――」と人差し指を頬に当てた。

「絶対にとは言わないけど、バラを綺麗に育てるという観点では、必要な作業ね」

「どうしてさ。逆じゃないか、せっかく育った枝を切るなんて」

「ひとつの株にいくつも花を咲かせようとするなら、確かにその通りよ。けど、花を綺麗に咲かせるにはたくさんの栄養が必要なの。そして、ひとつの株が一度に摂れる栄養には限りがあるわ。ひとつの株に花を多く咲かせようとすると、一輪一輪の花には充分に栄養が行き渡らなくなってしまうの。

だから、枝を切って花の数を減らすことで、残った花へ栄養をたくさん行き渡らせる。これが『剪定』よ」

数を減らして、その分の栄養を他の花へ送る……？

理屈は解る。けれど――

心の奥底で、ケイトの説明を受け入れられない自分がいた。

――お前なんか生むんじゃなかった。

母の言葉が耳元に蘇った。俺の表情が変わったのを見てか、ケイトが少し困ったように眉を寄せる。

次の枝にハサミを当てたまま、俺は手を動かすことができなかった。

選ばれた枝はいい。けど――

選ばれなかった枝はどうなるんだ。

選ばれた枝へ栄養を与えるために切られて死ぬのが、選ばれなかった枝の役目なのか？

※

澱んだ気分を抱えたまま、俺は博士の講義を受けた。

「――遺伝子が生物の姿形を決めるのなら、遺伝子に手を施せば生物の姿形を変えられる、という理屈は、すでに理解してもらったと思う。

だが、事はそう簡単ではない。『遺伝子に手を施す』方法が、現時点では全く成熟していないからだ。

狙いとする遺伝子を、対象となるＤＮＡの狙いの部分に百パーセントの確率で導入することは、現在の技術水準では夢のまた夢でしかない」

「なら、パパはどうして青いバラを作り出せたの」

アイリスが問う。

テニエル家での生活が始まった頃に知ったのだが、アイリスは学校に通っていない。家で博士に教えてもらうか、ひとりで本を読んで勉強しているのだという。今日の午前中も、アイリスはリビングでひとり、およそ七年生レベルとは思えない難しげな本に目を通し、ノートに鉛筆を走らせていた。

「決まっている。神頼みだ。

これは冗談ではない。私は単に、条件を様々に変えながら無数のサンプルへ処理を施しただけだ。アイリス、お前にも手伝ってもらったことがあるだろう」

思い当たることがあったのか、アイリスが頷く。博士は続けた。

「しかも厄介なことに、同じ処理を施したサンプルが、必ずしも同じ花を咲かせるわけでもない。目的に適うサンプルは千個作って一個あるかどうかだ。膨大な数のサンプルから、少しでも理想に近いものを選定し、さらに手を加えて新たなサンプル群を作出し、より理想に近いものを選び出す。……現代の遺伝子工学は実のところ、このような泥臭い試行錯誤の繰り返しというわけだ」

俺は胸を押さえた。

いつもの講義より解りやすい内容のはずだった。なのに――嫌悪にも似た重苦しい感情が、心の奥底から湧き上がった。

「どうした、エリック」

博士が怪訝な顔で問う。突然生まれた感情に突き動かされるまま、俺は問いを吐き出した。

「残りは？」

「残り？」

「選ばれなかった――目的通りじゃなかったサンプルはどうなるのさ。千個の中から一個選んだとして、残りの九百九十九個は？」

「時と場合によるけれど」

アイリスが首を傾けながら答えた。「普通はデータを取って、それで終わり。保管しておくこともあるけど、不要なサンプルはいずれ廃棄処分。……それがどうしたの」

何が気になるのか解らない――少女の平坦な口調が、俺の心のたがを弾き飛ばした。

「……思い通りにならなかったら、捨てていいのかよ」

「え？」

「望み通りになった奴にだけ価値があって、それ以外の奴には何の価値もないのかよ」

声が震えた。自分でも訳の解らない怒りが、俺の喉と唇を支配した。

――枝を切って花の数を減らすことで、残った花へ栄養をたくさん行き渡らせる。

――これが『剪定』よ。

「選ばれなかった奴は、ゴミ屑と同じなのかよ！」

言い捨て、俺は実験室を飛び出した。

「エリック⁉」

アイリスの呼び声が背中に響いたが、俺の足は止まらなかった。走りながら、母の声が頭の中を駆け巡った。

――どうしてこんなことができないの。

――お前なんか生むんじゃなかった。

親に否定され続けた俺を、博士たちは何も言わずに受け入れてくれた。自分に生きる価値なんてあるのだろうか。そんな疑問を、彼らと過ごす間は忘れることができた。

だが違った。

――少しでも理想に近いものを……選び出す。

――不要なサンプルはいずれ廃棄処分。

役に立たないものは要らない。博士たちも結局、そういう考えの持ち主だったのだ。

両眼から溢れ出したものを、俺は片手で何度も拭った。

……何だよ。

俺がいていい場所なんて、どこにもないじゃないか……。

気付くと、俺は屋敷を離れ、森の中にいた。

まだ日中のはずだが、周囲は夕闇のように暗い。風にざわめく木々を見上げれば、枝葉の隙間から見えるのは灰色の雲。湿気を帯びた土の匂いが、鼻の奥を嫌らしく撫でる。

先程までの衝動は嘘のように消えていた。代わりに、激しい心細さと後悔が心臓を締め上げた。

いつの間にか斜面を登っていたらしく、木々の間から山林の一角を見下ろせた。その中に一箇所、切り拓かれた空間があった。

テニエル家の屋敷だ。あんなに遠い。これ以上離れたら引き返せなくなるかもしれない。

……引き返す？　あんなことを言い放ってしまった後で、どんな顔をして戻ればいいのか。けど、屋敷を出たところで行く当てがない。そもそも金がない。初めて屋敷に来たときにいくらか持ってはいたが、それらの金は全部、客間の机の引き出しに放り込んだままだ。

長いためらいの後、俺の足は斜面を下りていた。

……戻ろう、一度。

どこへ行くにしたって、金を回収しないことには始まらない。そう言い訳して、俺は森の中を引き返した。

長い時間をかけて、俺は屋敷に帰り着いた。

正門をくぐる勇気もなく、森を巡って裏庭へ回る。誰も見ていないことを確認し、柵を乗り越えた。

まるで泥棒だ。……いや、家に置いてある金を持っていこうとしているのだから、傍から見れば泥棒以外の何者でもないのだが。

身をかがめ、足音を立てぬよう注意して屋敷の壁沿いを進む。玄関の様子を窺おうとしたとき、不意に扉の開く音がした。

「何の用かな」

慌てて壁の陰に隠れる。博士の声だ。気付かれたかと思ったが、俺への台詞ではなかった。

人の気配がする。博士のほかにもうひとり、玄関に立っている。

「……っと失礼。私は——」

若い男の声だった。来客だろうか。そっと玄関を覗いた瞬間、俺は危うく悲鳴を上げそうになった。

警官だった。

制服制帽姿の、ひょろりと背の高い警察官が、身分証のようなものを博士の前に掲げていた。

心臓が止まる思いで再び身を隠す。警官は俺に気付くことなく喋り始めた。

「実は、街に住んでいた男の子が一ヶ月半前から行方不明になっていましてね。年齢は十二歳、身長一五〇センチくらい、薄い焦茶色の髪に緑色の目をした子供なんですが。名前は——」

耳に届いているはずの警官の声が、急に遠ざかった。

俺だ。

屋敷に来て一ヶ月半、何事もなく安心しかけていた。甘かった。警察がとうとうここまで俺を追ってやって来た。

警官が写真でも取り出しているのか、小さな物音が響く。しばらくして博士の声が続いた。

「行方不明とは穏やかではないな。何があったのかね」

「いえ、大したことじゃないんですがね。

両親を殺した挙句、金を持って逃げ出したらしいんですわ。このガキ」

地獄に突き落とされる、という思いを——父母の家にいるときでさえ覚えなかった感情を、俺は生まれて初めて味わった。

知られた。博士に。

あの日、俺が犯した罪を、博士に知られてしまった。

「……ほう」

博士の返事は一言だけだった。その顔にどんな表情が浮かんでいるのか、ここから窺うことはできなかった。

「殺害現場は少年の自宅。詳細は省きますが、少年は姿を消し、母親の財布が無くなっていました。強盗の線も考えられましたが何者かが押し入った様子もない。こりゃ何かあるなと思っていたら、つい昨日、街からこの屋敷までの道の途中で、母親の運転免許証が入ったポシェットが埋められているのが見つかりましてね。それも、ご丁寧に中身が抜き取られた財布と併せて。

お偉い様の飼い犬が逃げ出して、あんなところで証拠品を掘り出してくれるんですから世の中解らないものです。非番中に捜索へ駆り出されたときはどうしてくれようかと思いましたが――いや、どうでもいい話でしたね。

ともかくそんなわけで、少年がこちらへ来なかったかどうかを確認に来た次第です」

自分の迂闊さを心から呪った。……どうしてもっと遠くに捨てなかったんだ。

永遠のような一瞬が過ぎた。そして、

「似た容姿の子供ならここへ来たな。もう何週間も前だったか」

博士の死刑宣告が俺の耳を貫いた。

本当ですか、と警官が食いつく。

終わりだ……もうどこにも逃げられない、そう思った。

が――

「門の前に倒れているのを妻が見つけた。どこから来たのかと訊いたが何も答えず、再び去ってしまった。今どこで何をしているかは私も解らん」

……え？

耳を疑った。博士の言い回しは、まるで、俺が屋敷へ辿り着いたその日のうちに立ち去ったかのようだった。

俺を助手として招き入れたことも、俺がここで過ごしていたことも、家を飛び出したのがつい先刻だったことも、一言も話さなかった。

どうして——

「それで、少年はどの道へ逃げましたか」

「山を登る方向へ走っていったようにも見えたが、確認はしていない。そのまま山を登ったか、また街の方へ下りていったか……いずれにせよ、子供の足で山を越えるのは難しかろう。諦めて街へ戻ったのではないかな」

「……少年が来たのは数週間前、と仰いましたね。なぜそのときに通報しなかったんですか。この事件はニュースでも流れたはずですが」

「あいにく新聞は取っていない。見ての通り辺鄙な場所だ、電波の届きが悪くテレビも映らない有様でね。まさかあの少年が殺人事件の容疑者とは思わなかった。

それと、君に言うのも何だが、下手に警察沙汰にしたら却って相手方に迷惑かもしれんと考えたのは事実だ。そもそも、この写真の子供と私たちの会った子供とが、本当に同一人物だとも限らん。

とはいえ、対応が不適切だったと言われれば謝罪するしかないが」

「——いえ、結構です。貴重なお話をどうも」

足音が遠ざかる。門の向こうからエンジン音が響き、遠くへ消えていった。

どれくらい経っただろうか。壁にもたれて座り込んだままの俺に、小さな足音が近付いた。

「エリック」

静かな声がした。アルビノの少女が俺を見つめていた。いつもの吊り上がった目尻が、今はひどく辛そうに下がっていた。

「アイリス——」

「入って。パパもママも、待ってる」

※

アイリスに促されて玄関の扉を開けると、博士とケイトがリビングに立っていた。

博士は口を引き結び、ケイトは眉根を寄せて、俺を見つめている。

けれど——その視線は、かつて父母から向けられたような、怒りや侮蔑に満ちたものではなかった。

短い沈黙が流れた。……やがて、

「お帰りなさい、エリック」

ケイトが顔を綻ばせた。いつもと変わらない微笑だった。「駄目でしょ？　勝手に外へ飛び出したりしちゃ。外は危ないんだから」

——どうして。

あんな話を聞いた後で、この人たちはどうして、俺に笑いかけられるんだ。

「何があったの？　よかったら、話してみて？」

初めて対面したときと同じ質問だった。

俺は俯いて――長い長い沈黙の後、あのとき言えなかった答えを口にした。

あの夜、俺はいつものように、リビングで父に殴られていた。

母は冷ややかな目で傍観していた。いつもなら父の気が済むまで殴られて終わりだっただろう。だがその日、俺の口からついに、どうして、と言葉が漏れた。

どうして殴るのか、自分が嫌いだからか――そんな意味の言葉を、切れ切れに絞り出した覚えがある。

父母の顔色が変わった。

出来の悪い飼い犬に歯向かわれたのが気に食わなかったのか、自分たちの行為の意味を俺が自覚したことに恐怖したのかは解らない。父は、さらに強い力で俺を殴り――よろけて倒れた俺の首へ、両手の指をかけた。

殺そうとしたのだ、俺を。

母は止めようとすらしなかった。ぞっとする笑みさえ浮かべて俺を見下ろしていた。

頭の中で、何かがぷつりと音を立てて切れた。

自分のどこにそんな力があったのかは知らない。床に転がっていた酒瓶――父が呑んでいたものだった――を無我夢中で摑み、父の頭へ叩きつけた。

派手な音を立てて瓶が砕けた。

無数の破片が降り注ぎ、頬を切る。父は間の抜けた呻き声を上げ、俺に覆いかぶさるように倒れて動かなくなった。

俺は父の下から必死に這い出た。瓶の首を握り締めたままなのにも気付かなかった。

振り向くと、母は顔を驚愕(きょうがく)に転じて立ち尽くしていた。が、突然、テーブルの上の果物ナイフを掴み、怒りの表情で俺に襲いかかった。

俺は思わず身をかがめ――一瞬の後、獣のような呻きが聞こえた。

母の腹に、割れた瓶の断面が深く突き立っていた。

瓶を握った手を反射的に突き出していたらしい。母の手から果物ナイフが滑り落ち、音を立てて床に転がった。瓶から手を離すのと同時に、母の身体が崩れるように倒れた。赤い血溜まりがじわりと広がった。

そこからしばらく先の記憶は曖昧だ。

気付くと俺は、母の身体を仰向けにし、腹に刺さったままの瓶の首を服で拭っていた。指紋という概念をいつどこで学んだのかは覚えていない。図書室で読んだ子供向け探偵小説で知ったのだと思う。

リビングのソファの上に母のポシェットが置かれていた。俺はそれを掴み、家を飛び出した。

恐怖だった。

父母を手にかけてしまったことが、ではない。あいつらが再び起き出す前に、一秒でも早く、一メートルでも遠くへ離れなければ今度こそ殺されてしまう——俺を駆り立てたのはそんな強迫観念だけだった。

周囲は闇に包まれていた。木々のざわめきが不気味に響いた。

俺を追ってくる者も、見咎める者もなかった。体力が限界に達し、息を切らしながら道端にへたり込んだとき、俺は自分がどこにいるか解らなくなっていた。家と学校を往復するだけの日々しか過ごしてこなかった俺にとって、通学路から一歩外れた場所はまるで未知の世界だった。

後で知ったのだが、父母の家は住宅街の外れにあって、最も近隣の家でさえ数百メートルも離れていた。父母の俺への所業が周囲に知られなかったのは、そんな地理的な要因も絡んでいたらしい。

呼吸が落ち着き、最初の衝動が収まると、今度は新たな恐怖が襲ってきた。

……どうする、これから。

周りに人の気配はない。けれど、もし誰かが通りかかって、俺のことを警察に通報したら、連れ戻されるのは目に見えている。でもどこへ行けばいいか解らない。あいつらに見つからずに生きていける場所がどこにあるのかも知らない。

母のポシェットを握ったままだった。中を探り、財布から札と硬貨だけ抜き取って、後はポシェットごと道端の木の根元に手で穴を掘って埋めた。

……行かなきゃ。

留まることはできなかったし、後戻りなどなおさらだ。闇夜をひたすら進むよりほかに、道は残されていなかった。

果てしない道のりを歩き、山道を越え——俺はテニエル家に辿り着いた。


「そうだったの」

ケイトが呟いた。薄青色の瞳が、痛みをこらえるように揺れている。

「ごめん——」

すべてを告白した今、俺の中に残されたのは、ちっぽけな謝罪の言葉だけだった。

「それで、君はどうするって」

「ど、どうするって」

選択肢なんてない。警察に突き出されて終わり、じゃないのか。

「君が自首したいならそうすればいい。私が判断することではない」

——信じられなかった。

警官が来たときも、博士は、俺が屋敷からすぐ立ち去ったと嘘を吐いた。ばれたらただでは済まないはずなのに、人殺しの俺を博士は庇った。

なぜ——

俺の疑問を察したのか、博士は再び口を開いた。

「私は嘘はついていない。言わなかった事実はあるが。

それに、話を聞く限り、君の行為はそもそも殺人とは言えまい。正当防衛、あるいは不幸な事故だ。逃げ出したことと現金を持ち出したことは、咎めを受けるかもしれんが」

どうして、見ず知らずの俺の言葉をそこまで信じてくれるのか。

「信じるさ。

君の身体の痣を見たとき、ケイトと話し合って決めたことだ。

私も、君と似たような境遇だったからな」

――え？

「私があの家に引き取られたのは八歳の頃だ。

本当の両親のことは何も覚えていない。物心がつく前に施設の人間に回収され、いくつかの家を転々とした後、最終的にあの家の里子となった」

思いがけない告白だった。

博士が、孤児――？

「もっとも、実態は体のいい奴隷だ。昼夜を問わず働かされ、食事も寝床も区別された。里親の気まぐれで暴力を振るわれるのも日常茶飯事だった。それが七年間続いた。ハイスクールへの進学を機に私がその家を出るまで、ずっとな。その間、私はただ耐え続けるしかなかった」

他人事のような語り口だった。俺の胸に、訳の解らない怒りのようなものがこみ上げた。

「何だよ、それ……自分はやり返さなかったから偉いとか言うつもりかよ」

「違う。私が里親を害さなかったのは、私が高尚な人間だからではない。その家の一人娘がケイトだったからだ」

ケイトが？

「虐げられていた私を、ケイトは両親の目を盗んで助けてくれた。時に遊び相手となり、時に家庭教師となってくれた。

それだけだ。私が手を汚さなかったのは、彼らを手にかければケイトが悲しむという思いがあったからに過ぎない。もし彼女がいなかったら、私はいつか、君が父母に対して働いてしまった行為よりも、さらに凄惨な行動に及んでいただろう。私は運が良かっただけだ」

博士が傍らを見やる。ケイトが涙顔で佇んでいた。

「他に……助けてくれる人は」

「ケイトの両親は、いわゆる地元の名士と呼ばれる存在だった。警察署長とも懇意にしていたらしい。ケイトや私の訴えはすべて握り潰された」

博士の声は静かだったが、声音には深い怨念めいたものが感じられた。

……そうか。

博士が俺を警察に突き出さなかったのは——自身が、警察から見捨てられた存在だったからだ。

「だから、私は君を責める言葉を持たない。

自首したいならすればいい。ここに留まるならそれで構わない。すべては君が決めることだ」

「……けど」

ケイトとアイリスに視線を移す。彼女たちは俺をどう思うのか。

「本当は、警察へ行かなければいけないのかもしれない」

ケイトが歩み寄り、俺の右手を両手で包み込んだ。「でも、それはきっと今じゃないわ。あなたには時間が必要よ。自分の行為をきちんと受け止める時間が。

ここでしかそれができない、とは言わないけど——あなたがどんな子供でも、私はあなたを許すわ。それだけは信じて」

「……ケイトさん」

アイリスはむすっとした顔で駆け寄り、俺の左手をぐっと握った。

「あなたを野放しにするなんて危険すぎる。私たちが見てないと、ちゃんと警察に行くかどうかも解らないし。

……だから、もう逃げたりしないで。いい？」

俺は答えなかった。

温かいものが両の頬を伝わり——嗚咽（おえつ）が喉から途切れ途切れに漏れた。

「綺麗ね」

「……ああ」

リビングでの告白の後、俺はアイリスに手を引かれ、温室で青バラを見つめていた。

初めて目にしてから一ヶ月半。株には新しい花が咲いていた。吸い込まれるような青、花弁の瑞々しさ——あのときに覚えたうすら寒さは、今はもう感じなかった。

「『選ばれなかったものに価値はないのか』と、あなたは訊いた」

青バラに視線を向けたまま、アイリスが呟いた。「……私には解らない。『選ばれなかった』と感じたことなんて一度もないから。

けど、選ばれてしまった側の気持ちなら、少し解る」

選ばれてしまった？

アイリスは頷き、ためらいの表情を浮かべ、意を決したように口を開いた。

「私は、パパとママが愛し合ってできた子供じゃないから」

——え？

博士とケイトの子供じゃない？　アイリスも養子だということだろうか。

でも、その白い肌も白金色の髪も、瞳の色も、ケイトとよく似ている。親子じゃないなんて考えられないのだが——

「そうじゃなくて」

俺の疑問を察したのか、アイリスは口元を緩めて首を振った。「私の遺伝子は、ちゃんとパパとママから受け継がれたもの。そういう意味では、私は二人の子供。

ただ——生まれ方が普通とちょっと違うだけ」

生まれ方が、違う？

電気のようなものが背筋を走った。……まさか。

「子供を作れない、と医者に言われたママのために、パパは私を生み出すことを決めたの。私には、きちんと育つことのなかった兄や姉が何人もいた。パパはママと一緒に、何度も何度も失敗を繰り返して……最後にやっと成功したのが私だった」

ここに来る前の俺だったら、少女の言葉を微塵も信じなかっただろう。

けれど、幻の青バラを目にし、解らないなりに博士の講義を聞いてきた今の俺は、アイリスの告白を冗談と笑い飛ばすことができなかった。

「だから、時々思う。……どうして私だったんだろう、なぜ兄さんや姉さんたちは生まれてこられなくて、私だけがこの世界に現れたんだろう、って。

怖い？　私のこと」

アイリスが問う。薄青色の瞳が揺れている。

答えを返せないまま、俺は少女を見つめ返した。

磁器のように白い肌。長い白金色の髪。吊り目の顔立ち。紺色のワンピース——

「いや……可愛い女の子にしか見えない」

もっと綺麗な服を着て街を歩いたら、きっと、百人が百人とも目を魅(ひ)かれるに決まっている。

……あれ？

違う、そうじゃないだろう。いや、違わないけど――いやいや。

激しい混乱に襲われた。俺はいつからアイリスをそんな風に思うようになったんだろうか。

アイリスは目を大きく開け、頬を真っ赤に染めた。

泣き出す一歩手前のような、呆れたような、安心したような、色々な表情がよぎる。「……ばか」と照れ隠しのように呟き、言葉を紡いだ。

「……この青バラもそう。パパも言ってた、どうしてこの株に青バラが咲いてくれたのかは『解らない』って。

それと、この青バラはあまり病気に強くないの。株分けした枝を外に置いておいたら、みんな枯れてしまって。……ママが裏庭で育てたバラの方が、病気もしなくて元気に花を咲かせてる。病気へのかかりにくさだけで言えば、この青バラはむしろ失敗作なの。

だから――その」

珍しくアイリスが言い澱んだ。「私が言いたいのは……何がどのように選択されるかなんて、結局は誰かの都合とか、神様のサイコロ遊びでしかない、ってこと。

私は、あなたを責めたりしない。あなたは馬鹿で図々しくて、何をするか解らない居候だけど……悪いことなんか何もしていないから。あなたの両親のことは全部、自業自得だと思うから」

慰めてくれているのだろうか。こういうときまで小難しい言い方をするアイリスがおかしくて、俺は思わず吹き出した。

「な、何」

「いや……ありがとな」

俺が礼を言うと、アイリスは再び頰を染めて顔を逸らした。

本当は、すぐにでも警察へ行くべきだったのかもしれない。

けれど俺は、博士やケイト、アイリスの優しさに引きずられ、ここに残る道を選択してしまった。

離れたくなかった。彼らといつまでもここにいたかった。

警察に行くかどうかは、ゆっくり眠った後で考えればいい。そう思ってしまった。

しかし——

俺に安らかな眠りが訪れることはなかった。

※

二人目の来訪者が現れたのは、その日の夕方だった。

夕食の準備に取り掛かろうかというとき、玄関の呼び鈴が鳴った。昼間のこともあって俺はびくりとしたが、博士とともに玄関に出たケイトは、懐かしげな声で来訪者を迎えた。

「牧師様……お久しぶりです」

一ヶ月半前、博士と押し問答していた男だった。詰襟のシャツに黒い上着を羽織った、いかつい面立ちの牧師だ。

「こちらこそ、ミス——いや、今はミセス・テニエルでしたか。突然押しかけてしまい申し訳ありません」

低い声だった。口調こそ礼儀正しいが、強面のせいか俺の目には妙に近寄りがたく映る。しかしケイトは特に怖がる風もなく、牧師へ親しげに語りかけていた。二人の横でテニエル博士が眉をひそめた。どういう関係だろう。

ドアの陰から恐る恐る覗いていると、いつの間にかアイリスが俺の横に立っていた。

「ママの実家と付き合いがあったみたい……この前、パパとママが話してた」

ケイトの実家、か。

テニエル博士が歓迎しないのも解る気がした。自分を虐げていた家の知り合いなんて、笑って出迎えなどできないだろう。

結局、博士は諦めたように息を吐いた。ケイトの取りなしには勝てなかったらしい。

窓の外から雨音が聞こえた。雨脚は次第に強くなり、やがて激しく窓を叩いた。

「ひどい雨……牧師様、今日はお車で?」

「いいえ、山に入る手前まではタクシーでしたが、健康維持のため後は歩きで。傘は持参しています」

歩いてきたのか。俺もよく覚えていないが、ここまでの道のりは大人でも気軽に来られるものじゃないはずだ。

「泊まっていかれます？　この様子だといつ止むか解りませんし。フランク、いいかしら」

「ああ、だが」

俺が隠れているのを知っていたのか、博士がこちらを一瞬だけ見やる。大丈夫よ、とケイトは博士に柔らかく微笑んだ。

「助かります。ご挨拶だけのつもりでしたが」

牧師が重々しく一礼した。

――夕食になった。

いつまでも隠れているわけにもいかず、俺は一家や牧師とともにダイニングでテーブルを囲んだ。身を硬くしている俺に、牧師は怪訝な視線を向けた。

「失礼。この子は？」

「アイリスの友人ですよ」

博士が淡々と返す。ケイトが口元を緩めた。

「しばらく泊めてあげているんです。アイリスが寂しがるといけないから」

「マ、ママ⁉　変なこと――」

アイリスが真っ赤な顔で食ってかかる。二人のささやかな騒ぎをよそに、牧師は俺を見据えた。

「君。名前を聞かせてもらっても？」

「あ……エリック、です」

警戒しつつ俺が答えると、牧師は「良い名前だ」とだけ呟いて、そのまま自己紹介に移った。

「クリーヴランドと申します。私の父が、ミセス・テニエルの御両親と懇意にさせていただいており、今日はその縁でご挨拶に伺いました。……君に、神の祝福があらんことを」

「はぁ」

いかつい顔で『神の祝福』などと挨拶されても返答に困る。だが疑われているわけではないようだ。

「牧師様。俺はひとまず胸を撫で下ろした。

「牧師様。教会の方はよろしいの？」

「弟が継ぎました。私はU国全土を回って、聖書の教えを伝える活動をしています」

弟がいるのか。想像を巡らせてみたが、同じ強面の牧師が二人並んでいる姿しか思い浮かばなかった。

その後も、和気あいあいとは程遠い雰囲気ながら会話は続いた。テニエル一家がこの屋敷に来る以前のことも、俺はおぼろげに知った。

博士はハイスクールの頃にケイトの家を――円満にとは行かなかったようだが――出て大学に進み、博士号を取ってケイトと結婚した。その後、二人は地元を離れ、ケイトの実家――マカパイン家とは絶縁状態になった。

マカパイン家は結構な資産家で、大きな事業を色々と手掛けていたが、アイリスが生まれて何年か後にケイトの母親が他界し、程なくして父親も病に倒れた。事実上の跡継ぎとなったケイトだったが――誰も明言しなかったが、父親はそのまま死んでしまったらしい――実家を存続させる意思はなかった。実家の邸宅と土地、余分な別荘を処分し、事業の経営権も譲り渡し、わずかばかりの貴重品と思い出の品を持ってこの屋敷へ家族で移り住んだ。今の一家の生活資金や博士の研究資金は、実家の資産を清算したお金でまかなわれているということだった。

「天罰、と軽々しく口に出すべきではないのでしょうが」

牧師はそう呟いて目を伏せた。彼もマカパイン家の内情は察していたらしい。博士やケイトと年齢がそれほど離れていないこともあり――博士とケイトは同い年で、牧師が五歳上ということだった――テニエル夫妻の行末を気にかけていた。屋敷の場所はケイトからの手紙で知ったという。会話の間、博士は難しい顔で料理を口に運んでいた。

「ところでフランク。今も研究を続けているのですか」

やや重い声で牧師が問う。博士は牧師を一瞥し、「話すことなどないな。誰から聞いたのか知らんが」と冷淡極まりない答えを返した。ケイトが「駄目よ、そんなことを言っては」と困った顔で博士をなだめた。

俺のことも話題に上った。牧師から二回ほど、身の上に関する問いを投げられたが、ケイトの助け船もあってどうにかごまかすことができた。

アイリスはいつも通り、話を振られたら口を開く程度の頻度で会話に参加していたが、母親とのやりとり以降、やけに俺をちらちら窺ってはそっぽを向いていた。

食事が終わる頃、不意に牧師が話しかけた。

「エリック君」

「な、何ですか」

「アイリス嬢と、これからも仲良くしてもらえますか」

思わぬ問いだった。「はい」と俺が頷くと、牧師は満足げに微笑んだ。

博士たちが自室に引き上げた後、俺はひとりでリビングに残り、ソファに腰を下ろした。

今日一日で色々なことがあったせいか、目が冴えてしまっていた。二階の客間へ戻るにしても、隣の部屋に牧師がいると思うと気が張りそうだ。

雨は止む気配がなかった。柱時計の針の音も雨音にかき消されて聞こえない。時々、窓の外が光り、唸るような雷鳴が耳に届いた。

――と、
雷鳴を打ち破るように、玄関の呼び鈴が鳴り響いた。

思わず身をすくめる。夜九時半。人が訪ねてくるにしてはかなり遅い時間だ。

……誰だ？　こんな時間に、こんな天気の中をやってくるなんて。

玄関に歩み寄り、扉の覗き穴へ目を当て――稲光が走った瞬間、俺の心臓は凍りついた。

警官だった。

ひょろりと背の高い制服姿の男。昼間に現れた警官が、玄関の前に立っている。

——どうして。

どうしてこいつが、またここに⁉

恐怖に突き落とされた直後、今度は背後でドアの開く音がして、俺は文字通り飛び上がった。

博士だった。「何だ、まだこんなところに——どうしたエリック」と怪訝な視線を向ける。

俺は言葉を返すこともできず、博士の開けた半開きのドアから廊下へ飛び出した。

博士の呼び止める声も耳に入らなかった。一刻も早く身を隠すことだけしか頭になかった。

リビングと廊下を繋ぐ扉の陰で震えていると、玄関の開く音が聞こえた。

「……また君か……何だね……な時間に」

雨音に混じって聞こえづらかったが、博士の声はあからさまな嫌悪に満ちていた。

「いやぁ……ません。実は昼間の……ですが」

警官が言葉を返す。俺がついさっきまでリビングにいたのには気付いていないようだった。

「署内で……結果、やはり……少年が近くに潜んで……ではないかと……。

……で、今からお宅の中を調べさせて……」

調べる⁉

「今から？……非常識な……」

「……二人も殺した凶悪犯……手間は取らせません。すぐ終わりますので——」

まずい——！

早く、早くどこかへ隠れないと。でも、どこに――

パニックの中、視線を巡らせる。暗い廊下の一番奥、右手に曲がり角が見えた。「開けないように」と言われていた、地下室への扉への曲がり角。

考える暇などなかった。俺は這いずるように、廊下の奥へと身体を動かした。

扉には掛け金が下りていた。右側の壁にフックが据え付けられ、紐付きの鍵が垂れ下がっている。掛け金を外し、鍵を掴んで鍵穴に差し込んだ。雨音にかき消される程度でしかなかっただろう開錠音が、俺の耳にはけたたましく響いた。

鍵を抜いて飛び込み、後ろ手に扉を閉める。中は暗闇だった。内側のドアノブにつまみのような感触があった。捻(ひね)る。再び鍵の閉まる音がした。玄関へは届かなかっただろうか――届かないでいてくれ、と今は祈るしかなかった。

カビ臭さが鼻を衝いた。左手に小さな窓が見える。外を閃光が走り、辺りを一瞬だけ照らした。下り階段が闇に浮かび上がって消えた。

全身が粟立(あわだ)つ。

……いや、立ち止まっちゃ駄目だ。勇気を奮い起こし、俺は手探りで階段を下りた。

下り切った先は、短い廊下のようだった。

目が慣れてきた。左手に扉が二つ並んでいる。

手前の扉は開け放たれていた。奥に大きな机がひとつ。その上にガラス器具が並んでいる。

一階の実験室を小さくしたような部屋だった。隠れられそうな場所はない。
奥の扉は閉まっていて、さらに小さな掛け金が掛けられていた。
……また掛け金？
疑問に思う余裕はなかった。俺は操られるように掛け金を外し、扉を開け、
怪物を見た。

部屋の奥にそいつは横たわっていた。

大きい。二メートルを少し下回るくらいだろうか。頭、細い胴体、四つの手足——らしきもの。粘土を伸ばして作った人形のようだ……形だけ見れば。

だがその体表は、人形とはまるでかけ離れていた。

凹凸（おうとつ）だらけの顔。膨れ上がった手。

生肉が皮膚から破れ出たような外面。

と、顔の一部が動いた。肉が震え、二つの隙間が開く。各々の隙間で眼球が揺れ——

その視線が、ぴたりと俺を捉えた。

インタールード

あの人の本当の気持ちを私は知らない。私を愛してくれていないのか。どうして知らないふりをしているのか——と、目の前で叫びたくなったことも一度や二度じゃない。

けど、面と向かうと何も言えなくなる。

実験室の中では、研究上の議論を何時間も交わすことができるのに、実験室の外へ出てプライベートの時間になると、私はただ俯いて、あの人の方から声をかけてくれるのを待つしかなくなってしまう。

……怖かった。

「何を馬鹿なことを」と軽くあしらわれるのも。「お前など愛していない」と切り捨てられるのも。

仮に「愛している」と言ってくれたとして——その言葉は本当なのかと、疑いを持ってしまうだろうことも。

私の問いはあくまで、私が勝手に抱いたものでしかない。どんな形であれ、その問いに答えを出されてしまうこと自体が恐ろしかった。

人間は、両親からＤＮＡを受け継いでひとつの個体になる。技術が進歩すれば、ＤＮＡを調べることで血液型より正確な親子鑑定ができるようになる――と言われている。

私が遺伝子研究に興味を持ったのも、元々はそれが理由のひとつだった。

私は何者なのか――その問いに答えを出せるかもしれない、と。

けれど今の自分は、技術以前のところで空しく立ち止まっている。

やっとの思いで距離を縮めたというのに、言葉を用いて問いを発することさえできない。

今日、思いがけない偶然で、私はあの人と長い時間を過ごすことになった。

このままじゃいけないことは解っていた。今日こそ訊くんだ。大丈夫、時間は充分すぎるくらいある。


――そのはずだった。

第6章　ブルーローズ（Ⅲ）

「……やられたわ」

赤黒く広がる血痕の前で、マリアは唇を嚙み締めた。

こうなる可能性がゼロでないことは、前もって予測できたはずだ。ドミニクがただの気まぐれであんな頼みごとをするはずがないと、なぜもっと深く考えられなかったのか。なぜ、首根っこを摑んででも詳しい情報を聞き出さなかったのか。

捜査は始まったばかりだ。犯人も動機も解らない。だが、自分の怠慢が博士の命をみすみす失わせる結果になったのではないか――そんな思いを拭い去ることができなかった。

「嘆いても仕方ありません。今は事件の全貌を摑むことが先決です」

漣の表情は、少なくともマリアの目には平静を保っているように見えた。

――十一月二十七日。フラッグスタッフ市郊外、フランキー・テニエル博士の別宅。

犯行現場は、裏庭に建てられた温室の中だった。

ガラス張りの壁と窓、同じくガラスの天井と天窓。明け方まで続いた雨が水滴となって残っている。それらのガラスの内側を、幾多のバラの蔓が覆い、花をつけている。ただ一箇所、出入口から見て右側面の一番手前の窓だけ、周辺の蔓が紐で左右に分けられていた。

発見者が現場に入る際に通ったのだという。今は窓の内と外にそれぞれ踏み台が置かれ、マリアたちを含めた捜査員らの出入りに使われていた。正面の出入口は、現場保存のために手つかずで残されている。

温室の床はコンクリート敷きでなく、土が全面に露出していた。土台がしっかりしているのか、壁の下から雨水が浸入している様子はない。出入口側を除く三方の壁の手前に、鉢植えや直植えの株が並んでいる。それらに取り囲まれる形で、出入口から向かい側の壁の手前まで、通路兼作業スペースらしき細長い空間が開けている。

C大学の整然とした温室と異なり、プライベートな雰囲気が色濃く漂う。形や広さはロビン・クリーヴランド牧師の温室とさほど変わらないが、中の景観は全く別物だった。ほぼ《天界》のスカイブルー一色だったロビンの温室に対し、テニエル博士の温室のバラは、ほとんどがごくありふれた——と言うと語弊があるだろうが——赤や黄や白の花々で占められている。鉢植え、直植え、そして壁際の蔓、どこを見ても色とりどりだ。

そんな中、ひとつだけ、異様な雰囲気を放つ鉢があった。

出入口から見て正面。長く開けた空間の一番奥に置かれた、一株の青いバラ。

——《深海》だ。

株の頂上に、深青色の花が三輪咲いている。C大学にあったものではなく、フランキーが個人で育てていたものらしい。鉢の中央に伸びる太い枝から、小さな枝が何本か分かれている。

一本が先端で切り取られていた。

その《深海》の鉢の手前に、
フランキー・テニエルの首、だ、け、が転がっていた。

剝き出しの土に広がる血溜まり。フランキーの頭部は、乾いた血溜まりの縁の辺りに、横向き——右耳を下にした状態で置かれていた。（【図2】）

胴体はない。首の切断面から肉と骨が覗いている。つい先日、五体満足で青バラの講義を行った大学教授が、今は頭部だけの無残な姿と変わり果てていた。

「……身元の裏付けは取れたの？」

顔は間違いなくフランキー本人、だ、が、それでも問わずにいられなかった。さすがのマリアも、知り合ったばかりの相手とこのような再会を果たした経験はない。

「家族への連絡先を、別の捜査員が確認中です。……詳しい裏付け作業は胴体が見つかってからとなるでしょうが」

遺体の凄惨さとは裏腹に、フランキーの両眼は眠るように閉ざされている。唇は薄く開き、隙間に鍵のようなものが押し込まれていた。何の鍵だろうか——といぶかしむマリアの横で、漣が手帳を読み上げた。

「昨日、テニエル博士はA州での学会の準備のため、研究室の学生のひとりを連れてC大学か

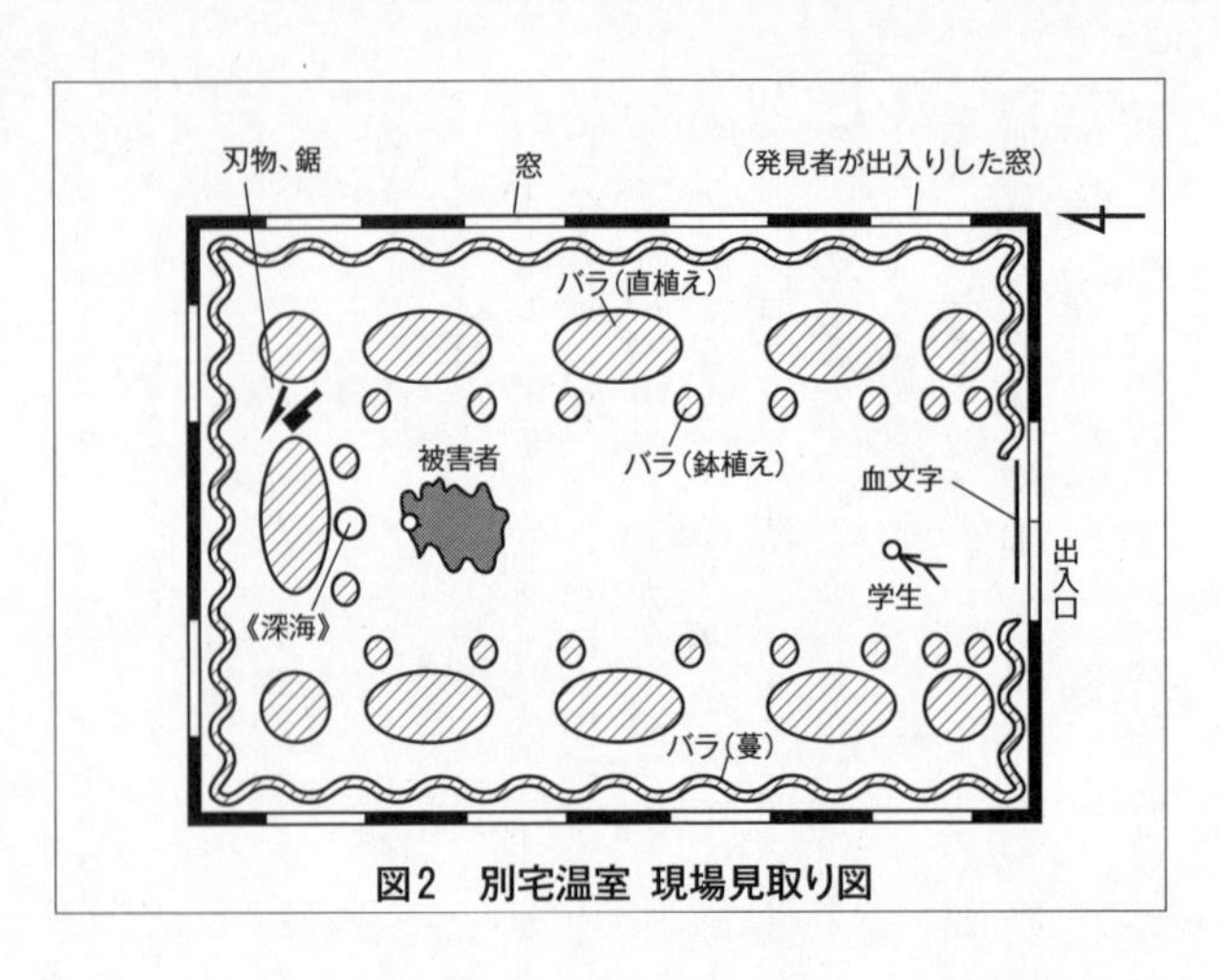

図2　別宅温室　現場見取り図

らこの別宅へ向かったそうです。

今日は、研究室の他のメンバーと合流し、観光地を巡った後、午後のショートコースに臨む予定になっていた、と」

ショートコースとは一種の集中講義のようなもので、学会の前日や初日によく開かれるらしい。日曜から講義とは研究者も仕事熱心だ。

「しかし今朝、集合場所のホテルのロビーに博士たちが現れず、別宅に電話をかけても誰も出なかったため、不安に思った研究室メンバーのひとりが直ちにフラッグスタッフ署へ連絡。たまたま現場近くでパトロールに当たっていた警察官二名が確認のため別宅を訪れ、ここ、裏庭の温室で、テニエル博士の遺体——正確には頭部——と、生存者一名を発見した。大まかな経緯はこんなところです」

壁も窓も透明なガラス張りだ。蔓が這って

いるが、隙間から中を覗くことができる。しかし。

「生存者？」

「博士に同行した学生です。首と一緒に、温室の中に閉じ込められていました。発見されたときには意識がなく、手足を拘束され、目隠しと猿轡を施されていたそうです。自演ではなく、明らかに他者に施されたものだった、と。――この学生の家族にも連絡を取っているところです」

拘束とは穏やかでない。何があったのか。

植え込みの陰に、血のこびりついた大ぶりの刃物と鋸が放り出されている。鑑識官のひとりが指紋採取の作業中だが、表情を見るに成果は芳しくないようだ。

視線を外へ向ける。蔓とガラスの向こう側、温室から少し離れた一角に、フランキーのものと思しき自動車が停められていた。U国の大手自動車会社製のワゴンだ。世界随一の偉業を成し遂げた科学者の所有物としては、意外に平凡な大衆車だった。

背後に目を移す。

出入口の扉はぴたりと閉ざされ――ガラスの内側に、赤黒い文字列が殴り書きされていた。

『*Sample-72 Is Watching You*』

『実験体七十二号がお前を見ている』？

どういう意味だ。何の警告だろうか。

歩み寄り、手袋越しにドアノブを摑む。扉は微動だにしなかった。鍵がかかっている。

温室の中をぐるりと見渡す。壁と屋根のほぼ全面が蔓に覆われている。開いた窓は、捜査員の出入りに使われている一箇所だけだ。天窓は二枚。屋根の中心点を挟むように、それぞれ左右の直植えの株の真上付近に設置されている。これらを含め、他の窓はすべて閉ざされていた。

「……ねえレン、周りの窓って、どこか動かしたりした？」

「いいえ、そのままです。

警察官らの証言によれば――

発見当時、この温室は、出入口の扉、窓、天窓ともすべて内側から施錠されていたとのことです」

現場に駆け付けた警察官二名が、血溜まりと首、そして学生を外から発見し、温室に入ろうとしたところ、窓も扉も全く開いていなかったという。

仕方なく、彼らは窓のひとつ――出入口から見て右側面の一番手前――を破った。血文字の書かれた出入口は、現場保存のためそのまま残された。

蔓が内側を覆っているため、入室の際は、蔓の網目が最も粗い箇所の窓を選んだが、それでも蔓が身体に絡まり、中へ入るのには苦労したらしい。

窓は、大きさが縦横約八〇センチ、地面から下縁までの高さは大人の腰ほど。上縁付近を軸にして下側を室外へ突き出すタイプだ。今は、目一杯振り切ったブランコのように、地面とほぼ平行に大きく開かれている。この状態なら、大人ひとりは充分に通り抜けられる。だが――

漣の説明を聞き終えると、マリアは顎に指を当て、改めて温室を見回した。

……すべての扉と窓に鍵がかかっていた？

先程の説明によれば、学生は明らかに第三者の手で拘束されていたという。中にいた生存者が犯人という単純な状況ではないらしい。

見たところ、犯人が温室を脱け出すための経路は三つ。壁の窓か、天窓か、出入口の扉か。

壁の窓と天窓は、どれも同じ――下部を外へ突き出す――機構のようだ。下の窓枠に、ハンドル付きの半円状の留め金が付いている。クレセント錠だ。窓の隙間に糸などを通して引っ張れば、外から施錠することも不可能ではなさそうだ。

が、問題は蔓だった。

バラの蔓が、壁や屋根の至るところを這い回り、窓という窓を塞いでいた。

塞ぐといっても、向こう側を覗けるだけの隙間は開いている。が、せいぜい片腕が通る程度だ。大人が肩を通せるほどの充分な間隔はどこにもない。窓は外開きなので、腕を通せば内側から押し開くことはできそうだが――

マリアは植え込みの間を抜け、壁の近くに寄った。

温室を支える縦横のフレームのところどころに、留め金や添え木が――床と屋根の間、そして壁と屋根の境界付近に――据え付けられている。それらを支点にして、ガラスの壁の表面に蔓のカーテンが下りている格好だ。

棘に注意しながら蔓の一部を握り、引っ張る。わずかに浮き上がった。すべての箇所が壁や窓に固着しているわけではないらしい。このまま持ち上げれば、下を潜り抜けて窓から外へ出ることもできそうだ。

しかし――重い。

ひとつひとつの蔓が長く、互いに絡み合っているため、一箇所を引っ張るとかなりの部分が同時に引きずられる。無理に持ち上げようとすれば、持ったところから蔓がちぎれてしまうだろう。

何か痕跡がないかと足元を見渡してみたが、換気作業の名残か、窓の正面辺りの土は踏み固められていて――この温室はだいぶ長い間使われていたらしい――足跡などは確認できなかった。

他の壁の窓も状況は似たり寄ったりだ。土の表面が軽く均されているところも何箇所かあるが、目立つといえばせいぜいその程度だった。

出入りが難しいという点では、二つの天窓も大差ない。

壁同様、屋根のフレームにも留め金や添え木が取り付けられている。それらを経由して、バラの蔓が縦横無尽に屋根と天窓の内側を走っている。蔓の密度は壁より薄めだが、人間が通れる大きさの隙間はない。

窓が駄目——となると、出入口か。

しかし、こちらは内側から血文字が書かれている。扉は両開きで、血文字の一部は二枚の扉の合わせ目を横切っている。扉が開閉されれば、血が垂れたり文字がずれたりするなど、何らかの痕跡が残るはずだ。しかしそのような跡はどこにも見当たらない。

テニエル博士を殺害し、首を切断し、学生を閉じ込め、扉に血文字を書き——

そして犯人はどこから、どうやって温室を脱け出したのか？

「レン、どう思う？」

「今のところは何も。天窓からロープを垂らして出入りしたのではないかとも考えましたが、ご覧の通り、蔓を切らずに脱け出すのは困難です。強引に通り抜けたような痕跡も見当たりません」

身体を通すのは無理か。なら。

「犯人が脱け出したんじゃなくて、頭の方を外から入れたのかしら。

壁より屋根の方が、蔓の目が粗いわよね。胴体は無理でも、頭部だけなら天窓からどうにか通せそうじゃない？」

例えば、マジックハンドのようなもので頭部を挟み、天窓から差し入れ——血溜まりの縁の上まで運んだとしたら。

「非現実的ですね」

漣の返答はにべもなかった。「『どうにか通せる』ということは、裏返せばその程度の隙間しかないということです。あの狭さではほぼ確実に、蔓の棘が頭部を引っ掻くでしょう。しかし見たところ、そのような痕跡は頭部のどこにも確認できません。

百歩譲って接触せずに通せたとして、マジックハンドの痕がやはり頭部のどこかに残るはずですが」

漣の言う通り、テニエル博士の頭部は至って綺麗なものだった。

首の切断部周辺に血が付着している程度だ。顔の皮膚には、引っ掻き傷も挟まれた痕もない。白髪交じりの頭髪も、切断部に近い後頭部の髪の先がわずかに赤く染まっているだけ。それ以外は、目立った土埃さえ付着していなかった。

「だったら、道具を使わないで直に放り投げたとか――」

「そして血溜まりの縁に、頭部が弾みも転がりもせず、横向きにぴたりと着地したと？　驚異的な投擲(とうてき)の腕前ですね。ボウリングでガーターを連発する貴女に見習わせたいところです」

「余計なお世話よ！」

どこからそんな情報を手に入れたのか。「……了解。方法論はひとまず後回しにしましょ。それより」

「ええ」

マリアの意を察したように、漣が言葉を継いだ。「不可解なのはむしろ、なぜこのような状況が作り上げられたのかという点です」

首が切断されている以上、自殺に見せかけるためとは考えられない。

遺体の発見を遅らせるためか。しかし温室はガラス張りだ。蔓が這っているとはいえ、外から中の様子は丸見えだ。

となると――

「現場には、学生が一緒に閉じ込められてたのよね。そいつに罪を着せるため、とか？」

「であれば手足を拘束する必要はありません。何もせず放り出すか、偽装と見せかけられる程度の緩めの拘束にとどめるでしょう。ですが、駆けつけた警察官らによれば、学生は後ろ手に、偽装とは考えられないほど固く縛られていたそうです」

犯人は、絶好のスケープゴートをみすみす無駄にしたことになる。博士が首まで切られながら、学生は無傷のまま見逃されたというのも気になるが――

マリアは出入口へ再び目を向けた。

――『実験体七十二号がお前を見ている』。

荒々しく躍る赤黒い文字列。誰とも知れぬ犯人からの、誰とも知れぬ『お前』への警告。

……メッセージ？

フランキーの首が切断されたことも、温室の状況も、合理的な理由から生じたものではなく、犯人から何者かへの伝言のようなものなのだろうか――

マリアは首を振った。駄目だ、考えが迷走している。

漣を促し、窓をくぐって外へ出た。こういうときは気分を切り替えるに限る。

現場検証――のふりをした散歩――がてら裏庭を歩く。（【図3】）

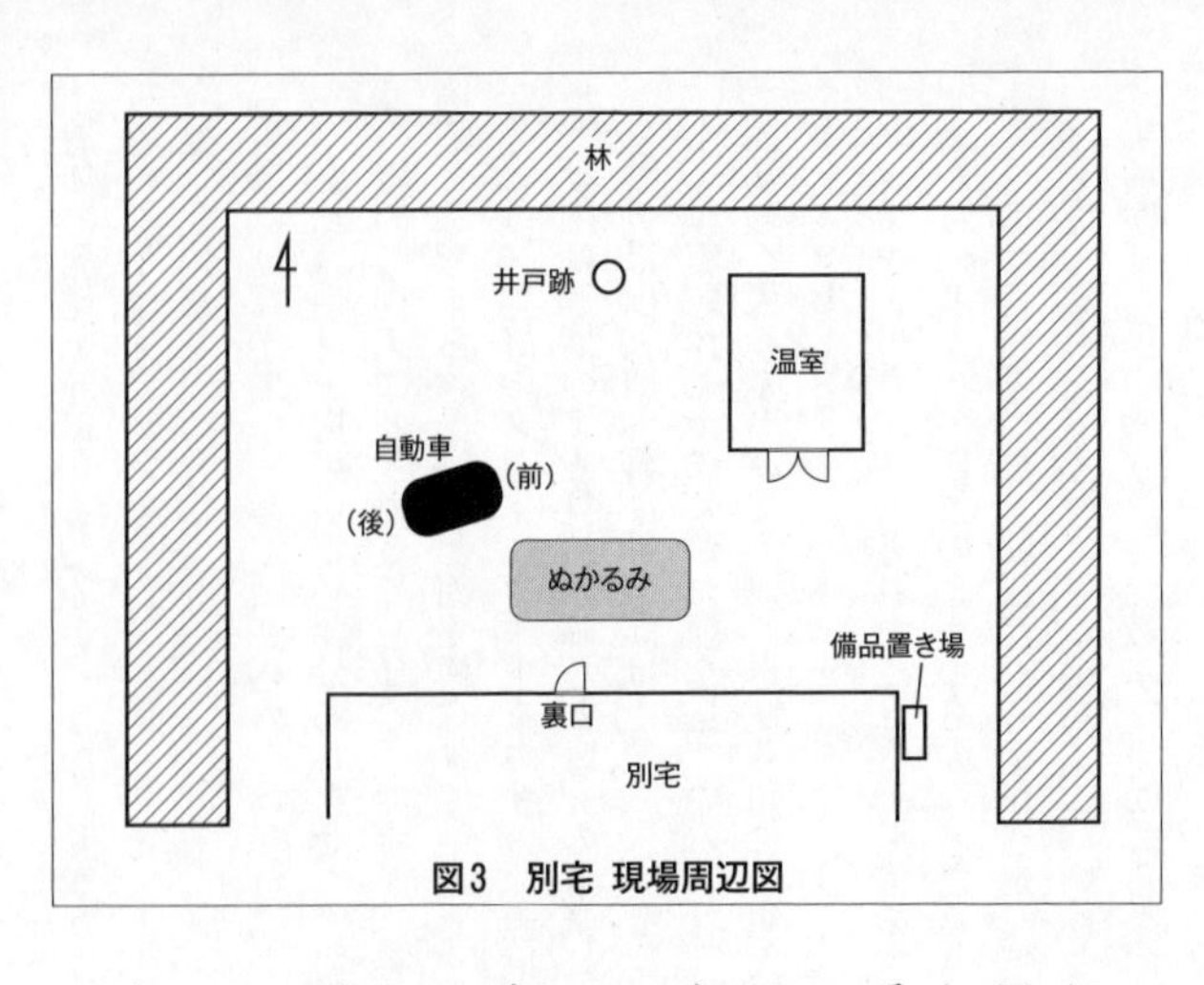

図3　別宅 現場周辺図

周囲の土は雨に濡れ、何箇所かに水溜まりができている。裏庭の中心から別宅へ寄った辺りに、花壇の跡だろうか、長方形状の小さなぬかるみが広がっている。その北側、林の手前には、土の色が周囲と異なる円形の痕跡。こちらは井戸の跡らしい。だいぶ昔に埋められてしまったらしく、平らな土に苔が薄く生えているだけだった。

「レン、雨が降った時間帯は？」

「A州北部の観測地点で昨夜二十三時頃から今朝五時頃まで、とのことです。フラッグスタッフ市郊外ですと一、二時間の誤差はあるかもしれませんが――発見当時、足跡や轍の類は現場周辺に何も残っていませんでした」

雨が洗い流してしまった、か。

もっとも、ぬかるみを除いた大半の箇所は土が固い。仮に雨が早く止んだとしても、バケツなどで水を撒けば綺麗さっぱり流されてしまっただろう。今も大勢の捜査員たちが行き来しているが、彼らの足跡はうっすらとしか見えなかった。

持ち主を喪った自動車が、ぬかるみの近くにぽつりと停まっている。中を覗くと、長距離を走ったのか、燃料計の針が下限に近くなっていた。運転席、助手席、後部座席と目を移したが、これといったものは見当たらない。後ろのトランクを開けてみたがこちらも空だった。

別宅の壁沿いを歩く。

温室を左手に見ながら角を曲がると、家屋の側面、玄関から向かって右手の壁際に、温室で見たのと同じ形の鉢や支柱が、雑然と積み置かれていた。備品置き場らしい。鉢が上向きだったり伏せられたり、支柱が壁に立てかけられたり地面に横置きされたりと、およそ整頓されているとは言いがたい乱雑さだった。

と、捜査員のひとりがマリアたちを手招いた。漣が捜査員の元へ駆け、再び戻ってくる。表情がわずかに緊迫感を帯びていた。

「マリア、ボブから連絡です。博士の胴体が見つかりました」

フランキー・テニエルの胴体は、別宅の裏手に広がる林の一角に埋められていた。

敷地を区切る小さな柵をまたぎ越し、しばらく歩いた先の木の根元。博士の胴体は、土の中、衣服と靴を着けたまま、胎児のように手足を丸めていた。肌の青白さと切断面の赤黒さが、奇妙に不釣り合いだった。

捜査員らが遺体を持ち上げ、ブルーシートの上に寝かせる。穴の底に血痕が残っていた。

「ボブ、見解を」

「死後十時間から十二時間といったところだな。ざっと見た限りだが」

ボブ・ジェラルド検死官が、手袋を嵌めた手で遺体に触れた。

褐色の瞳に白髪、小太りの身体。近所の親父といった風貌の初老の検死官は、昼寝中の犬を撫でるような手つきで遺体に手を滑らせた。

「死後硬直がだいぶ進んでいる。死斑も、遺体の右側――下になった方に偏っている。詳しくは解剖を行ってからだが、そう外れてはいまい。雨にもさほど濡れておらんしな」

遺体の肌や服はあちこち土まみれだが、湿気を吸った様子はあまりない。――死亡推定時刻は昨夜の二十時から二十二時の間、か。

「死因は何かしら」

「刺殺だな」

遺体の正面、衣服に広がる血痕の中心をボブは指差した。心臓の付近に刺創が見える。「他には外傷が見当たらん。これも正確には解剖待ちだが、ほぼ間違いなかろう」

衣服の派手な破れなどは特に見受けられない。温室にあった頭部も、切断面以外は綺麗なものだった。正面から心臓を一突き――顔見知りの犯行だろうか。

「それと、胴体の埋まった土の上に、こんなものが残されていた」

ボブが透明なビニール袋を掲げた。

濃青色のバラの花が入っている。《深海》だ。茎はついていない。そういえば温室の《深海》の枝に、一箇所切られた跡があった。そこから切り落とされたもののようだ。

首を切り落とされた胴体の上に、枝から切り落とされた青バラの花——供養のつもりだとしたら随分と悪趣味な演出だ。

「解りました。引き続き検死をお願いします」

ボブは頷き、再び遺体に向き直った。

遺体をボブに任せ、マリアと漣は、事件の生存者——博士に同行していたという学生の元へ向かった。

今は別宅のリビングにいるらしい。裏口から中に入り、リビングのドアを開けると、意外な人物がソファに座っていた。

「……あ」

白髪の少女が、唇を楕円に開いた。

つい先日、C大学でマリアたちを案内してくれたアルビノの少女だった。名前は——

「アイリーン？」

「ソールズベリー警部、九条刑事。……お久しぶり、でしょうか」

彼女が『テニエル博士に同行した学生』だったのか。奇妙な巡り合わせを感じつつ、マリアはアイリーンの横に座った。

「何と言っていいか解らないけど——具合はどう？」

「大丈夫。腕がずきずきするのと……頭がふらふらして、少し気分が悪いだけ」

アイリーンは右手で左腕に触れた。表情は乏しく、血色も失われ、白い肌が病的なまでに青ざめている。拘束の痕だろうか、顎の下がかすかに赤くなっていた。

あまり大丈夫ではなさそうだ。聞き取りの前に病院へ行かせるべきかとも思ったが、当人は「平気だから」と首を振った。

――事情聴取は簡単な自己紹介から始まった。

アイリーン・ティレット、十三歳。C州在住。今年の九月から飛び級でテニエル研究室に所属し、青バラをはじめとした遺伝子編集技術の研究に携わっている。

「早速だけど、何があったの。博士の付き添いだったとは聞いてるけど、前後の事情を含めて詳しく教えて頂戴」

アルビノの少女は頷き、囁くような声で語り始めた。

彼女がフランキーに同行して別宅を訪れたのは昨日の夕方。学会の準備のためだった。

会場が同じA州ということで、フランキーは学会の期間中、別宅を拠点に過ごす予定だったらしい。ただ、発表資料の確認や大学の事務書類の作成など、色々と仕事が溜まっていたため、手伝いとして学生をひとり、研究室内で募っていた。

「貴女がそれに手を挙げた、ということですか」

アイリーンは首を横に振った。

「本当は、ミレーユ――別の博士課程の人が行くことになってた。けど、彼女が直前で体調を崩して……それで、予定の空いていた私が、代わりに」

「貴女がC州を出発したのはいつ頃でしょう」

「昨日の午前八時──A州時間だと、午前九時過ぎ」

U国は広い。C州とA州は隣同士だが、時間変更線を挟んで一時間の時差がある。

「……先生と大学で待ち合わせて、一緒に、自動車で。

途中で何回か、ガスステーションで休憩を入れて……ジェリーフィッシュを見物したりもして──」

証言は途切れ途切れに続いた。

時間変更線を越え、腕時計の針を合わせつつ、二人が別宅へ到着したのは十六時頃。七時間近くの長旅だった。

玄関の前に自動車を停め、荷物をいったん別宅に置き、二人で市街地へ買い出しに。ガスステーション横のショッピングモールで当座の食料品などを買い揃え、軽く食事を取り、別宅へ戻ったのが十八時より少し前。長旅の疲れで、車中は半ば居眠り状態だった。フランキーが裏庭へ自動車を停め、運転席を下りるのを助手席からぼんやりと眺め──いつの間にか寝入ってしまった。

「気付いたら、外は真っ暗だった。……先生の姿もなくて」

アイリーンは無表情のままだったが、声が次第に硬さを増していった。

フロントガラスの外に目を向けると、夜の闇の中、温室の明かりが浮かび上がっていた。ガラスの内側を蔓が這い、その隙間から、赤、黄、桃……色鮮やかなバラの花々が見えた。

「先生が仕事をしているのかと思って、クルマから降りて、温室の近くまで来てみたら……。中で、先生が――倒れてた。《深海》が、青バラが……そばに置いてあって。胸に、ナイフのようなものが、刺さって――服が、赤く染まって……。扉に、赤い字が……『お前を見ている』、のような――」

そのときの光景を思い出したのだろう。アイリーンは膝の上で両手を震わせた。

恩師の遺体を目の当たりにするなど、十三歳の少女には酷な体験だ。慰めの声をかけようとして、マリアは猛烈な違和感に襲われた。

今、彼女は何と言った？

「もう一度お尋ねします」

漣が静かに問いかけた。「テニエル博士は温室の中で、胸を刺されて倒れていたのですね？」

漣の質問の真意に気付かない様子で、アイリーンはこくりと頷いた。

発見されたとき、温室にあったのはフランキーの首だけだった。アイリーンの証言が正しければ、彼女が目撃した時点で首はまだ切断されていなかったことになる。

「そのときの時刻は解りますか」

「……腕時計は、九時を少し回ってた。……こんな時間になってたのかって、ちょっとだけ驚いたから」

ボブの見立てた死亡推定時刻と一致する。彼女が発見したとき、フランキーはちょうど殺害されたばかりだったのかもしれない。

「博士を発見した後、貴女はどうされましたか」

「……あまり、覚えてない」

アイリーンの回答には、しばしの間があった。「驚いて、怖くて、混乱して……誰かを呼ぼうなんて思い付けなかった。早く中に入って先生を助けなきゃ——それだけだった」

だが、窓も出入口もすべて鍵がかかっていた。天窓に上ろうにもはしごの類が見つからない。どうしようと迷った直後、背後に何者かの気配を感じた。

振り向く間もなく、後ろから口を塞がれ、同時に顎の下に手を回され、力を加えられ——その後の記憶はない。「頸動脈の圧迫による意識の剝奪ですね」と漣が呟いた。

次に意識を取り戻したときには、リビングのソファに寝かされていた。自分が温室に閉じ込められていたことは、救助に当たった警察官たちから聞かされた。別宅の裏口が開いていたので、すぐ横にできる手近な場所へ運んだということだった。

「他に気付かれたことはありませんか。博士の遺体や、扉や窓が閉ざされていたこと以外に、何か変わったことは」

アイリーンは目を閉じ、静かに首を振った。

「扉に字が書かれてたことくらい。後は……何も。よっぽど変なことがあったら、覚えてる……と思う」

マリアは事件の状況を脳内で再現した。

犯人がフランキーを刺殺。温室を閉ざし、扉に血文字を書いて外に出る。

アイリーンが温室のフランキーを発見。中に入ろうとするが扉も窓も閉まっている。

犯人がアイリーンの意識を奪い、手足を拘束、温室に入れる。フランキーの首を切断し、胴体を庭に埋め、温室を閉ざして外に出る——

おかしい。

アイリーンがフランキーを発見した時点で温室が閉ざされていたのなら、犯人は封印を一度、、、破り、種々の工作を施し、胴体を運び出した後で、もう一度温室を封じたことになる。

犯人はなぜ、そんな面倒なことを——？

「先生は亡くなった、って、警察の人から聞いた。……本当に？」

「ええ」

嘘を吐くわけにはいかなかった。アイリーンは俯き、愛らしい唇から消え入るような嗚咽を漏らした。

長い時間が過ぎた。アイリーンは不意に顔を上げた。

「先生に、会わせて」

「お勧めできません。貴女が最後に見たときとは違って——今はひどい状態です」

「それでもいいから」

「ですが」

「解ったわ」

マリアは立ち上がった。「マリア?」と声を上げる部下を無視し、アルビノの少女を見据える。

「そこまで言うならついてきなさい。泣き叫んでも構わない。ただし、博士に一切手を触れては駄目よ」

アイリーンは泣き叫ばなかった。

博士の胴体は一時的に温室の近くまで運ばれていた。ブルーシートの上に横たわる胴体と、切断面を合わせるように置かれた頭部を、アルビノの少女は無言で見つめ——青白い頬を幾筋もの涙が伝った。

遺体が運び出され、アイリーンも病院で検査を受けるため、パトカーに乗せられて惨劇の舞台を去った。

少女を見送り、マリアたちは別宅へ戻った。仕事はまだ、嫌というほど残っている。

まずは犯行前後の状況の把握だ。買い出しから戻った後、フランキーの身に何があったのか。

「キッチンへ行ってみましょう」

漣が提案した。「表のガレージでなく裏庭へ自動車を回したということは、裏口から買い出しの荷物を運び入れるつもりだったのかもしれません」

「了解」

一階のキッチンに入ると、漣の推測通り、テーブルの上に大きなビニール袋が二つ並んでいた。U国全土に店舗のある大型スーパーマーケットのロゴだ。

中を覗く。食パンが数袋、他はシリアル、缶詰、菓子……加工食品ばかりだ。日用品はトイレットペーパーひとつだけ。

壁際の冷蔵庫を開ける。パック入りの卵、チーズ、牛乳とオレンジジュースの紙パックが二本ずつ、後は何本かの缶ビールと調味料のみ。棚の大半は隙間だらけだ。生肉や野菜は一切入っていなかった。

「料理にはあまり興味なかったのかしらね、博士もアイリーンも」

「冷蔵庫に酒類しか入れていない貴女よりはましかと思われますが」

「失礼ね、つまみくらい入ってるわよ」

我ながらわびしい反論だった。

ビニールの中からレシートも見つかった。ざっと見た限り、購入品はビニール袋や冷蔵庫の中のものと一致する。念のため店舗での裏取りは必要だが、買い出しに行って戻ってきたというアイリーンの証言と、裏口から購入品を運び入れたという漣の推測は、ほぼ事実とみてよさそうだ。

問題は、その後に何が起こったかだ。

寝入ってしまったアイリーンを博士が放っておくとは思えない。要冷蔵品をしまい終えたところで起こすなり、抱えてベッドに運ぶなりしたはずだ。

しかし現実はそうならなかった。なぜか。

「このタイミングで犯人の襲撃を受けた、と考えるのが妥当でしょう」

マリアの表情を読んだように、漣が口を開いた。「事前に忍び込んだのか、堂々と玄関の呼び鈴を押したのかは解りません。恐らく後者と思われますが――犯人は、食料品を整理していたテニエル博士の不意を衝き、行動の自由を奪った」

ただ、この時点ではまだ博士は生きていたはずだ。

博士とアイリーンが別宅へ戻ったのが十八時前。買い出しの荷物の運び入れに五分から十分程度かかったとしても、襲撃時刻は十八時過ぎ。死亡推定時刻の二十一時前後まではかなり間がある。

その間、犯人は何をしていたのか――

マリアは顎に指を当て、はっと顔を上げた。

「実験室は？

もし、犯人の狙いが青バラ作出技術にあったとしたら、博士から何かしらの情報を聞き出そうとするはずよね。胸の刺創以外に外傷はなかったみたいだから、少なくともこの時点で荒っぽいことをするつもりはなかったとして――もし博士がいつまで経っても口を割らなかったら」

「業を煮やし、自力で別宅内を探しに出る。……仮に、この別宅に実験室のような場所があったとしたら、そこに何かしらの痕跡が残っている可能性はありますね」

――残っているどころではなかった。

『実験室』は一階にあった。元々は寝室だったらしい小さな部屋に、棚や机やテーブル、作り付けの流しが据え付けられている。

だが、床やテーブルの上は、嵐が通り過ぎたような有様だった。

ビーカーや試験管などの破片がそこかしこに散乱し、液体の飛び散った跡と思しき染みが何箇所も床に残っている。テーブルの上も、ガラス器具が倒れたり割れたりと激しく掻き乱されていた。それなりに秩序をもって置かれているのは、バスタブに似た器具――漣曰く『超音波洗浄機』というものらしい――や顕微鏡といった大きめの備品だけだった。犯人は、家捜しの痕跡を隠す気などさらさらなかったらしい。

「……何よこれ。あたしの部屋の方がよっぽどましじゃない」

「視力が低下しましたか？　私の眼鏡でよければお貸ししますが」

「あたしは老眼じゃないわよ！」

失礼な、と言いたげに漣が眉を寄せた。失礼なのはどちらなのか。

視線を巡らせる。サンプルと思しき、野菜の切りくずのような断片はあちこちに見つかったが、それらが何のサンプルなのか、重要なものなのかそうでないのか、あるいは持ち去られたサンプルがあるのかどうかは判断がつかなかった。

「書斎へ行ってみましょう。文献資料が残っているかもしれません」

漣が促した。

——一階の書斎も、実験室と同様に荒らされていた。

窓のそばに机がひとつ。紙束が山と積まれ、一部が斜めに崩れている。論文の複写らしき書類が、机の周囲を無秩序に覆い尽くしている。

左手の壁際には本棚。扉が開け放たれ、分厚い専門書が何冊も足元に散乱していた。

床に散らばる紙を慎重に避け、マリアは部屋の中を進んだ。これでは何の資料がどれだけ持ち出されたか、そもそも持ち出しがあったのかどうかも解らない。

ひとまず漣と手分けして、それらしき文書を探すことにした。

机の引き出しはすべて空だった。床にぶちまけられたのか、元々入っていなかったのか、それとも犯人が持ち去ったのか。机上の紙束を適当に手に取ってみたが、どれも小難しい専門用語の並んだ論文ばかりだった。


『鎌状赤血球貧血症における遺伝子変異』

『直接測定法を用いた花弁中のpH分布測定』

『神経線維腫症(しんけいせんいしゅしょう)患者の染色体異常部位の調査』

『体外受精技術の核移植への応用』

『色素欠乏症の各症例およびDNA分析の試み』

……

表題だけで目が回りそうだ。何となく解ることといえば、遺伝子に関する論文が多いことくらいか。後は――

「いわゆる『遺伝子疾患』の文献が目につきますね」

書類のひとつに目を通しながら漣。「人間の病気は、病原体の感染によるものばかりでなく、遺伝子の異常によって引き起こされるものも多いと聞きます。青バラを実現させたテニエル博士が、次の研究テーマとして調査していたのでしょう」

――動物でも細菌でも……すべて研究の対象になりうる。

植物の形を変えることができるのなら、人間の遺伝子の異常を治すことも――さらにはジョンが言ったように、人間を作り変えてしまうこともいずれ可能になるかもしれない。十数年内の実用化は無理だとフランキーは語ったが、仮に可能になったとして、それが百年先か、それともほんの二十年後かは誰も解らない。

実験ノートの類は見つからなかった。盗まれたのかとも思ったが、フランキーがここを訪れたのは学会の準備のためだ。貴重な実験資料を持参したとは限らない。ノートの所在の調査、優先度高め。仕事が着実に積み上がっていく。

それにしても――

ただの別宅にしては、この屋敷はかなり頻繁(ひんぱん)に使用されている印象を受ける。実験室の器具の多さ。書斎の資料の山。片付けられたキッチン。犯行現場となった温室の手入れ具合。

「秘密の隠れ家になっていたのかもしれませんね」

漣が一枚の紙に目を落とした。手書きの図や矢印のような、一目見ただけでは全く意味の取れない走り書きが、複写した紙の裏面にびっしりとひしめいていた。「大学では講義や研究員の指導などで慌ただしかったでしょうから、誰にも煩わされず実験や思索に浸れるこの場所が、博士にとって貴重なものだったのであろうことは容易に想像できます」

そして息抜きにバラの世話、か。大学教授も優雅な商売だ。

ともあれ、事件の構図は何となく見えてきた。犯人はフランキーを襲い、家捜しの末、博士を温室に連れ込んで殺害した。その際にどんなやりとりがあったのか、犯人が目的の情報を手に入れたのかどうかは解らない。だが実験室や書斎の荒らされ具合を見るに、芳しい成果が得られなかった可能性は高い。

――犯人の行動がよく解らなくなるのはここからだ。

温室の扉に血文字を書き、具体的な方法はさておき温室を閉ざす。

アイリーンが目を覚まし、博士の遺体を発見する。慌てて彼女を襲い、縛り上げる。

密閉状態の温室を一度破り、アイリーンを運び入れる。博士の首を切断し、胴体を林に埋め、再び温室を閉ざす。……

証言を基に事象だけ並べればこうなる。が、それらの繋がりは支離滅裂もいいところだった。

血文字や密閉状態の件はひとまず脇に置こう。たとえ傍目には合理的でなくとも、犯人にとっては重要な意味があったのかもしれない。

アイリーンが当初、車内に放置されたままだったことも、犯人が家捜しに夢中で気付かなかったと考えれば一応説明はつく。まさか裏庭の自動車に少女が眠っているなど想定外だったろう。フランキーの殺害後、後始末か何かで一度温室を離れたところを、運悪くアイリーンに見られてしまい、慌てて襲撃した――と考えれば辻褄は合う。

問題はこの後だ。

せっかく作り上げた密閉状態を破り、アイリーンを温室に閉じ込め、フランキーの首を切断した。

なぜそんなことをする必要があったのか。一度密閉状態を作り上げたのなら、アイリーンを襲撃した後でそのまま逃げてしまえばよかったはずだ。密閉を破る必要も、少女を温室に入れる必然性も、遺体の首を切断する理由もない。

あるいは、アイリーンが目撃した時点では未完成だったのだろうか。扉でも窓でもない、知られざる通り道がどこかにあって、そこを通って胴体を運び出し、改めて温室を封鎖したのだろうか。

しかし、そんな抜け道がどこにあるのか。

これはそのまま、密閉状態の構築方法への疑問にもなるのだが――先程温室を見た限りでは、地下通路の類はどこにも見当たらなかった。壁のガラスを外せたとしても、蔓が行く手を阻む。

それに、引っかかることはまだ多い。

犯人が青バラの技術を狙ったのだとしたら、温室の《深海》は格好のサンプルだったはずだ。なぜ行きがけの駄賃で持ち去らなかったのか。花を一輪切り取って、遺体を埋めた土の上に供えさえしているのだ。鉢に気付かなかったはずがない。なぜ——

答えは出なかった。仕方ない。今は捜査が先だ。

漣と二人、書斎に残された書類の吟味（ぎんみ）を進めたが、どれも過去の日付が記された公開済みの論文か、意味の読み取れない走り書きばかりで、新たな発見は得られなかった。

書斎をいったん諦め、他の部屋を調べることにする。

廊下の奥に部屋が二つあった。どちらも寝室のようだ。奥の部屋を漣に任せ、マリアは手前の部屋へ入った。

簡素な部屋だった。小さな机とベッドがひとつずつ。こちらはあまり使われた気配がない。

ベッドの傍らに、やや大きめの、ピンクの花柄のバッグが置かれていた。

アイリーンの私物のようだ。そういえば、買い出しの前に荷物を置いた、と証言していた。

こんなものを忘れていくとはよほどショックが大きかったらしい。後で届けてあげなければ。

とはいえ、今は捜査が優先だ。心の中で少女に詫びつつバッグを開けると、ティーンズ向けの可愛らしいインナーウェアが数着。それと、『講義ノート』と記されたノートが一冊入っていた。表紙の隅に花柄のシールが貼られている。

……結構、可愛い趣味をしてるのね。

見てはいけない秘密を覗いてしまい、少々申し訳ない気分で、マリアはノートをめくった。

中身はまさしく『講義ノート』だった。実験の記録はどこにもなく、代わりに授業のメモと思しき内容が続いている。少女らしく丸みを帯びた字と、『生物工学概論』などの単語のいかめしさのミスマッチが微笑ましい。

ただ、青バラに関する最新技術の類は書かれていないようだ。白紙のページの手前までざっと目を通し、ノートを閉じかけてふと手を止めた。

上部の空白に、短い文章が記されていた。


『私は誰？

あの人は誰？』


息が止まった。

……『私は誰』？

どういう意味だ。思春期の女の子らしい多感な落書き、と言われればそれまでだが……かすかに震えを帯びた文字からは、ただの物思いと簡単に片づけられないものを感じる。

それに、『あの人』とは誰か。

不吉な予感めいたものが、マリアの中で渦を巻く。

何も解らない。解らないが――アイリーンが事件に巻き込まれたのは、果たして偶然なのか？

「マリア、そちらはいかがですか」

漣が部屋に入ってきた。マリアは慌ててノートを閉じた。

「アイリーンの荷物だけだったわ。そっちは？」

「同じです。テニエル博士の荷物と思しき鞄だけでした。

入っていたのは、着替え、大学の事務書類や学会の資料、それとスケジュール帳。目を引くような技術資料は見つかりませんでした。……犯人が中身を抜き取った可能性は否定できませんが」

いずれにしても手がかりなし、か。

「温室をもう一度見てみましょ。犯人の脱出経路くらい解るかもしれないわ」

「だとよいのですが」

いちいち一言多い部下だ。

裏口から外へ出ようとしたちょうどそのとき、正門の方からエンジン音が聞こえた。踵を返し、リビングを抜けて玄関の扉を開けると、一台の自動車がマリアたちの数メートル手前で乱暴に停車し、くたびれた上着を羽織った銀髪の中年男が、運転席のドアを蹴破るように現れた。

「畜生……手遅れだったか」

「ドミニク？」

フェニックス署のドミニク・バロウズ刑事だった。マリアの姿を認めると、白髪交じりの刑事は苦々しい顔で歩み寄りながら、よう、と片手を上げた。

「フェニックスからわざわざ飛んできてくれたの？　ご苦労様だわ」

「今朝、そこの黒髪から連絡を受けてな。

……すまねぇ。こんなことになるなら最初から全部教えとくべきだった」

「まったくよ。一体どういうこと。あんたたちは何を知ってたの」

奇妙な捜査協力依頼といい、訊きたいことは山盛りだ。

と——

「君がマリア・ソールズベリー警部かね」

ドミニクの背後から、ひとりの男が声を投げた。

巨漢だった。上背があり胴回りも太い。頭頂部はすっかり禿げ上がっている。年齢はドミニクより上だろうか。両眼を細め、マリアの頭から足まで視線を動かしている。

「……そうだけど、あんた誰？」

「ジャスパー・ゲイル。フェニックス署の警部補だ」

太った男——ジャスパーは懐から身分証を取り出し、マリアたちの前に掲げた。「君のことはバロウズから聞いているよ。部下が色々と世話になったようだね。今回は捜査協力の件、大変感謝している。今後ともよろしく頼むよ」

ドミニクの上司か。ジャスパーは慇懃な物腰で会釈した……が、体格のせいか、マリアの目にはゾウアザラシが上半身を前後に揺らしたようにしか見えなかった。

「さて、よろしければ誰かに現場を案内してもらえるだろうか。

バロウズ、お前はその間に彼らへ説明を頼むよ」

「了解」

ドミニクの返答には、どこか投げやりな響きが含まれていた。

漣が捜査員のひとりを呼び、現場への案内を指示する。巨体を揺らして温室へ向かう上司を、ドミニクは唾棄するがごとき顔で睨んでいた。

「――ドミニク？」

銀髪の刑事は我に返ったように向き直った。マリアと漣の視線に気付いたか、ばつが悪そうに息を吐く。

「悪ぃな。あいつとは昔からどうも反りが合わなくてよ」

「苦労するわね、お互い」

同情を込めて返した。職場の人間関係で悩むのはどこも同じだ。何か言いたげな漣の視線をマリアはさりげなく無視した。

「それより事件の方よ。説明して。あんたたちの目的は何だったの」

そうだな、とドミニクは気を取り直すように首を振った。

「四の五の言うより、こいつを読んでもらった方が早ぇ」

茶封筒をマリアたちに差し出す。クリップ留めの書類が入っていた。何かの複写のようだ。その場で書類を取り出し、一枚目から順に目を通し――

「……ちょっと、何よこれ⁉」

最後のページに書かれた文章を読み返しながら、マリアは叫びに似た声を漏らした。

『どうすればいいのだろう。
どうしてこんなことになったんだろう。
みんな、みんな死んでしまった』

第7章　プロトタイプ（Ⅳ）

喉までせり上がった絶叫を、俺は必死に手で覆って食い止めた。悲鳴を漏らさずに済んだのは奇跡としか言いようがなかった。

――博士、犬でも飼ってるの？

――いや、あの声は実験体七十二号だな。

まさか……まさか、こいつが⁉

そんな。博士の冗談じゃなかったのか。

暗がりの中、そいつが起き上がる気配がした。俺は全力でその場を逃げ出した。

気付くと実験室の中にいた。暗い部屋の中、俺は薬品棚の陰に座って震えていた。

ドアの開く音がした。思わず頭を抱えると、聞き慣れた声が降ってきた。

「エリック、こんなところにいたのか」

「……博士？」

テニエル博士だった。眉をひそめ、次いで何か察したように、そうか、と呟く。

「大丈夫だ。あの警官なら帰った」

「帰った……？」

「あまりにしつこいので『令状を見せろ』と言ったら出て行った。君がここにいる可能性が高いと言っていたが、あの様子でははったりのようだな」

これだから警察は――と博士は苦々しく毒づき、俺の肩に手を置いた。「この件は明日にでも警察署へ抗議を入れる。むろん、君のことは伏せておく。今は部屋に戻って休みなさい」

「……うん……」

違う。

自分が震えているのは、警察が来たからだけじゃなくて――

けれど、それを口に出すことはできなかった。博士に促され、俺はよろよろと立ち上がった。

目の前にいるというのに、博士との間に厚い幕が下りてしまったような感覚に襲われた。

二階に戻る直前、アイリスとケイトが俺の様子を見に来てくれた。

俺の真っ青な顔を見て、二人とも表情を曇らせたが、心配ないと博士が伝えると、ケイトは気遣うように微笑んだ。アイリスは黙って俺の手を握った。

牧師は二階の客間――俺の隣の部屋――にいた。俺が二階へ上がった際、ドアから顔を出した。

「何か異状が？　階下が騒がしかったようですが」

「何でもない。……いきなり警察が見回りに来て、ちょっと驚いて」

うまい言い訳を思いつかず、俺は曖昧にごまかした。牧師は怪訝な表情を浮かべたが、特に何を訊き返すこともなく、黙礼してドアの奥へ消えた。

自分の部屋へ戻り、ベッドに潜り込んだ後も、身体の震えが止まらなかった。

警察の来訪、地下の怪物――立て続けに起こった出来事が頭の中をぐるぐると回って、すぐに眠るなどとても無理だった。

警察へは抗議を入れる、と博士は言った。けれど、それで終わってくれるのか。

あいつは何なのか。あれを創ったのは博士なのか。どうして隠していたのか。

……怖い。恐ろしくてたまらない。

でも、何が？

父母に虐げられているときも――二人を手にかけてしまった瞬間でさえも、ここまで強い恐怖を感じたことはなかった。両親の命を奪った俺が、今さら何を怖がることがあるというのか。

毛布を頭から被り、身体の震えを両腕で押さえつけ――そして不意に、俺は理由を悟った。

――だから、私は君を責める言葉を持たない。

――あなたがどんな子供でも、私はあなたを許すわ。

――あなたは……悪いことなんか何もしていないから。

ああ、そうか。

俺はただ、ここでの温かな時間を失いたくないだけなんだ。

……低い轟音（ごうおん）が響いた。

地面が、そして窓が小刻みに揺れる。

雷でも落ちたのだろうか。それとも——


どこからか声が聞こえた気がして、俺はまどろみから醒（さ）めた。

柱時計の針は深夜近く。結局ろくに眠れていない。

風が窓を揺らしていた。雨音はない。嵐が過ぎ去ってくれたのか、それとも一時的に止んだだけなのかは解らない。

窓が揺れる音の間隙を縫うように、また、誰かの話し声が聞こえた。

ドアを開ける。牧師はすでに寝入ったのか、隣の客室は静まり返っている。階段から下を窺うと、男女の声が耳に届いた。テニエル博士とケイトらしい。小さな、しかし緊迫感に満ちた声だった。

「……玄関の鍵が——誰が……」

「そんな……じゃあ——はどこ……」

風の音に邪魔されて、会話は途切れ途切れにしか聞こえなかったが、二人の焦燥（しょうそう）はありありと感じられた。

「解らない。地下室の鍵も外れ……失策だ……あれが、ヘイデンが自力で逃げ出すとは——」

逃げた⁉

地下室の光景が——暗い部屋の奥に横たわる怪物の姿が、脳裏に蘇った。

まさか、あいつが？

突然、俺はとんでもないことに気付いた。

あいつを見て逃げ出したとき、俺は扉の鍵をかけ直しただろうか？

……思い出せない。

あいつのいる部屋の扉を閉め、階段を駆け上がり、地下室の扉を後ろ手に閉ざし、フックに鍵を戻し、実験室に飛び込み——そんな場面が断片的に記憶に残っている。見つかってはいけない、音を立ててはいけない、急がなくてはいけない。ただそれだけを必死に意識していたことも。

だが、扉を施錠し掛け金を下ろした記憶が、全く残っていなかった。

愕然(がくぜん)とした。

廊下と階段を隔てる扉。地下室の扉。恐らくあいつを閉じ込めるための二つの扉を、俺が鍵も掛け金も全部外してしまったのだ。動転のあまり、ただ逃げることだけを優先して、鍵をかけ直すのも忘れた。そしてあいつが逃げた……。

心臓が暴れ出した。二人の声をこれ以上聞くことができず、俺は部屋に飛び込んでドアを閉めた。

……怪物が逃げた。

俺の……俺のせいだ。どうする、どうしたら——

あいつがどういう存在なのか俺は知らない。だが、あんな場所に閉じ込められていたということは、外に出したらかなりまずいことになるということじゃないのか。それを、俺が逃がしてしまった――

どのくらいそうしていただろうか。ふと窓の外に目を向け――初めて異変に気付いた。

木々の向こうで、赤い光のようなものが揺らめいている。

……火？

屋敷からはそれほど離れていない。正門を出て少し歩いた辺り、だろうか。

山火事かとも思ったが、雷があんな近くに落ちたらさすがに気付かないはずがない。いつの間に――

悪寒が背筋を走った。……まさか。

衝動が罪悪感を上回った。部屋を飛び出し、一階へ下りる。博士とケイトの姿はなかった。

玄関の錠が外れている。俺は扉を開け、外に出た。そのまま走り出しかけ、鍵をかけていないことに気付いて慌てて足を止める。中に置いてあった傘立てを引きずり、扉の前にくっつけた。気休めだが、何もしないよりましだ。

走りだすと同時に、顔に水滴が当たった。また雨が降り始めたらしい。水溜まりから飛沫の跳ねる音が聞こえた。

門を出て左、上り坂の方へ曲がると、数メートル先に二つの人影がぼんやりと見えた。

博士とケイトだった。並んで立ち尽くしている。

俺の気配に気付いたのか、二人が振り向いた。

「エリック――」

「駄目！　見てはいけないわ」

遅かった。

道の真ん中で炎と黒煙を上げるそれを、俺の目ははっきり捉えてしまった。

警官だった。

※

ひょろりとした体格。炭と化した制服と制帽。焼け焦げた皮膚。

今日、二度にわたって屋敷にやって来たあの警官が、火に焼かれて倒れ伏していた。


――そんな。

どうしてこいつがこんなところに。博士に追い返されて、そのまま帰ったんじゃなかったのか。

いや、そうじゃない。誰が……誰がこんなことを。

何に殺されたんだ、こいつは。

まさか、あいつに——？

道端に灯油缶が転がっていた。物置かどこかから持ち出されたらしい。燃え上がる死体を、博士もケイトも打ちのめされた顔で見つめている。

やがて博士が口を開いた。聞いたことのない重い声だった。

「戻るぞ、二人とも。事態は一刻を争うかもしれん」

玄関の傘立ては、俺がさっき扉の前に置いた状態のままだった。「君がやったのか……いい判断だ」と博士に頭を撫でられたが、自分の犯してしまった罪を思うと、喜びなど全く湧いてこなかった。

傘立てを引きずりながら屋敷の中に戻ると、アイリスと牧師がリビングで待っていた。警官が殺されて死体が燃やされていた、と博士が説明すると、アイリスも牧師も表情を強張(こわば)らせた。

「警察に連絡を。殺人者が周辺を徘徊しているかもしれません」

牧師の提案に、博士は俺を一度だけ見やった。詫びるように目を閉じ、リビングの隅の電話機へ向かう。受話器を上げ、ダイヤルを回し——その手がぴたりと止まった。

「パパ、どうしたの」

「繋がらない……いや、何も聞こえない」

アイリスが父親に駆け寄った。受話器を受け取って耳元に押し付け、細い指で何度もダイヤルを回す。

どのくらい続いただろうか。アイリスは諦めたように受話器を置いた。

「駄目。……電話線が、切れてる」

切れた――？

頭上の電灯は点いている。前にケイトから教えてもらったのだが、この屋敷は自家発電機を備えているらしい。停電のときに温室や冷蔵庫のサンプルが駄目にならないように、とのことだった。だから電気が生きていて電話線だけ切れる、というのはありえないことじゃない。

けれど……何だろう、この不気味な感じは。

よりによってこんなタイミングで切れるなんて。風は強かったけれど、電話線はそんな簡単に千切れてしまうものなのか――？

「考えても始まらん。

外との連絡がつかない以上、こちらから出向くしかない。自動車で街まで下りて警察署へ行く。それが最善だ。――ロニー、留守を頼めるだろうか」

「いえ」

牧師は重々しく首を振った。彼がファーストネームで――ニックネームかもしれなかったが――呼ばれるのを、俺はこのとき初めて聞いた。「全員で下りた方がいい。少なくとも今、誰かがこの場に留まる理由は何もありません。フランク、自動車には全員を乗せられますか」

博士が頷く。こんな状況では仲違(なかたが)いなどしていられないようだ。

「駄目。だって、エリックが」

アイリスの抗議を博士が片手で制した。

「この子は途中で降ろす。これ以上巻き込むわけにはいかん。電話が繋がるところまで下りたら、ひとまず空港の近くにでも宿を確保して、タクシーで送る。その後のことは別途決めるが、今後の警察の捜査を考えるなら、彼はもう屋敷に戻らない方がよいだろう。……エリック、ひとりにさせてしまうことになるが、許してほしい」

「フランク――」

ケイトが苦しげな声を漏らす。

違う――

俺は叫び出しそうになった。どうして博士が謝らなきゃいけないんだ。こうなったのは全部、俺のせいなのに。

「何やら込み入った事情があるようですが、早く支度を。今は街へ下りるのが先決かと」

ロニーが皆を促す。反論は出なかった。俺たちは簡単に着替えを済ませ、ガレージへ向かった。

大きな自動車だった。ワゴンとかいう奴らしい。博士が街へ買い出しに行く際に使っているのだという。俺もガレージの掃除で何度か目にしたことがあったが、乗るのは初めてだった。

運転席に博士、助手席にロニー。後部座席にはケイト、アイリス、そして俺。大きなエンジン音とともに、自動車がゆっくりと動き出した。

正門を出て右へ曲がる。左の窓の外に警官の死体が一瞬だけ見えた。再び降り出した雨で、炎は消えていた。ケイトが哀しそうに目を閉じる。助手席でロニーが両手を組んだ。アイリスは眉をきつくひそめ、俺にだけ聞かせるように小声で呟いた。

「屋敷を見張ってたのかもしれない。……あなたの尻尾を摑むために」

博士は「帰った」と言ったが、あの警官は諦めていなかったのだ。そして、あいつと遭遇し、殺されてしまった。

それがいつのことかは解らない。雨が止んでいる間——俺が眠っている間の出来事だったとは思うが、正確な時刻を知ったところで何がどうなるわけでもない。

精神がねじ切られるようだった。俺のせいで、また、人が死んでしまった。

「大丈夫」

アイリスの白い手が俺の手に重なった。「令状は持ってなかった。それだけの証拠が見つかってないということ。……空港まで行けば、大丈夫。きっと逃げられる。パパが何とかしてくれる」

別れを惜しんでくれているのか、寂しそうにアイリスが微笑む。

俺は俯いた。手を握り返すことも笑い返すこともできなかった。

あんなことをしてしまった俺が、アイリスを——博士やケイトを置いて、ひとりで逃げるのか。

できるわけがない。けれど、どうしたら——

そんな物思いも無駄に終わった。

自動車が急停止した。「……馬鹿な」と博士が呻き声を放った。

土砂崩れだ。

ヘッドライトの先、大量の土砂が木々を呑み込み、壁となって道を塞いでいた。

※

徒労と絶望に押しつぶされるように、俺たちは屋敷へ戻った。

警官の死体を発見する前に、まどろみの中で轟音を聞いたのを思い出した。あれが土砂崩れの音だったのだ。

「ここで夜を明かすしかない。天候が回復すれば、ヘリが出て我々を発見してくれるかもしれん。

今は身体を休めることだ。ケイトもアイリスもエリックも、戸締りを怠るな。――ロニー、交替で見回りを頼む」

博士の重い声に、牧師は険しい表情で頷いた。

部屋に入り、ベッドの中に潜り込んだ。睡魔など全くやってこなかった。雨音がまた強くなった。

　警官の死体は今も道に放り出されたままだ。火はとっくに消えていたが、「警察が来るまで動かさない方がいい」という博士の言葉に、誰も反対の声を上げなかった。

　警官を燃やした火を、麓の街の誰かが見ていないだろうか。そんな考えもよぎったが、山の地形が入り組んでいて、ここからは街の光も見えない。山火事でも起こらない限り、麓から気付くのはたぶん無理だ。

　あいつを逃がしてしまったことを、俺は結局、誰にも話せなかった。

　テニエル博士もケイトも、あいつのことは一言も口に出さなかった。俺やアイリスを怖がらせまいとしてくれたのかもしれない。アイリスは何か気付いたようだったが、やはり何も言わなかった。それが逆に、俺から懺悔(ざんげ)するきっかけを奪ってしまった。

　……違う。

　俺に勇気がないだけだ。その気さえあればいつだって、誰にだって、牧師のロニーにだって、罪を打ち明けて許しを請えたはずだ。そんな簡単なことさえ俺にはできない。

　こんなことになるなんて。

　ここを出ていくべきだった。最初に警官が来たとき、俺が隠れずに名乗り出ていたら。博士やケイトやアイリスに甘えず警察に行ってさえいたら。

　いや——そもそも俺がここに来さえしなかったら。あのとき父母に逆らったりなどしなかったら。

あいつを逃がしてしまうことも、警官が死ぬことも、皆を危険にさらすこともなかった。

俺のせいだ……俺の。


そうやって、どのくらいの間シーツを摑んでいただろうか。

強い雨音に混じって、物音が響いた——ような気がした。

誰かの叫び声。何かが落ちて砕ける音。柔らかいものが倒れる音——のような、かすかな雑音の連鎖。

跳ね起きた。

……何だ、今の。

植木鉢が風で倒れたのだろうか。耳を澄ましたが、聞こえるのは雨音と風の音だけで、それ以外の不穏な音が耳に届くことはなかった。

気のせいだったのだろうか。不安のあまり、ありもしない幻聴を聞いたのか。

けれど——

心臓が胸の内側を激しく叩いた。長いことためらった後、俺は上着を摑み、真っ暗な廊下へ出て、雨に濡れる窓の外を覗いた。

闇夜の裏庭で何かが動いている。思わずびくりとしたが、よく見たら、バラの花や枝が風になぶられているだけだった。

胸を撫で下ろし、また目を凝らす。バラ園の向こうに、温室がぼんやりと浮かび上がる。風雨で倒れてしまっていないかとも思ったが、特にそんな様子はない。

ほっと息を吐きかけ――再び呑み込んだ。

温室の扉が開いている。

暗がりの中、閉まっているはずの扉が開き、風に揺られて動いている。

冷たい衝撃が背筋を走った。

夕食前にアイリスと二人で入った後、彼女が鍵をかけたはずだ。こんな夜更けに開けっ放しになっているなんてありえない。どうして――

混乱の中、廊下を見渡す。博士が屋敷を見回っているはずだが、二階に博士の姿はない。迷った末、俺はロニーの客間の扉を叩いた。

ロニーはなかなか顔を出さなかった。実際には数十秒程度に過ぎなかっただろうけど、俺には、牧師が現れるまでの時間が永遠のように感じられた。

「エリック……いったい何が」

やっとのことでドアが開き、牧師が顔を覗かせた。仮眠を取っていたのか、目が細められていたが、俺がたどたどしく状況を話すと表情が険しくなった。

「――解りました、すぐ確認します。君は部屋に戻っていなさい」

できるはずがなかった。首を振る俺を見て、ロニーは諦めたように「仕方ありませんね」と呟き、俺を促した。

一階へ下り、玄関の扉の脇の傘立てから傘を取り、リビングを出て裏口の扉へ。ここから直接裏庭に出ることができる。

ロニーが扉のノブに手を伸ばし――その手が止まった。

「どうしたの」

「鍵が……外れている」

え?

ロニーがノブを回すと、何の抵抗もなく扉が開いた。強い風雨が吹き付けた。

「戸締りを怠るな」と博士は言ったはずだ。なのにどうして裏口が開いているのか。

牧師が硬い表情で裏庭に出た。俺も慌てて後に続く。

闇に何か潜んでいるのではないか――そんな恐怖に怯えつつ、俺は周囲を見回した。花壇の近くで何かがきらりと光った気がして、思わず身がすくんだ。温室のそばまで来た頃には、靴もズボンもぐっしょり濡れていた。

温室の中は真っ暗だった。外開きの扉が、今は中途半端に開かれている。下の端が地面に擦れていた。

ロニーが手探りで温室の電灯のスイッチを入れ――瞬間、強面に似つかわしくない呻き声が喉から漏れた。

「ロニー⁉」

「駄目だ……来てはいけない」

忠告は無駄だった。牧師の脇から、室内の惨劇が俺の目に飛び込んだ。
テ、ニ、エ、ル、博、士、が、死、ん、で、い、た。
――温室は血の海だった。

床に広がる深紅の池。赤黒い飛沫があちこちに飛び散り、周辺のガラスやバラを汚している。

博士は仰向けに横たわっていた。

胸が血に染まっている。首を掻き切られ、赤黒い断面が生々しく覗いている。傍らに転がるのは、赤く染まった園芸用のハサミ。

光の失せた瞳が、温室の天井を見上げていた。

俺は絶叫した。

第8章　ブルーローズ(Ⅳ)

『五月一日（土）

青バラが咲いた。

パパの作ったたくさんのサンプルの中から、一株だけ、今まで見たことのない、青色のバラが咲いていた。

パパは「まだ検討が必要だ」と言ったけれど、ママはとても喜んでいた。私も嬉しい。

サンプル作りは私も手伝った。シャーレを洗ったり並べたり、株を鉢に植えたり。簡単なことしかできなかったけど、自分が手伝ったサンプルが花をつけるのは楽しい。

お祝いに、ママがアップルパイを作ってくれた。三人で一緒に食べた。とてもおいしかった。

五月二日（日）
青バラの株分けを手伝った。
何本か枝を切り取って、葉を整えて、他の鉢に土を盛って挿した。ママも手伝ってくれた。ママの作業はとても速くて、手つきも流れるようにきれいだ。いつも裏庭のバラの手入れをしているからだろう。私はママのようにきれいにできず、少し指を切ってしまった。株分けした鉢のいくつかを、外に置いた。「病気への強さを確かめるため」とパパが説明してくれた。バラにも病気があって、病気にかかりにくいバラとそうでないバラがあるらしい。

人間と同じだ。私がそう言うと、パパは黙って私の髪を撫でてくれた。

（中略）

五月五日（水）

朝食の後、ママがどろどろしたスープのようなものをお皿に入れて、あの部屋へ運んでいった。

この家には怪物がいる。

肉のかたまりのような外見の怪物だ。パパはそいつを実験体七十二号などと呼んで、部屋に閉じ込めている。私には決して見せないし、近付いてもいけないと言っている。

小さい頃、一度だけ言いつけを破って、そいつを見てしまったことがある。怖かった。泣きながら震えていた私を、ママがなぐさめてくれた。

怪物のことを私がきくと、ママはさびしそうな顔をした。怖くないのと私がたずねると、ちっとも、と少し笑った。

「大丈夫、人を襲ったりなんかしないわ。だから、アイリスも怖がらなくていいのよ」

ママのおかげで、私は怪物が怖くなくなった。かわいそうだなと思うこともときどきある。

どうしてパパは、あの怪物を家に置いているんだろう。パパは難しい顔で「アイリスが大人になったら話す」と言っていた。けれど私はあるとき、パパとママが怪物について二人で話しているのを聞いて、怪物の正体を知ってしまった。

けど、ここには書かない。大人になるまでは。パパとの約束だ。

五月六日（木）

外に出していた青バラの苗木が、全部病気になった。

「改良が必要だ」とパパは言った。元の株は温室に入れていて大丈夫だったけど、これで外に出せなくなってしまった。裏庭のママのバラと一緒に植えられるのを楽しみにしていたのに、とても残念だ。

あの青バラは私と一緒だ。周りと違う色をしていて、どこか弱い。

五月七日（金）

パパは遺伝子の研究をしている。生物の姿形は遺伝子で決まっていて、遺伝子を自由に書き換えられれば、姿形も思いのままに変えられる。そのための研究をパパはここで行っている。

パパは自分の考えをあまり話さない。どうして遺伝子の研究を始めたの、と尋ねても、「目的を果たすために必要だったからだ」と答えるだけで、詳しいことは教えてくれなかった。

でも、解る気がする。きっとママのためだ。

ママも私と同じで、肌と髪がとても白い。アルビノといって、色素を作る遺伝子が働かない病気なんだという。そのせいで、ママは小さい頃、周囲から変な目で（ママのパパやママからさえも）見られてきたんだと、前にパパが教えてくれた。

パパは、ママを助けるために遺伝子の研究を始めたんだ。

私を作ったのもきっとそのためだ。

遺伝子を治せれば、色素のない髪も金色や黒に変えられる。私はたぶん、それを確かめるために作られたんだと思う。

でも私は、やっぱりママと同じアルビノだった。

構わない。この白い髪は、私がママの分身だという証（あかし）だ。ママのきれいな髪と、同じ色の髪。

自分が実験動物だと思ったことはない。パパもママもとても優しい。だから私は、今日もパパの研究を手伝う。

（中略）

五月九日（日）

知らない子がやって来た。

昨日の夜、私が寝てる間に家の門の前で倒れていたらしい。街からはだいぶ距離があるし、ゆうべは雨だったはずだ。何をしていたのだろう。

私よりちょっとだけ年下のようだ。暗い目をした怪しい子だった。好きになれそうにない。

でもパパとママは、その子を一緒に住まわせるという。しかもパパの助手として。信じられない。パパもママも何を考えているのだろう。

さらに信じられないことに、パパはその子に青バラを見せた。「助手として雇うからには当然」らしいのだけど、ちょっと、ううん、かなり不用心だ。その子が何者かも解らないのに。山奥の暮らしが長くなって、警戒心が薄れてしまったのかもしれない。

決めた。私がこの家を守る。あの子の好きにはさせない。

（追記）

裏庭に出たとき、怪物の声をあの子に聞かれた。換気口を通じて聞こえてしまったんだろう。パパが「実験体七十二号だ」と言ったらあの子はびくびくしていた。いい気味だ。

五月十日（月）

馬鹿で図々しいエリックのおかげで、今日はパパの講義がほとんど進まなかった。

突然やって来たあの子を、パパとママは「エリック」と呼び始めた。あの子が名乗ったわけではなく、男の子が生まれたら付けようと二人で決めていた名前らしい。そういう大切な名前を、見ず知らずの他人に与えないでほしい。

エリックは無知だ。私でも解る遺伝子の初歩を何ひとつ知らない。それどころか、ジュニアハイスクールの教科書に書いてあることの半分も解っていない。六年生なのだからまだ構わないのかもしれないけれど。

働くことは働く。お掃除や洗濯は意外と手際がいいし――私の部屋には入ってほしくなかったから追い出したけど――パパの実験の雑用も、ママの庭の手入れの手伝いも、大きな失敗はしないでそれなりにこなしているようだ。というより、怒られまいとびくびくしながら働いているように見えるのは、気のせいだろうか。

けれど、パパの講義や実験の邪魔をするのは許せない。

パパの講義は、学校に行っていない私のために、小さい頃からパパがずっとしてくれているものだ。実験の手伝いだって、今エリックに任されているのは小さな雑用程度だけど、それも以前は私がやっていたのだ。突然現れた変な子供に割り込まれるなんて、何だか悔しい。

悔しかったから、十回ほど「居候」と呼んでやった。胸がすっとした。

五月十一日(火)

どうしよう。

さっきまで、エリックとリビングで話をしていた。ママが淹れてくれたホットミルクを二人で飲んだ。味がよく解らなかった。

何を書けばいいんだろう。きっかけはバスルームだ。バスルームで……駄目だ、恥ずかしくて書けない。

結論だけにしよう。私はエリックのことを何も知らなかった。

パパとママが、エリックを一緒に住むようにさせた理由が、やっと解った。ううん、話は最初から聞いていたけど、ちゃんと理解できてなかった。馬鹿なのは私の方だった。

昨日と一昨日の日記を読み返した。消してしまいたいほど恥ずかしい。

明日から、どうやってエリックと顔を合わせればいいんだろう。解らない。こんな気持ちは初めてだ。恥ずかしくて苦しくて——鼓動が静まらない。ちゃんと寝られるだろうか。

解らないけど、明日からの私へひとつだけ伝言。シャワーは朝に浴びること。

(中略)

六月二十三日（水）

色々なことがあった。

エリックを傷つけてしまった。エリックの気持ちも考えないで、要らないものは捨ててもいいと不用意なことを言ってしまった。エリックが出て行った後、とても重くて苦しい気持ちになった。パパやママに怒られたときにも感じたことがないくらいだった。

エリックが出て行っている間に警官が来た。エリックが街で何をしたのかを、私たちは初めて知った。エリックのためにここには書かない。自分でも驚くくらい、私は冷静に受け止めた。

エリックは結局帰ってきた。警官とパパの話を陰で聞いていたようだ。パパがエリックに（そしてたぶん私に）、私の知らなかった昔の話をしてくれた。エリックは泣いていた。みっともないとは思わなかった。後で温室に連れて行って、お返しに（で合ってるだろうか？）私の話をした。エリックは驚いていたけれど、怖いとは言わなかった。笑顔も見せてくれた。可愛いとも言ってくれた。嬉しかった。

夕食前にまたお客が来た。ママの知り合いの牧師さんで、今日は挨拶に来たという。雨が降って来たので今夜は泊めてあげることになった。私のことも知っていたらしく、「大きくなりましたね」と挨拶された。エリックのことはごまかせたけど、ママが変なことを言ったせいで恥ずかしい思いをした。

夕食の後、また警官が来たのでパパが追い返した。エリックは実験室で震えていたらしい。

大丈夫――エリックは私が守る。警察の好きになんかさせない。

（追記）

怪物が逃げ出した。

警官が殺された。道の上で燃やされていた。

土砂崩れで道が塞がれた。

電話も通じない。こんなタイミングで切れるなんて変だ。後で見

裏庭に誰かいる。

（余白、改ページ）

パパが死んだ。

温室の中で、首を切られて殺された。

ママも死んだ。

部屋の中で、胸を刺されて殺された。

パパやママだけじゃない。たくさん死んだ。

怖い。こうしている今も、あいつが襲ってくるのではないかと身体が震えて止まらない。

どうすればいいのだろう。

どうしてこんなことになったんだろう。

みんな、みんな死んでしまった。

一九八二年六月二十四日（木）　I』

※

……何だこれは。

それが、ドミニクの資料を読み終えた漣の偽らざる心境だった。

フランキー・テニエル博士の別宅の前。軽く目を通すだけのつもりが、気付けば寒風の下にいることを忘れていた。

日記だ。言葉遣いは全体的に大人びているが、『六年生』を『ちょっとだけ年下』としていることを踏まえると、書き手の年齢は十二、三歳といったところか。『アイリス』という名前からすると女の子だろう。端々に表れる幼い思考と、丸みを帯びた子供っぽい字が、年相応の微笑ましさを感じさせる。

だがその内容は、とても『微笑ましい』の一言で片づけられる代物ではなかった。

「今から一年半前、フェニックス署の管内で火災が発生した」

押し殺した声でドミニクが語った。「そいつの原本は焼け跡から発見されたものだ。机の引き出しに入れられていて、奇跡的に焼失を免れた」

木は思いのほか火に強い。漣の祖国には木造住宅が多いが、火災の後、木の柱が崩れず残っていることがよくある。表面は炭化するが、材質としての断熱性が比較的高く、厚みが充分にあれば外側は焦げても内側までは延焼が及ばない。

机の引き出しでも、良い木材を用いて隙間なく仕上げられたものなら、収納物を――無傷とは言わないまでも――火の手から守ってくれる可能性は充分にあった。

「形状はノート大。表紙や前後数ページはさすがにボロボロで、内側もかなり変色していたが、中身を読める程度には原形を留めていた。今お前さんたちに見せたのが、判読できた部分のすべてだ。

ちなみにマスコミには流してねぇ。理由は解るだろう」

訊くまでもなかった。あまりに突飛すぎてとても公表できるものではない。

困惑を抱えながらも、漣は日記の内容を整理した。

遺伝子の研究を行う『パパ』、アルビノの『ママ』。そして同じくアルビノで、日記の書き手である『私』こと『アイリス』。彼らは街から離れた山奥の家で暮らしている。家の中には怪物がいて、隔離（かくり）される形で『あの部屋』に閉じこめられている。

ある日——一九八二年五月一日、『パパ』が青バラの作出に成功する。

程なく、『エリック』という子供が彼らの家に迷い込み、一緒に住み始める。『アイリス』は当初『エリック』を嫌うが、ある出来事を境に心を開いていく。

『エリック』は街で何かしらの犯罪に関わっていたらしく、警官が彼らの家に聞き込みに来る。入れ違うように牧師がやって来て、彼らの家に宿泊する。

——ここまでの記述でも不可解な部分が多すぎるが、問題は最後の数ページだった。

怪物が逃げ出し、警官が殺され、土砂崩れで道が塞がれ電話も通じない。『パパ』と『ママ』も相次いで殺害され、最後には『みんな死んでしまった』と絶望に満ちた一文で日記は終わっていた。

青いバラを生み出した男が、首を切られて殺された——？

「この日記が発見されるきっかけとなった火災について、詳細を教えていただけますか」

「発生日時は一九八二年六月二十五日、二十時前後。日記の最後に書かれた日付の翌日だ。場所はフェニックス市北部、繁華街から離れた山中の一軒家。近隣に他の住宅はなかった」

「……死傷者は？」

マリアの問いに、「それが、だ」とドミニクが顔をしかめた。

「ひとりもいねぇ。死体なんかどこにもなかった。空き家だったんだ」

出火した屋敷の所有者は『マカパイン・コーポレーション』という不動産業者だった。業者によると、利便性の悪さが敬遠されたためか、過去に何度も持ち主が替わっており、最近は買い手もつかず放置状態だったという。

「出火の原因は解らずじまいだった。どこかの若者がこっそり忍び込み、遊んでいる最中に誤って火をつけてしまったんだろう、と結論された。このときはな」

「結論――って、この日記はどうなったのよ。人が殺されたと書かれてるのに、何の捜査もしなかったの？」

「誰が信じるかよ。初っ端から『青バラが咲いた』だぜ？　青バラが不可能だという話は俺でも聞いたことがある。当時のフェニックス署でこいつを真面目に調べる奴なんか皆無だった。子供がノートを持ち込んで小説家ごっこでもしていたんだろう、という意見が大半だった。それに、実際に死体が出たわけじゃねぇ。本腰を入れて捜査する大義名分なんかどこにもありゃしなかった」

だが先日、状況が一変した。青バラ誕生のニュースが世界を駆け巡った。

「もちろん無関係ってこともある。だが、ニュースになった青バラのひとつは、日記に書かれていたような、遺伝子をいじくって作られた青バラだ。おまけにもう片方のバラの主は牧師ときた。関連を疑わない方が無理ってもんだろう。

仮に日記の記述が事実だとしたら、過去に人死にが出ていたか、あるいはこれから出る可能性が捨てきれねぇ。だからお前さんらに協力を仰いだんだ」

「どうしてこっちに話を振ったの。あんたたちが捜査すればよかったじゃない」

「暇だと聞いたんでな」

「……張り倒すわよ？」

冗談だ、とドミニクは口の端を歪め、すぐ笑みを引っ込めた。

「例の火災が何者かの仕業だとして、今になってフェニックス署が動いたら警戒される恐れがあるからな。

——ってのは、実のところ半分建前だ。本当の理由は馬鹿馬鹿しいほど単純だよ」

「何？」

「許可が下りなかったんだ。『公費を負担するに足る喫緊の要件とは認められない』とよ」

漣たちの背後、温室の方を忌々しげに睨むドミニク。ジャスパーが戻ってくる気配はない。

その苦渋に満ちた声に、漣は、フェニックス署の抱える暗部を垣間見た気がした。

自署内で費用が発生するのにはうるさい一方で、他署の人間を動かすことには何のためらいもない。

あくまで臆測だ。だが今回の経緯を振り返る限り、フェニックス署の上層部は——そしてドミニクの態度を見るに、ジャスパーも——似たような考えを抱いている節があった。

ドミニクがマリアに助けを求めたのは、そうでもしなければ日記の件の捜査を進めることができないと判断したから——そして恐らく、マリアなら助力を惜しまないと確信したからに違いない。当人は決して口には出さないだろうが。

しかし事態は、彼の懸念を嘲笑うように、最悪の展開を迎えてしまった。

「すまねぇ……最初から全部話しておくべきだった」

再び謝罪を口にするドミニク。「しつこいわね」とマリアは乱暴に返した。

「悔やんでる暇があったら協力しなさい。借りは返してもらうわよ。いいわね」

そうだな、とドミニクは呟いた。

「ひとまず現場を見せてくれ。詳しい状況を知りたい」


ドミニクを伴い、窓から踏み台を使って再び温室に入ると、ジャスパーが《深海》の前で巨体を屈めていた。

付き添いの捜査官の困惑顔を尻目に、C大学でのマリアと同様、魅入られたような視線を深青色のバラへ注いでいる。「ジャスパー、一通り説明はしたぜ」とドミニクが険のある声を投げた。ジャスパーは動かない。「おい、聞いてるのかよ」と音量を増した声に、巨漢の警部補がようやく振り向いた。

「ああ、ご苦労だったね。随分早いようだが」

「てめぇが道草を食ってただけだろうが」

ドミニクが小声で吐き捨てる。聞こえないふりをしたのかどうか、ジャスパーは特に言葉を返すことなく立ち上がった。出入口の血文字が目に入ったのか、眉をひそめて扉を見やり、また《深海》へ名残惜しげな視線を向ける。

「ではドミニク、事件の詳細を聞き取っておいてくれ。――君、すまないが家の中も案内してもらえるだろうか」

傍らの捜査官がげんなりした顔でジャスパーを導く。踏み台に乗って窓を通り抜ける巨漢は、水族館のショーで輪を潜り抜けるゾウアザラシのようだった。

「……ちょっと、何しに来たのよあいつ」

「そうですね。貴女に呆れられるとは、逆に尊敬に値する人物です」

「どういう意味よ『逆に』って」

まなじりを吊り上げるマリアを脇に置いて、漣はドミニクへ、現時点での情報を伝えた。ドミニクの顔から血の気が引いた。

「温室……首切り……アルビノの少女――実験体……⁉」

「驚かれるのも無理はありません。貴方に見せていただいた日記は、現実との類似点があまりにも多い」

遺伝子編集で青バラを生み出し、温室で殺害された科学者。

アルビノの少女。

逃げ出した実験体。

そして、牧師――

「日記の記述をどこまで信じるべきかは解りません。が、内容に沿う形で青バラが生み出され、殺人まで発生してしまった以上、すべてを偶然の一致と片付けるのはもはや不可能です」

『パパ』と『ママ』はなぜ、誰に殺されたのか。『警官』の身に何が起きたのか。『エリック』

と『牧師』、『アイリス』はどうなってしまったのか。日記内の最後の二日間に何があったのか。現場に閉じ込められていた少女アイリーンは、『アイリス』と関わりがあるのか。

実験体――怪物の正体は何か。

「いや、待ちなさいよレン。どこまで信じるかって言われても」

「解っています。少なくとも一点、大きな食い違いがあることは。

――日記の『パパ』は、テニエル博士とは明らかに別人です」

今から一年以上も前に青バラが作られ、その創造主がすでに殺害されていたのだとしたら、先日、漣たちと会話を交わし、今回殺されたフランキー・テニエルは何者なのか？

赤毛の上司が食い入るように日記を読み返し、目を閉じる。再び開かれた両の瞳が、深紅の色を帯びた。

「ロビン・クリーヴランドのところへ行くわよ。

博士と同じタイミングで、青バラの生みの親として名乗りを上げるなんて偶然のはずがない。何か知ってるに違いないわ、絶対に」

※

「もしもし、ジョン？　あたしよ、マリア・ソールズベリー。……そう……さすがに耳が早いわね」

漣の視線の先、ハイウェイ沿いのガスステーションの公衆電話で、マリアが受話器に話しかけた。「それで、ちょっと頼みがあるんだけど――ええ、念のためってことで……了解。助かるわ。解ったら連絡をお願い」

受話器を下ろし、駐車場に戻ってくる。彼女が助手席に飛び乗るのに合わせ、漣も運転席に座り、愛車を発進させた。

「『工作員が動いていたかどうか軍（こちら）もすぐに調べる』そうよ。持つべきものは物解りのいい知り合いね」

ジョンもさすがに無関心ではいられないようだ。『超人計画』もあながち冗談ではなかったということか。

バックミラーの中、ガスステーションが背後へ遠ざかる。漣は視線を正面に戻した。

ロビン・クリーヴランドへの事情聴取は、漣とマリアが担当することになった。

捜査陣の中でロビンと唯一面識があること、フェニックス署ではなくテニエル博士殺害事件を管轄するフラッグスタッフ署で行った方が話を通しやすいこと、等々の事情が考慮された。署長の許可も下りた。今回ばかりはマリアたちを捜査から外すわけにはいかなかったようだ。

アイリーンをはじめとした関係者の身元調査は、フラッグスタッフ署の他の捜査員へ依頼済みだ。

ドミニクはジャスパーとともにフェニックス署へ戻り、問題の日記について再度洗い直す手はずになっている。

銀髪の刑事の表情は終始険しかった。事件と日記の類似に衝撃を受けたこともあるだろうが、情報を事前に得ていながら事件を止められなかったことへの後悔が大きいようだった。粗野に見えて意外と責任感が強いところはマリアと似ている。

（……許可を出せねえ、だと!?……）

帰途に就く直前、ドミニクはジャスパーと口論に近いやりとりを交わしていた。自動車に乗り込むときには無言だったが、思いつめた表情が浮かんでいた。

それにしても――

「レン。あんたはどう思う？　あの日記のこと。

現実との類似点の多さは何を意味するのか。あたしたちの会ったテニエル博士やアイリーンは何者なのか――」

「偽者が他人に成りすますことは、少なくとも私の母国より容易かと思われます。

日記の記述通り『山奥の暮らしが長』かったとすれば、友人知人との交流も多くはなかったでしょう」

漣もU国に来る前は知らなかったが、J国とU国では個人証明のあり方が根本的に違う。

J国では、出生から婚姻、死去に至るまでの履歴が『戸籍』として一元的に――どんな両親の元に生まれ、誰と親族関係にあるかを含めて――管理されている。

一方、U国にはJ国のような戸籍制度がない。住民ひとりの出生、結婚、死去の各事象は、それぞれ異なる帳簿に、国でなく州単位で登録、保管される。しかも帳簿同士を結びつけるシステムがない。

代わりに、U国で事実上の個人証明として使われるのが社会保障番号だ。が、こちらは十四歳前後まで申請手続きが行われないことが多い。

こうした制度不備――犯罪捜査という観点においてだが――もあって、U国では個人証明を巡る各種書類の偽造が横行している。

つまり、J国では戸籍ひとつで行える『ある人物の出自を辿る』ことが、U国ではほぼ不可能になっている。その人物がどこで、誰と誰の間に生まれ、誰と結婚し、何という名の子をもうけたかを調べようとしても、州をまたいで住居を変えられただけで追跡困難になる。仮に記録を発見できたとして、裏が取れるまで虚偽でないとは誰にも断言できないのだ。

もっとも、家族単位で一元管理された戸籍制度の方が、世界的にはむしろ珍しいらしいのだが――

「問題は、成り代わりがあったとして、それが何のためになされたのかということです。高度な専門知識や知的技能を必要とする『研究者』の身代わりなど、そう簡単に見つけられるものではありません。本物のテニエル博士が一年以上も前に亡くなったのだとしたら、なぜそのまま死亡したことにせず、労を費やしてまで身代わりを立てたのか」

「……青バラの研究成果を奪い取るため？」

マリアが右手の指を顎に当てた。「世界初の成果なら、それを巡ってべらぼうな金が動いてもおかしくないわよね。青バラ技術の表看板として、博士の代役が必要だったとしたら」

「一理ありますね。

ただそうなると、表看板だったはずのテニエル博士がなぜ、あれほど異常な状況で殺害されたのかという問題に突き当たります。しかも研究成果の公表直後という、金銭の得られる保証がまだ立っていないはずのタイミングで。

そもそも、これはあくまで、青バラに関する日記の記述が真実だと仮定した場合の話に過ぎません」

「やっぱり全部嘘っぱちだというの？　あの日記は」

「先刻も申し上げましたが、一字一句あますところなく真実であるとは言えないかと。

テニエル博士の件や、火災現場から死体が発見されなかった件もそうですが、もうひとつ解せないのが天候です。『雨が降った』との記述が何回か出てきますが、フェニックス市ではめったに雨が降りません」

荒野の只中に、遙か遠方から水を引いて発展したのがフェニックス市だ。自動車で二時間ほど北上した位置にあるフラッグスタッフ市と異なり、フェニックス市は『太陽の谷』の愛称が付けられるほど晴天が多い。降雨日は年平均でわずか数日。土砂崩れが起こるレベルの大雨が降ったなら、それだけで大ニュースになるはずだ。

ドミニクもそれが解っていたから、日記を本物だと断言しなかったのだろう。マリアも天候に関しては疑問を感じていたのか、言葉を返すことなく、難しい顔で正面を見つめていた。

とはいえ、一から十まで虚偽と断じることができないのもまた事実だ。現実との符合の多さをどう解釈すればよいのか。

ロビンへの事情聴取で、足りない情報を少しでも埋め合わせることができるのか――

※

「その時間でしたら、直前まで来客を迎えておりました」

――十四時過ぎ、フェニックス市、クリーヴランド教会の礼拝堂。

事情聴取に訪れたマリアと漣へ、教会の主は祭壇の前で淡々と告げた。

「J国の研究者の方が《天界》を見学に来られました。名前は、確か――アカネ・マキノ様でしたか」

牧師は札入れから名刺を取り出し、漣とマリアの前に差し出した。

『AKANE MAKINO』の名、国際電話番号、U国語表記の大学名と学科名が印刷されている。空白の部分に電話番号が手書きされていた。ホテルの連絡先のようだ。

「昨日の夕方十七時頃、マキノ様がタクシーでお見えになったので、温室を案内し、その後は牧師館でインタビュー――とでも呼べばよいでしょうか――を受けておりました。

十九時頃に、粗末なものですが夕食を振舞わせていただき、再びインタビューを受け――その後、マキノ様が『サンプルを調べたい』と仰いましたので、牧師館の一室を三十分ほどお貸ししました」

「サンプル？」

「《天界》の花弁を一部、分析用の試料としてお渡ししました。

技術的なことは恥ずかしながら疎いのですが、マキノ様は顕微鏡のようなものをお持ちになっていたようです。サンプルの確認が終わったのが、確か二十一時前だったと記憶しています。その後、私の方でタクシーを呼び、マキノ様をお送りしました」

「……よその国の取材なんてよく受ける気になったわね。しかもサンプルまで気前よく渡すなんて。取材は全部断ってるって聞いたけれど？」

「マキノ様との面会は一週間前から予定されていました。取材ではなく、あくまで科学的な調査への協力という認識です。

残念ながら、《天界》を公表して——もう十日前になりますか——早々に、偽物であるとの疑いを向けられていましたのでね。外部の方の手で早急に、何らかの結論を出していただくべきだと考えたのです。

試料を提供したのもそのためです。今回マキノ様に声をかけさせていただいたのは、《天界》の公表後、最初に連絡をくださった研究者が彼女だったことと、U国外の方であれば、より公平な判断を下していただけるだろうと考えてのことです」

強弁でも弁明でもない。神の言葉を信者に説くような粛然（しゅくぜん）とした回答だった。内容も筋は通っている。

「タクシーを呼ばれたとのことですが、連絡先を教えていただけますか」

牧師は頷き、フェニックス市内のタクシー会社の名を挙げた。

ロビンの証言を吟味する。フェニックス市の教会からフラッグスタッフ市郊外の犯行現場まで、ハイウェイを飛ばして二時間強。ロビンが二十一時まで教会にいたとすれば、犯行現場に着くのは早くて二十三時以降。だが、フランキーの死亡推定時刻は二十時から二十二時の間だ。間に合わない。

「あんた、クルマ持ってる？ 見せてもらっていいかしら」

牧師は表情を微塵も動かさずに頷いた。

ロビンの自動車は牧師館のガレージに鎮座していた。

濃灰色のＪ国製のセダンだ。漣の記憶が正しければ数年前のモデルのはずだが、目の前の自動車は、まるで今朝納車されたばかりのように輝いている。漣の表情に気付いたのか、「信者の皆様の目を汚すことがあってはなりませんので」と牧師はにこりともせず呟いた。

「中、見せて頂戴」

ロビンは運転席のドアを開けた。シートもハンドルも綺麗に磨かれている。

サイドブレーキの前にラックが置かれ、中に何本かのカセットテープと、Ｊ国の電機メーカー製の小型テープレコーダーが入っていた。

「讃美歌です。備え付けのオーディオではテープを再生できませんので、このようなものを代わりに。――お聴きになりますか」

牧師はテープレコーダーを掲げ、慣れた手つきでボタンを押した。美しいコーラスが流れ出す。厳めしい外見の牧師が『オーディオ』や『テープ』といった技術用語を発し、機械を器用に操るのに違和感を覚えたのか、あるいは単に讃美歌が気に入らなかったのか、マリアは「結構よ」とむず痒そうな顔で答えた。牧師は無言でテープを止めた。

車内を眺めながら、漣はさりげなく燃料計を確認した。

残量はおよそ半分強。仮にロビンがこの自動車で教会と犯行現場を往復したとすれば、J国車の燃費のよさを考慮しても、どこかのガスステーションで給油しない限り、タンクは空に近くなるはずだ。しかし今、燃料はかなり残っている。

マキノ某への事情聴取、タクシー会社への問い合わせ、教会から現場までの道沿いのガスステーションへの聞き込み――裏付け作業はいくつか必要だが、少なくとも現時点で、牧師の証言を否定する材料は見当たらなかった。

遠くから電話のベルの音が聞こえた。「失礼」とロビンがガレージ奥のドア――牧師館の内部に繋がっているようだ――へ消える。

漣はマリアに目配せし、音を立てぬよう扉を開けた。廊下の奥で、牧師が受話器を握っているのが見えた。

「……ええ……奥方が？　それは大変な…………解りました。迎えに参りましょう。時間は……」

秘密の会話、といった様子ではない。ペンを取り、手を動かしている。「明日の十七時、ですね……くれぐれも無理をなさらぬよう。……では、貴方に神のご加護のあらんことを」

受話器を置く。漣は素早く扉を閉めた。程なくしてロビンがガレージに戻ってきた。

「誰からだったの。無理に答えなくていいけど」

「信者の方です。奥方が脚を負傷されたとのことで、明日の夕方に自動車を出してほしい、と」

「そんなことまでやってるの？」

呆れたようにマリア。ロビンは気分を害した様子もなく、

「助けを求める方がいれば、可能な限り手を差し伸べる。それが自分の務めと認識しています。――私の手はさほど長くありませんが」

つまらない冗談のごとく呟き、牧師は外へ出た。礼拝堂へ戻るのかと思いきや、反対側を回り、隣の敷地の方へ向かう。漣とマリアも続いた。

通用門をくぐり、孤児院跡地へ、そしてブラインドで囲まれた温室の中へ。テニエル博士の別宅のものとは似て非なる、空色を基調としたバラの楽園が、漣たちを再び出迎えた。

甘く心地よい花の香りが漂う。《天界》の澄み渡るような淡青が、しかし今は、深い悲哀を滲ませているように思われた。

出入口の傍らに、引き出し付きの小さな棚が置かれている。ロビンは最上段の引き出しを開け、園芸用と思しきハサミを取り出した。鉢植えの株の前に屈み、左手に握ったハサミで枝を

切り落とす。慣れた手つきだった。漣とマリアの存在を忘れたような、日常の一部そのままの動作だった。

「言い訳がましく聞こえるかもしれませんが」

牧師が不意に手を止めた。低く淡々とした声だった。「テニエル博士の一件は、私も心を痛めているのですよ。青バラの誕生に立ち会った者として。一介のバラ愛好家として。神の教えを説く者のひとりとして――等しく神の下に生まれた者として。

たとえ神に背く行為をなしたとしても、その者を神の禁ずる手段で罰するなど、決してあってはなりません」

「遺伝子編集で青バラを生んだから、テニエル博士は殺された。貴方はそう思われるのですか」

「博士の行いを、死に値する罪と見なした者がいないとも限らない――私に言えるのはそれだけです。

遺伝子編集は罪深い行いである、と昨日申し上げましたが、それはあくまで私個人の考えに過ぎません。神が人に技を与えたもうたのなら、その技をもって成しうる行いもまた、神の許したもうたものである――との解釈もまた成立するでしょうから。

フランキー・テニエル博士の人となりや交友関係を私は把握していません。博士の命を奪った者にしか、真の理由は語りえないでしょう」

「本当に？」

マリアが紅玉色の瞳を向けた。ロビンの片眉が動いた。

「と、仰いますと」

「あんた、テニエル博士のことを本当に何も知らないの？」

マリアが真正面から爆弾を投げ込んだ。「ある筋から、あんたと博士に関わりがあるんじゃないかって話が出てきたのよね。

それに、博士が言ったわ。青バラが自然に生まれるなんてありえないって。あんたは『神の奇跡』とか言ってたけど——本当はどこで手に入れたの、この青バラ。

あんたと博士は、本当に何の面識もなかったの？」

「——道ですれ違ったこともない、とまで断言するつもりはありません」

ロビンが唇を緩めた。「牧師として、バラの育成家として、私はU国の方々を巡り歩き、神の教えを説きながら、各地の人々とバラのやりとりを行ってきました。C州にも何度か足を運んでいます。その際、互いと知らずすれ違ったこともありうるでしょう。

バラも同じです。ある場所で生まれた品種が、山を越え海を渡り、世界各地の人々の元へ届く。私がこれまでに育てたバラの来歴のすべてを、私は正確に把握しているわけではありませんし——逆に、私の育成したバラが誰の手に渡り、巡り巡ってどの場所へ辿り着いたか、私には知る由もありません。

すべてを知ることができるとすれば、それは主たる神だけでしょう」

迂遠（うえん）かつ謙虚な言い回しだが、後半の発言は相当に挑発的だった。

フランキーの青バラは、本を正せば自分が育てたものだったかもしれない――《天界》の遺伝子を秘めたバラが様々な道のりを経てフランキーの手に渡り、《深海》へと結実したのかもしれない、その可能性がゼロだとは誰にも断言できない、と、牧師は言っているのだ。

すべてを知った上での挑発か、あるいは何も知らずにただ可能性を指摘しているだけなのか。漣の目にも、牧師の心の内を読み取ることはできなかった。

「……へぇ」

マリアは忌々しげにロビンを睨んだ。「なら専門家にでも訊いてみようかしら。その可能性とやらを。

あんた、アカネ・マキノが今日どこにいるか聞いてる？」

※

アカネ・マキノの宿泊先は、フェニックス市内の空港に近いビジネスホテルだった。

教会から自動車で二十分ほど走り、マリアとともに出入口のドアから中へ。ロビーは広く、内装もちょっとした高級ホテルのようだ。

フロントに頼んで二階の会議室を借り、中で待っていると、十数分後、ひとりの女性が慌ただしく駆け込んできた。漣とマリアに目を留め、驚いた様子で目を開く。

「あら、あなたたち」

漣も驚きを隠せなかった。C大学でテニエル博士を訪問した帰り、キャンパスで遭遇したJ国人研究者だった。

「このような形でお会いするとは思いませんでしたね。マキノ博士、でよろしいでしょうか」

女性名のJ国人研究者と聞いてまさかとは思ったが、世間は狭い。マリアもさすがに記憶していたようで、「あんた、もしかしてあのときの変なJ国人?」と不躾な問いを発し、反感の滲んだ眼差しを向けられた。

「――わたくしは、生体色素……特に、花の色素に関する研究をしております」

手短な自己紹介の後、槙野茜は、やや硬い口調のU国語で話し始めた。

「今回は、A州で行われる学会に参加するため、それと、青バラに関する調査のためU国へ参りました」

「C大学にいらっしゃったのは、テニエル博士に会うためだったのですね」

漣たちとは入れ違いだったわけだ。

「青バラのニュースは、J国の研究者の間でも大きな話題になっています。先を越された――と、わたくしの知人も悔しがっていました。

……それが、こんなことになるなんて。わたくしも大変驚きました。遺伝子工学――いえ、科学界全体にとって大きな損失です。学会の会場も騒然としておりました」

茜は会場でフランキーの訃報を聞き、漣たちの呼び出しを受けて大慌てで戻ってきたという。先日会ったばかりの人間が殺害されたのだ、動揺せずにはいられまい。茜の声はかすかに上ずっていた。

「C大学を訪問されたときのことをお聞かせください。テニエル博士とはどのような話をされましたか」

「研究上のことがほとんどです。デルフィニジン配糖体の具体的な分子構造や、カリウムチャネル遺伝子の抽出元、など……J国研究者のアサガオの論文は大変参考になったと仰っていました」

ちんぷんかんぷんといった様子でマリアが眉をひそめた。

「もちろん、件の青バラ――《深海》と名付けられたそうですね――も見せていただきました。寒気がする、とはあのような感覚を言うのですね。

後は、プライベートな雑談を少々。ほとんどわたくしが喋ってばかりでしたけれど」

「面会の際、博士に何か変わった様子はありませんでしたか」

「エキセントリックな方だとは思いましたが、普段のテニエル博士を存じ上げているわけではございませんので、様子が変わっていたかどうかは、何とも……。研究者としては相当に優秀な方だ、とお見受けしましたが」

漣たちが面談した際の印象とほぼ変わらない。一方で、博士が公私含めトラブルや悩みを抱えていたかどうか、手がかりらしきものは得られそうになかった。

「昨日はロビン・クリーヴランド牧師のところへも行かれたとか」

さりげなく本題を切り出す。「ええ」と茜の返答は明快だった。

「むしろそちらが今回のU国訪問の主目的といってもいいかもしれません。だいぶ長居してしまって、牧師様にはご迷惑だったと思いますが」

C大学訪問の翌日、二十五日にA州入り。さらに翌日の二十六日――昨日、ホテルからタクシーで教会へ向かい、十七時頃に到着。温室の《天界》を見せてもらい、インタビューの合間に夕食を振舞われた。三十分ほどひとりでサンプルを光学顕微鏡で観察し――タクシーを呼んでもらって教会を出たのが、二十一時過ぎ。ロビンの証言と一致する。

「わざわざ顕微鏡まで持ち込んだのですか」

「恥ずかしながら、居ても立ってもいられませんでしたので。

分子生物学の研究者からしますと、テニエル博士の《深海》とクリーヴランド牧師の《天界》、どちらがより興味深いかと訊かれれば、実は《天界》の方なのです。

遺伝子編集で青バラを創るのは、喩えれば宇宙船で火星を旅するようなもの。大変困難ですが、技術が発達すればいずれ可能になるだろうと期待されていたものです。

が、遺伝子編集を一切加えず、交配と突然変異のみで青バラを生み出すのは……言ってみれば、世界最深の海溝の底へ、ボンベも持たず生身で潜っていくようなものです。専門家の間では、とても不可能だろうと思われていたことでした。

それが、現実に行われた。『神の奇跡』という表現では足りないほどです」

「で、調べてみた結果はどうだったの」

「本物でした」

即答だった。「顕微鏡で観察した限り、ですが。……花の色素は、実は花弁の表面一、二層分の細胞にしか存在しません。それより内側は無色。花弁の断面を観察すると、色が付いて見えるのは外周の薄皮だけなのです。

《天界》の断面を同様に観察したところ、表面の細胞にのみ青色の色素が確認されました。着色した水を吸わせたのであれば、青い色素が内側の細胞にまで入り込んで見えたはずです。もちろん、塗料なども塗られておりませんでした。

遺伝子的な解析は大学に戻ってからとなりますが、少なくともわたくしが見た限り、偽物と疑うに足る要素は見受けられませんでした」

昨日の漣の素人判断が裏付けられた形となった。

「顕微鏡の観察中は、おひとりで？」

「ええ。――とはいっても、途中で牧師さんが声をかけたり、お茶を淹れたりしてくださったので、丸々三十分籠(こも)りきりだったわけではありませんけど……ひとりでいた時間は、長くても十数分くらいでした」

できることなら一日中サンプルを眺めていたかった、と言いたげな様子だった。筋金入りの研究者らしい。

三十分間ひとりにさせていた、というロビンの証言が気にかかっていたが、茜の話を聞く限り、その間も何度か接触はあったようだ。

「クリーヴランド牧師から受け取ったサンプルは、今もお持ちですか」

茜は頷き、手提げ鞄から、手のひらほどの小さな長方形のケースを取り出した。

蓋を開ける。透明なガラス板——スライドガラスが中に入っていた。空色の花弁の断片が載せられ、薄いカバーガラスが被せられている。教会の温室で咲いていたものに比べると、瑞々しさは若干失われていたが、花弁の色合いは間違いなく《天界》だった。

「本当は一株丸ごといただければよかったのですけれど……物が物なだけに税関で止められてしまいそうですし、仕方ありません」

意外に図太いところもあるようだ。

「槇野博士、もう一点だけ。

プライベートな雑談をテニエル博士と交わされた、とのことですが、具体的にはどのような内容だったのでしょう。差し支えない範囲で構いませんので、教えていただけますか」

茜は虚を衝かれたように目をしばたたき、「そうですね……」と天井に視線を向けた。

「愚痴のようなものです。こちらの研究室には女性の方が多いようで羨ましい。J国では女性研究者は肩身が狭い。仕事以外の場でも、帰省するたびに『研究ばかりしていないで結婚しろ』と親から余計なことを言われる、といった類のことを。……先程申し上げましたように、喋っていたのはほとんどわたくしでしたけれど」

マリアの視線に同情めいた色が浮かんだ。

「異国の地に来たということで、つい色々と吐き出してしまったのかもしれません。ああ、そういえばひとつだけ思い出しました。

『貴女の親御さんのお気持ちは、少しだが解る気がする』――そんなことを仰ったのです、テニエル博士が。

きっと娘さんがいらっしゃるんでしょうね。あのようなことになってしまって、娘さんもお可哀想に。

わたくしが話せるのはこの程度ですが――これ、何かの参考になります？」

※

「悪いわね。こんな時間まで付き合わせてしまって」

マリアの謝罪に、アイリーンは腰から下を毛布に潜らせたまま「……平気」と首を振った。長い白髪が静かに揺れた。

――アイリーンの宿泊する、フラッグスタッフ市のホテルの一室だった。

槇野茜の事情聴取の後、漣はマリアとともに経過報告のためフェニックス署へ立ち寄った。ドミニクはすでに帰ったらしく不在で、代わりに応対に出たジャスパーは「困ったものだ、この忙しいときに」と巨体を揺らしながらぼやいた。

ロビンと茜の証言を含めて一通り報告を終え、フラッグスタッフ市へ戻ったのが二十時過ぎ。

「ああもう、呑まなきゃやってられないわ」とわめく上司を適当にあしらいながら一仕事を済ませ、今は二十一時半を回っていた。少女にとってもだいぶ遅い時間だ。

病院での検査や今後の事情聴取も考慮して、アイリーンは今日はC州に戻らず、A州で一夜を過ごすことになっていた。彼女の保護者とも連絡が取れた。今は二人ともこちらへ向かっているはずだ。

「先生のこと、少しでも早く決着つけたいから……だから、大丈夫」

恩師の死、犯行現場への監禁。十三歳の少女には過酷な経験だったはずだ。しかしアイリーンは、悲哀と疲労の表情を浮かべてはいたものの、ベッドの上で半身を起こし、気丈に振舞っていた。

アルビノの少女への事情聴取と併せて、テニエル研究室の他のメンバーへの聞き込みも進められている。学会でA州入りした面々に対しては、つい先程、同じホテルの会議室で聞き取りを終えたばかりだった。

(こんなことになるなんて……)

研究室の博士研究員(ポスドク)のひとり、リサ・ニップフィングは両手で顔を覆った。(先生はとても優秀で――私の憧れで……研究もまだまだこれからだったのに、どうして――)

後は言葉にならず、嗚咽を漏らすだけだった。同席した学生たちも一様に涙をぬぐっていた。

……

「具合はいかがですか。身体に異状などは?」

漣の問いに、少女は小さな笑みを浮かべた。

「……お医者様は『しばらく様子を見る必要はあるけど大丈夫』って」

医師の話によると、アイリーンは睡眠薬を打たれていたらしい。左腕に注射痕が残っていたという。

温室でフランキーの遺体を目撃し、何者かに襲われたのが午後九時前後。意識不明のまま助け出されたのが翌朝。頸動脈圧迫で落とされただけで半日近くも眠り込むのは妙だと思ったが、やはり薬物が使われていたようだ。

「それで……聞きたいことって？」

「テニエル博士に娘がいたらしいのよ、あんたと同じくらいの年齢の。そういう話、博士から聞いたことない？」

マリアが前置きなしで切り込んだ。

同年代の、とまでは槇野茜は証言していない。マリアのはったりだった。アイリーンの表情がかすかに動いた。

「……ない。

先生の研究室に入って、まだ三ヶ月も経ってないし……そういうプライベートな話をしてくれるほど、親しくなっていなかったから」

平坦な、しかし自らに言い聞かせるような口調だった。

「そう？　研究室の面々の話だと、あんたは博士からだいぶ目をかけられていたらしいじゃない」

「気のせい。周りからそう見えたとしても、あくまで研究上の話。個人的にひいきされてたなんて、少なくとも私は思ってない。

……だいたい、構われているというなら、先生だけじゃなくて他のみんなからも同じ。迷惑してる」

照れ隠しのような、どこか拗ねた口調だった。

テニエル研究室のメンバーによれば、アルビノの天才少女は、皆からマスコットキャラクターのような扱いを受けていたらしい。待ち合わせの場所に博士が姿を現さなかった時点でメンバーがすぐフラッグスタッフ署に通報を入れた、というのも、ひとつには同行のアイリーンが心配だったからだろう。

「ならいいわ。関係者のひとりが『家族も悲しんでるだろう』と言ってたから気になっただけ。あんただって、もし両親が同じ目に遭ったら悲しいどころの話じゃないでしょ？」

「……警部さん。さっきから何が言いたいの」

「あたしは本当のことが知りたいだけよ。警察官として」

アイリーンの鋭い眼光を、マリアは平然と受け止めた。「あたしたちには、あんたの先生の命を奪った犯人をこの手で捕まえる義務がある。そのためには、あんたたちが隠してることを暴かなきゃいけないこともあるの。たとえどんなに憎まれようと」

マリアは椅子から立ち、少女の白い顔を見据えた。

「だから教えなさい。あんたと博士は何者なの？」

返事はなかった。アルビノの少女は目を逸らし、唇を嚙み――


「知らない、本当に」

か細い声で呟いた。「パパからもママからも、何も聞いてない。そうじゃないかって、私が勝手に考えてるだけ。

私の両親は、今のパパとママ。それでいいの……だから、何も言えない」


「――そう」

マリアは長い吐息を漏らした。

明確な証言はついに得られなかった。しかしアイリーンの態度と言い回しが、漣に、そして恐らくマリアにも、重要な確信を与えた。

テニエル博士とアイリーンとの間には、教授と学生という関係を超えた繫がりがある。少なくとも、アルビノの少女はそう信じている。


「解ったわ。その代わりひとつ教えなさい」

「……何？」

「テニエル博士が世界の研究者に先駆けて青バラを生み出せた、その秘密は何？」

アイリーンはぽかんとマリアを見返した。

「あたしたちが訊いたとき、博士は『論文を読めば解る』と言うだけで、詳しいことは教えてくれなかったわ。

研究室の学生であるあんたが、まさか知らないはずないわよね。フランキー・テニエル博士の本当の業績は何なの？」

アイリーンはまばたきし――やがてくすくすと笑いだした。先程までの気丈な態度が嘘のような、年相応の微笑みだった。

「警部さん……もしかして、先生が誰かの研究を盗んだ、とか考えてる？

大丈夫、そんなわけない。先生がそう言ったのは、本当に『読めば解る』ことだから。……後ろめたいことがあったわけじゃないから」

「どういうことよ」

「ＤＮＡとタンパク質の関係は、どこまで理解してる？」

「――ＤＮＡの塩基配列が暗号になっていて、それを元にアミノ酸が繋がってタンパク質が作られる、だったかしら」

「それが解っていれば、話は簡単。

……ＤＮＡの遺伝暗号を読み解くことでタンパク質が作られる。このメカニズムはほぼすべての生命に共通で、『セントラル・ドグマ』と呼ばれてる。

どうして『教義（ドグマ）』かというと――この流れは一方通行だと思われていたから。

『ＤＮＡからタンパク質へ』の矢印はどんな生き物でも変わらなくて……ひっくり返ることな

んてないとみんな思い込んでたから」

一瞬の沈黙が流れた。

「まさか」

「そう」

アイリーンは頷いた。「先生の研究の本質はとても単純。セントラル・ドグマを逆流させること。……『タンパク質からDNAを逆生成する』こと」

「DNAの塩基配列からタンパク質のアミノ酸配列が決まるなら、その逆――タンパク質のアミノ酸配列からDNAの塩基配列を決めることだってできるはず。これが、先生の研究の核心。……これまでの遺伝子工学の難点は、DNA編集のやり方がとてもいい加減だったこと。DNAをやみくもに切って、くじ引きのように断片を選んで、ダーツに矢を当てるみたいに運任せで他のDNAへ投げ込むだけ。当たったかどうかは、実際にサンプルが成長するまで解らない。とても非効率的。

でも先生の手法なら、最初の『DNAを切って断片を選ぶ』プロセスをずっと簡単にできる。DNAの本質はタンパク質のアミノ酸配列情報。遺伝子工学の本質は要するに、『ある生物に特定のタンパク質を生み出させる』こと。……もし、そのタンパク質をあらかじめ抽出できれば、先生の手法を使って、タンパク質に対応したDNA片を生成できる。試行錯誤的にDNA片を選び出す必要がない分、ずっと効率的」

『必要な遺伝子を効率よく生成する技術』——と新聞に書かれていた。青バラに特化した技術ではなく、遺伝子編集を簡略化するための汎用技術ということか。しかし、

「私の理解では、タンパク質は複雑な立体構造を取っていて、アミノ酸配列など簡単には読み取れないはずですが」

「……いい質問。そして、答えもやっぱり単純。タンパク質の立体構造をほぐせばいい。

タンパク質を溶液に入れて、特定の周波数で外部から物理的に振動を加える。そうすると、タンパク質の分子内水素結合が緩んで隙間ができる。そこに別の低分子を割り込ませて隙間を固定すれば、アミノ酸配列を読み取れるようになる。……この手法と、アミノ酸からDNAを逆生成する酵素の発見が、先生の業績。

後は、そうやって逆生成されたDNA片に読み取り開始用塩基配列（プロモーター）を繋げて、対象の生物のDNAに組み込むだけ」

理解できたのかどうか、マリアは顎に指を当てて眉根を寄せた。

「テニエル博士が青バラを創れたのは——デルフィニジン（青い色素）の合成に必要なDNAを、その手法で片っ端から詰め込んだから、ってこと？」

「単純に言えば、そう。

……もちろん、デルフィニジンの合成メカニズムと、それに必要な酵素を先に解明しなきゃいけないし、シアニジンやペラルゴニジンの合成経路も無効化しなきゃいけないから、手間と時間はそれなりにかかるけれど」

遺伝子工学は試行錯誤の連続、とフランキー当人も語っていた。しかし――アイリーンの言うDNA逆生成技術を用いて、その試行錯誤を例えば五分の一に低減できたとすれば、研究の進展速度は単純計算で五倍に跳ね上がることになる。

漣の心の奥底に、ひとつの疑念が湧き上がった。

――十数年内で実用的なレベルに達するかどうかと訊かれたら、その答えは明確にノーだ。

――脊椎動物の体細胞を用いてクローニングに成功した例は、現時点でどこにもない。

フランキーの研究は、自分たちの想像よりも遙かに先を進んでいたのではないか？

※

事件の動きは予想外に早かった。

翌日、槇野茜が、宿泊先のホテルの部屋で遺体となって発見された。

第9章　プロトタイプ(V)

嘘だ――嘘だ。

博士が、テニエル博士が⁉

「エリック、牧師様⁉」

俺の悲鳴を聞きつけたのか、ケイトが白金の長髪を振り乱して駆けてきた。

「ミセス――」

「ケイトさん、駄目だ！」

ロニーと俺の制止を振り切り、ケイトは温室の中を覗いた。数瞬の間。両眼を見開き、顔を歪めて口を押さえた。

「ああ、何てこと……フランク、フランク……！」

ケイトの身体がくずおれる。ロニーがケイトの身体を受け止めた。俺も慌てて彼女を支えた。とにかく、今は屋敷へ戻るしかなかった。ロニーがケイトの脇に首を入れた。

反対側へ回りながら、俺は恐る恐る温室の方を振り返った。

ガラスの壁の一部が割れていた。扉を閉めたとき、ドアノブのすぐ横にあたる部分だ。俺の手のひらほどの大きさの穴が開いている。あそこを割って鍵を開けたらしい。

博士の遺体を正視できず、温室の奥へ視線をさまよわせ——とんでもないことに気付いた。

青バラが、ない。

温室の奥に置かれていたはずの青バラが、鉢ごと消えてなくなっていた。

※

ロニーと一緒にケイトを屋敷の中へ運び、リビングのソファに寝かせた。

電話は通じなくなったが、自家発電は生きていた。弱い電灯の下、ケイトはしばらくして自失から覚めた。両手で顔を覆い、嗚咽を漏らす。ロニーは口を引き結び、静かに黙礼した。

俺も同じだった。かける言葉などなかった。

……俺のせいだ。

あいつを逃がしたせいで——ついに博士まで殺されてしまった。

あいつにどれだけの知能があるのかは解らない。けれど、火やハサミを使えるくらいだ。もしかしたら、思った以上に狡猾(こうかつ)な奴なのかもしれない。

だとしたら、青バラを持ち去ったのもあいつなのか。何のために？

「裏庭に犯人がいるのを、テニエル氏は見たのかもしれません」

ロニーが重々しい声で沈黙を破った。「その者を捕えようとして裏口から外に出て、逆に返り討ちに遭った……詳細は不明ですが、大筋はそういうことではないか、と」

だから裏口の鍵が開いていたのか。

でも——どうしてひとりで。ロニーでも俺でもいい、どうして誰かを呼ばなかったのか。

「解りません。その間に犯人に逃げられる、と考えたのではないでしょうか。……ですが、今は議論している暇はありません。警官と博士の命を絶った犯人が、屋敷のすぐ近くにいる。すぐにでもここを脱け出さねばなりません。全員で、歩いて森を抜けるのです」

脱け出す⁉

「待ってよ！　外に出る方がかえって危ないんじゃ」

「この屋敷は要塞ではありません。部屋に立てこもるにしても、外部からの救援が望めない状況では自ら袋小路に入り込むようなものです。それよりは、外へ助けを求めた方が望みは高い。……当然、全員で固まって、犯人の接近に充分注意しながら、ですが」

地下室に逃げては——とも思ったが、あそこは掛け金が外側についていて、中に立てこもるようにはできていない。扉だって、鉈（なた）や斧で破られてしまわないとも限らない。それに、あいつがいた場所に避難するのは激しい抵抗感があった。

「ミセス・テニエル。よろしいですか」

ケイトがソファから起き上がった。顔は青ざめ、涙に濡れたままだった。「解りました……アイリスを、呼んでこないと」

「……ええ」

――え？

そういえば、アイリスの姿がない。

寝入っているのだろうか。でも、あれだけの騒ぎがあって、ケイトもこうしているのに、アイリスが全然顔を出さないなんて――

心臓が跳ね上がった。

警官や博士の遺体を見たときよりも、激しい混乱と戦慄が走った。――そんな、アイリスが⁉

と、そのときだった。

電灯が消えた。

リビングが一瞬で闇に包まれた。沈黙が訪れる。雨が激しく窓を叩いた。

停電？　自家発電が止まってしまったのか。

「……おかしいわ。自家発電は、一日くらいもつはずなのに」

か細い声でケイトが呟いた。

全身が粟立った。

何も見えない暗がりで、生臭い沼に足を踏み入れてしまったような、得体の知れない恐怖が俺を襲った。

「ミセス、明かりはどこに。それと、自家発電機の場所は」

「懐中電灯と蠟燭が、私たちの部屋に……発電機は、外に出ないと」

ケイトの声は震えていた。ロニーは険しい表情をさらに引き締めた。

「行きましょう。ここも安全だという保証はない。……エリック、君は彼女を」

俺は頷き、ケイトを立ち上がらせた。

暗い廊下を手探りで歩き、テニエル夫妻の部屋へ向かう。隣のアイリスの部屋を覗いたが、彼女の姿はなかった。

「……そんな、アイリス」

ケイトの声が引き攣る。

俺も同じだった。こんなに強い焦りに駆られたことは今までなかった。

アイリス……どこへ行ったんだ。まさか、もう――

テニエル夫妻の部屋に入る。ケイトは身体をふらつかせながら部屋の奥へ向かった。引き出しを探る音に続いて、ケイトの手に懐中電灯が点り、周囲を弱く照らした。大きなベッドとクローゼット、机がひとつずつあるだけの簡素な部屋だ。机には大小二つの引き出しがあり、小さい方には鍵がついている。ケイトは懐中電灯を一度机に置き、大きい方の引き出しから燭台と蠟燭を取り出して、マッチで火を灯した。

「外を見てきます。私が戻るまで、くれぐれも鍵を開けないように」

ロニーはケイトから懐中電灯を受け取り、廊下に出た。俺も一緒に行こうとして――身体を止めた。

……いいのか、このままついていって。

この牧師の言う通りにしていいのか？

何の根拠もない妄想だった。けれど、俺の足を縫い止めるのには充分だった。

思えば、警官がいきなり現れたのも、その警官と博士が立て続けに死んだのも、牧師がここに来る前後のことだ。

警官の死も博士の死も、あの怪物の仕業だと思い込んでいた。しかしよく考えたら、そんな証拠はどこにもない。

それに……さっきは納得しかけてしまったが、この暗闇と雨の中、助けを求めて飛び出すなんて危険すぎないか。

今、俺の目の前にいる牧師の手が汚れていないと、どうして言えるのか……？

妄想を巡らせる俺に、ロニーは「何かあったら声を上げるように」と言い残し、扉を閉めた。

足音がゆっくり遠ざかった。

扉に鍵をかけ、窓のカーテンも閉めて振り返ると、ケイトはベッドに腰を下ろして震えていた。「アイリス……フランク……」とうわ言のように呟く。

そんな彼女を、俺は近付いて慰めることさえできなかった。

「……ごめん」

口から懺悔の言葉が溢れ出した。「俺の、俺のせいで」

ケイトは驚いたように顔を上げた。

「何を……言ってるの。あなたのせいじゃないわ。謝るなんて」

「違うんだ。俺が、あいつを逃がしたから」

地下室に入って怪物を見て、鍵を開けたまま飛び出してしまったことを、俺は震える声で告白した。ケイトは目を見開いて――けれど、叱責の言葉はなかった。「そうだったのね」と、小さな、しかしいつもと同じ優しい声が返った。

「怒らないの……?」

「地下の鍵が開いていたと聞かされたとき、もしかしたらとは思ったわ。あのときのあなたの怖がりよう、警察が来ただけとはとても思えなかったもの。……正直に教えてくれて、よかった」

「よくなんか――!」

ケイトは首を振った。

「あなたのせいじゃない。あなたとアイリスを怖がらせてはいけないと、私たちがあなたたちに何も伝えなかったのがいけないの。私たちが最初から、あなたに本当のことを教えていれば……あなたを怖がらせてしまうこともなかった。

だから、自分を責めたりしないで。フランクも、きっと、同じことを言うと思うわ」

どうして。

この家に災いを招いてしまった俺に、どうしてこの人はそんな微笑みを向けられるんだ。

無言が続いた。雨音の中、柱時計の針の音がやけに大きく響く。

一分、二分、三分……雨音は止む気配もない。ケイトは静かに、俺へいたわりの視線を投げている。そんな穏やかな沈黙さえ俺には苦しかった。早くロニーが戻ってくればいいと思った。

……十分が過ぎた。ロニーはまだ戻らない。

焦燥が膨らみ始めた。自家発電機がどこにあるのか解らないが、外に出て戻ってくるだけなら五分もかからないはずだ。それとも、アイリスを探しているのだろうか。屋敷の周囲を見て回るなら、これくらいはかかるかもしれないが——

何やってるんだ、ロニーは。

アイリス——どこにいるんだ？

十五分、二十分。まだ戻らない。ケイトの顔にも不安の色が差し始めた。俺の中で焦りが恐怖を上回った。

「ケイトさん、俺、見てくる」

扉の鍵を開け、廊下の様子を探る。誰もいない。近くに何かが潜んでいる気配もない。

「エリック⁉　駄目よ。危ないわ」

「すぐ戻るから。鍵は閉めて、絶対に開けないで！」

ケイトの制止を振り切り、俺は灯りも持たずに部屋を出て扉を閉めた。

足が震える。頭を抱えてしゃがみたくなる。その一方で、早くロニーやアイリスを見つけなくてはという焦りが、両足を突き動かす。上半身を後ろに引っ張られながら、下半身が前へ引きずられるような感覚だった。

扉を出てすぐに曲がり角がある。恐る恐る顔を出し――瞬間、心臓が跳ねた。

懐中電灯が転がっている。

誰の姿もない。ただ懐中電灯だけが、リビングへ向かう廊下の上で、弱々しい光を放っている。

震えながら歩み寄り、拾い上げる。ついさっき、ケイトがロニーに渡した懐中電灯だ。廊下の先を照らしたが、牧師の姿はない。リビングの扉、裏口、実験室の扉、ガレージの扉、地下室への曲がり角。そして――

床の上に、何かを引きずったような赤黒い跡。

懐中電灯の落ちていた場所から、リビングの扉の下まで、何かを引きずったような跡が続いていた。

「ロニー……ロニー⁉」

返事はなかった。周囲を見渡す。懐中電灯で照らしても何の人影もない。心臓が暴れ狂う。荒れる息を懸命に抑え、リビングの扉に片手を当てた――そのときだった。

ガラスの割れる音が響いた。

続けて、甲高い悲鳴。

テニエル夫妻の寝室の方向だった。

「ケイトさん⁉」

一瞬の迷いの後、俺は全力で引き返した。寝室まで駆け、ドアノブに手を掛ける。回らない。

「ケイトさん、ケイトさん！」扉を叩くが、返ってくるのは雨音とかすかな声、何かが動き回るような物音だけだった。

そんな――！

懐中電灯を手に裏口へ回り、雨の中、外へ飛び出す。屋敷の壁沿いを走り、寝室の窓まで来たときには何もかも手遅れだった。

開け放たれた窓の向こうで、ケイトが奥の壁に寄りかかるように倒れていた。

胸から血が流れている。膝元には赤く染まった包丁。窓から吹き込む雨風が、机の上の蠟燭の炎を揺らし、ケイトの白金色の髪を乱していた。

「ケイトさん！」

寝室に飛び込み、床に散らばるガラス片を踏み潰して駆け寄る。「エリック……？」とケイトが眼鏡の奥で薄目を開けた。白い肌がさらに蒼白と化し、表情から生気が消えかけている。

血溜まりが面積を広げていった。もう間に合わないのは明らかだった。

「良かった……無事だったのね」

「喋らないで！」

また……また俺のせいで。

俺が部屋に留まっていれば、襲撃者を少しでも食い止めて、彼女を逃がしてやれたかもしれないのに。俺の身勝手な行動が、また、最悪の結果を招いてしまった。

「ごめん……疫病神(やくびょうがみ)だ、俺――」

父母を殺し、この家に災厄をもたらした。償いに命を投げ出すこともできなかった。

「……違うわ」

ケイトが首を振った。そんな単純な動作さえ弱々しかった。「あなたを、この家に迎えられて……私も、フランクも……とても嬉しかった。

アイリスと仲良くしてくれて……あの子も……楽しそうだった……。

だから……自分を、責めたりしないで」

「ケイトさん！」

「アイリスを探して。一緒に逃げて。……あの子を守って……お願い」

俺が必死に頷くと、ケイトは静かに微笑み、そのまま瞼を閉じた。俺の呼びかけに答えることは二度となかった。

嗚咽が漏れた。取り返しのつかない哀しみと後悔がこみ上げ、涙になって両の瞳から溢れた。

どれくらい自失していただろう。風雨が蠟燭の炎をかき消し、部屋に闇が訪れた。実際には数十秒だったかもしれないが、俺には幾日も過ぎてしまったように思えた。

けれど、泣きじゃくり続ける権利など俺にはなかった。よろよろと立ち上がり、ケイトの遺体に黙礼し、部屋を出た。

廊下を走り、今度こそリビングの扉を開ける。

覚悟していたが、俺を待っていたのは、心臓を締め上げられるような光景だった。

懐中電灯の光の中、ロニーがうつぶせに倒れていた。

祭服の背中に血がべっとり広がっている。懐中電灯で床を照らすと、赤黒く掠れた跡が、ロニーの倒れている場所から扉へ、そして廊下へと続いていた。

どこで襲われたのだろう。懐中電灯の落ちていた場所だろうか。背中を刺されて倒れ、犯人にここまで引きずられたのだろうか――そんなことを、他人事のように考えている自分がいた。

と、呻き声が聞こえた。牧師がかすかに動いた。

「ロニー！」

急いで駆け寄る。けれど、それは今わの際の動作でしかなかった。「エリック……逃げ……」と掠れた声で呟き、俺に手を伸ばして――腕が床に落ち、動かなくなった。

一部始終を目の当たりにしながら、俺はもう、涙を流すこともできなかった。頭と心を繋ぐ回路が、音を立てて焼き切れてしまったようだった。

俺が彼に抱いた疑惑は、最悪の形で否定された。あのとき、俺がためらわずロニーについていっていれば、彼が不意打ちを受けることもなかったのではないか――俺は結局、ケイトとロニーを殺してしまったも同然だった。

立ち上がりかけ、ロニーの手に何か握られているのに気付いた。近付いて彼の指を開くと、小さな十字架が零れ落ちた。拾い上げ、懐中電灯で照らす。文字列や数字のようなものが裏側に刻まれている。

これを渡そうとしてくれたのだろうか。俺にこんなものを持つ資格があるとは思えなかったが……一瞬のためらいの後、俺は十字架をズボンのポケットに収めた。

アイリスを探して逃げ延びる。俺にできることは、しなければいけないことは、もう他に残っていなかった。そのためなら、たとえ自分の手がどんなに汚れていようと、神様の加護でも何でも求めずにいられなかった。

恐怖は消えていた。親しい人たちの死を立て続けに目の当たりにして、悲しみと罪悪感が恐怖を塗り潰してしまっていた。

早くアイリスを見つけなくては。俺を駆り立てるのはその想いだけだった。守ってくれる大人はもういない。屋敷を覆う暗闇のどこかに、殺人者が息を潜めているかもしれない。

武器が必要だった。気配を感じないのを確認し、ダイニングを通ってキッチンに入る。懐中電灯の光と、炊事の手伝いで覚えた記憶を頼りに、棚を探って包丁を見つけ、ベルトの後ろに挟み、俺は玄関を飛び出した。

もっと大きな武器が欲しい。長くて威力のある武器が。そういえば、外に物置があったはずだ。何かないだろうか。

雨に打たれながら壁伝いに回り、物置まで辿り着く。引き戸を開け、懐中電灯で中を照らし

――俺は叫び声を上げそうになった。

アイリスがいた。

木箱や革袋、灯油の缶などが詰め込まれた物置の中へ、アイリスは身体を折り曲げた姿勢で押し込まれていた。長い白髪も肌もパジャマも泥だらけだ。

閉ざされた瞼。そして――額を伝う血。

「アイリス！」

物置に身体を入れて抱き抱える。体温と鼓動が伝わった。呼吸音が耳元で聞こえる。

生きていた――傷を負ってはいるが、確かに生きている。

こんなところに閉じ込められていたなんて。けれど今は、何があったかをあれこれ考えている暇はなかった。早くここから逃げなくては。

後ろのベルトから包丁を抜いて口に咥え、意識を失ったままのアイリスを背負い、俺は足を踏み出した。

ここから街までどれくらいかかるか解らない。でもやるしかない。あの子を守って――ケイトの最期の言葉が何度も脳裏にこだました。

とにかく森に入って、土砂崩れを迂回（うかい）しよう。アイリスを背負ったままでは敷地の柵を越えられない。一度道に出なければ。

屋敷の表に回り、正門へと足を進め――

背後から何かが迫る気配があった。

振り返る間もなく、凄まじい衝撃と激痛が頭部を襲った。

口から包丁が飛び、闇に転がって消える。

身体が地面に叩きつけられる。

アイリスの重みと体温が背中から失せ、代わりに、土の冷たい感触が服と肌に染み込んだ。

全身に降り注ぐ雨。

何かに足を摑まれ、仰向けにずるずると引きずられる。

大きな蓋のようなものが外される音。

かすむ視界に、石積みの囲い——井戸が、ぼんやりと映る。

身体が乱暴に抱え上げられ、放り出される。

浮遊感。

背中に衝撃を感じ、その瞬間に世界が一変する。

土より冷たい感触が全身を包む。

息ができない。

水面が遠ざかる。暗く深い底に引きずり込まれ――

やがて、俺の意識は闇に塗り潰された。

第10章　ブルーローズ（V）

「第一発見者はホテルの清掃員。ちょうど正午頃、掃除で部屋に入った際、風呂の中で被害者が死んでいるのを発見した——とのことだ」

ドミニクが苦々しい顔でバスタブを見下ろした。

槇野茜の亡骸（なきがら）が、白いビニール紐を首に巻き付けた状態で仰向けに横たわっていた。

——十一月二十八日、十四時過ぎ。フェニックス市内のビジネスホテル、三階の三一五号室。建物の西端にあるシングルルームだった。

連絡を受けてマリアが漣とともに駆け付けると、ホテルは昨日と打って変わり騒然としていた。ドミニクとジャスパーの二人が、それぞれ苦渋と不機嫌もあらわにマリアたちを出迎えた。

茜の首に、これ以上ないほど明確な索痕（さくこん）が見て取れる。生前の穏やかな顔立ちが、今は目を剝き、舌を突き出した苦悶（くもん）の表情に変わり果てていた。

「死亡推定時刻は、検死のおよそ十時間から二十四時間前——お前らの話や他の目撃証言を併せれば、昨夜十八時から深夜二時の間ってところだな。

死因はご覧の通り絞殺。紐の巻き付き具合からすると、背後から襲われたようだ。どこにでも売ってるビニール紐だが、ホテルの部屋に常備されているもんじゃねぇ」

マリアは唇を噛んだ。

つい昨日、このホテルで話を聞いたばかりの相手が、今は生々しい索痕を首に刻み、光の失せた両眼で虚空を見上げている。

まただ。また、関係者の命をみすみす奪われてしまった。

「お前のせいじゃねぇよ、赤毛」

ドミニクの淡々とした声に、深い悔恨が滲んでいた。「ここは俺たちの管轄だ。ロビン・クリーヴランドに注意を向けるだけじゃなく、もっと他の関係者の身の安全に気を配るべきだった」

バスルームを出て寝室を一瞥する。シングルとはいってもそれなりに広い。ゆったりした空間にベッドがひとつ。その横にはアームチェアと小さなテーブル。壁際にはチェスト。大きなテレビ、冷蔵庫……ある程度の長期滞在を意識した作りだ。

バスルームにも寝室にも、争った形跡は見られなかった。顔見知りの犯行だろうか。

「宿泊客や従業員の証言は」

漣の問いに、ドミニクは首を振った。

「隣の客は、二十二時に部屋に戻って二十三時に就寝したが、特に何も気付かなかったそうだ。他の周囲の客も似たりよったりだ。従業員からも大した証言は得られてねぇ。どんな奴がいつ出入りしたかなど誰も気に留めちゃいなかった」

空港に近いホテルだ。外国人客も含めてありとあらゆる種類の人間が行き交う。よほど奇抜な外見でない限り、記憶に留まらないのも無理はなかった。

しかも、犯行現場は非常階段の目と鼻の先にある。凶行後、隙を見て逃げるのもたやすかっただろう。

「監視カメラは？」

「エントランスに一個、各階のエレベータホールに一個ずつついてるが、録画時間はどれも六時間が上限だ。死亡推定時刻の時間帯の映像は、とっくに上書きされて残ってねぇそうだ」

舌打ちしたくなる状況とはこのことだった。運が犯人に味方したのか、あるいは犯人が録画時間の上限を見越したのか——周囲に気付かれるほどの物音も立てず茜を殺害してのけたところをみると、後者の可能性が高そうだ。

犯人の動きを脳内で再現する。宿泊客を装ってホテルの玄関をくぐり、エレベータあるいは階段で三階へ。他の宿泊客に出くわさぬよう、周囲を警戒しながら茜の部屋へ行き、扉をノック。何食わぬ顔でまんまと中に侵入し、茜が後ろを向いた瞬間に襲い掛かる——

いや、そうなると。

「犯人はアカネの顔見知りで、彼女の宿泊先を部屋番号まで正確に知っていた人間——ってことにならない？」

「ああ。

フロントには、槇野茜の部屋番号に関する問い合わせはなかったらしい。犯人は事前に、恐らく被害者自身の口から部屋番号を聞き出していた……と考えるべきだろうな」

となると、被疑者の筆頭は――

「ロビン・クリーヴランド牧師のアリバイはいかがでしょう。彼は被害者から、ホテルの電話番号の書かれた名刺を受け取っています。その際、口頭で部屋番号を伝えられた可能性もあると思われますが」

「……いや、それなんだが」

ドミニクは銀髪を掻き毟った。「奴には無理だ。完璧なアリバイってやつがある。れっきとした証人もいる」

「証人？」

「俺だ。

テニエル博士の遺体が発見された日の夕方――昨夜十七時頃から、今日、槇野茜の事件の通報を受けるまで、ロビン・クリーヴランドの教会の前に張り付いていたんだ。他の捜査員と交替でな。今さら遅いと言われたらそれまでだが。

しかし張り込みの間、牧師は一歩たりとも教会の外に出ちゃいなかった」

夜通しで張り込み？

フランキー殺害のときにも増して強固なアリバイだ。しかもドミニク自身が証人とくれば疑いようがない。

と――

「まったく、余計なことを」

マリアたち三人からやや離れた場所で、ジャスパーが頭頂部に手を当てた。巨漢の警部補の視線が、苦々しげに部下へ向く。「無断で時間と人手を割いておきながら、何の成果もないどころか、有力な被疑者を減らしただけとは。非効率もいいところではないかね」

身体が勝手に動いた。

「マリア！」

漣の制止を無視し、ジャスパーの襟を掴んでねじり上げる。蛙が潰れたような呻きが警部補の喉から漏れた。

「『お前のせいで被疑者に罪をなすり付けられなくなった』、とでも言いたいの？　魚臭い息をそれ以上吐き散らすんじゃないわよ、このゾウアザラシ野郎」

喘(あえ)ぐジャスパーへ、マリアは低い声を叩きつけた。「あたしだって他人をどうこう言えた義理じゃないけどね、警察官としての最低限の矜持(きょうじ)は持ってるつもりよ。

効率？　ふざけないで。そんな言葉、捜査官にはもっとも遠いものでしょうが。あたしは汗水流して働くなんて柄じゃないけど、だからといってろくに調べもせずに誰かに罪を被せたりなんかしない。事件は警察の点数稼ぎのために存在するわけじゃないのよ」

突き飛ばすように手を離す。ジャスパーは青い顔でよろめき、カーペットに尻を突いた。他の捜査官の視線に気付いたか、慌てて立ち上がり、空咳を放つ。

「とにかく、今後は勝手に動いてはならん。張り込みも撤収させる」

ドミニクに告げ、ジャスパーはマリアたちを押し退けるように部屋を出ていった。

気まずい沈黙が流れた。やがて、「……ったく」とドミニクが呆れ混じりの吐息を漏らした。

「冷や汗かかせるんじゃねぇよ。面倒なことになったらどうするつもりだ」

「悪かったわ……つい頭に血が上って」

「いや。俺のことはいい」

ドミニクは再び頭を掻き、小声で呟いた。「解った気がするぜ。お前さんがその若さで警部になれた理由が」

「え？」

「何でもねぇよ。それより捜査の続きだ。

犯人の条件が赤毛の推論通りだとして、他に当てはまる人間は誰だ？」

「考えられるのはテニエル研究室の関係者ですね。数日前、槇野茜はテニエル博士の元を訪れています。その際、彼女の宿泊先を記したメモが残され、研究室の誰かの目に留まった可能性はあります。

後は、槇野茜の研究上の知人、あるいは学会で対面した研究者の誰か――といったところでしょうか。

ただ、U国での被害者の動向を、我々はまだ完全には把握していません。下世話な推測になりますが、彼女が行きずりの相手を部屋に招き、襲撃された可能性は残されています」

「テニエル博士の殺人とは関係なく、単に金銭目的で殺害された、か？

いや、それは考えにくいぜ。財布や時計などの貴重品は現場に残ってたからな。キャリーカートと鞄は開いてたようだが」

――鞄？

「サ、ン、プ、ル、は、残、っ、て、た？」

「サンプル？」

「《天界》の花びらよ。ガラス板に挟んで、それを小さなケースに収めて――ロビンからもらったと言っていたわ。そいつは見つかった？」

ドミニクの顔色が変わった。「おい！」と近くの捜査官を呼びつける。外に運び出されかけていた手提げ鞄を、捜査官のひとりが持ってきた。マリアは鞄を受け取り、中をあさった。

……無い。

「キャリーカートの中は？」

昨日、茜に見せられた《天界》の花弁のサンプルが、どこにも見つからなかった。

周囲の捜査官が顔を見合わせ、首を横に振る。

「おい、待て」

ドミニクの口から掠れた声が漏れた。「犯人が槙野茜を殺したのは、青バラのサンプルを奪うためだったたっていうのか？」

「いえ、それは妙です。

クリーヴランド牧師は、《天界》のサンプルを外部へ出すことを問題視していない様子でした。被害者から奪わずとも、牧師から直接譲り受ければ済んだはずです」

だが、現にサンプルが無くなっている。金銭や貴重品を差し置いて。殺人の動機はどうあれ、犯人が青バラに何らかの関心を抱いていたのは確実だ。

「ドミニク。サンプルの捜索をお願い。

それと、ロビンを見張っていた件、もう少し詳しく状況を聞かせてくれる？」

※

「バロウズ刑事によれば、張り込みはロビン・クリーヴランドの教会の正門と、隣の孤児院跡地の正門の両方が目に入る位置で行われたそうです。

が、少なくとも張り込みの間、クリーヴランド牧師が外に出た様子はなし。日曜礼拝ということで信者の人々の出入りはあったようですが」

「裏から塀を乗り越えて外に出た、とか？　警察が張り込んでることを薄々勘づいてたかもしれないわよね」

「だとしたらなおさら目立つ行動は取らないでしょう。どこからどう見張られているか解ったものではないのですから」

それもそうだ。

——フラッグスタッフ署の会議室だった。

時計の針は十七時過ぎ。槇野茜殺害の捜査をひとまずドミニクたちに任せ、マリアは漣ともども、フランキー・テニエル殺害の捜査状況の確認を兼ねてフラッグスタッフ市に戻っていた。

「で、ジョン。頼んでた件はどう？」

「……ソールズベリー警部。君は軍の人間を便利屋か何かと勘違いしているのではないか」

ジョンは吐息を漏らし、姿勢を正した。「あくまで非公式見解とさせてもらいたいのだが、結論から言えば『R国にそれらしき動きあり』だ」

「あったの？」

「連邦捜査局からの情報によると、青バラの発表以後、テニエル研究室の男子学生のひとりに女が近付いていた。身辺を洗ったところ、経歴に何点か不審な点が見つかった——とのことだ。今は泳がせているが、確証が得られ次第対処する、と」

色仕掛（ハニートラップ）けか。

「ただ、他に目立った動きはない。青バラが公表されたばかりのタイミングで、奴らがテニエル博士を殺害する必然性があったとも思えん。博士の命を奪うなら、もっと時間をかけて情報を入手してからでも遅くはなかったはずだ」

密閉状況、血のメッセージ、切断された首。工作員が手間をかけて不可解な状況を作り上げる理由も見つからない。

「レン、博士殺害の件の進捗は？」

「ボブがテニエル博士の検死を続けています。首と胴体の切断面が一致したこと、および指紋から、遺体が博士本人であることは確認が取れました。死亡推定時刻と死因も概ね昨日の見立て通り、とのことですが……気になる点があるので正式な報告はしばらく待ってくれ、と」

気になる点？

「検死の速報に『複数の注射痕が遺体の左腕に認められる』とあります。アイリーンと同様に、睡眠薬を打たれた可能性を精査しているのかもしれません」

睡眠薬に注射器か。随分と用意周到だ。

……ということは、犯人は最初から、フランキーの意識を奪うだけのつもりでいたのだろうか。そしてアイリーンも巻き添えになった。

それにしては、最終的にフランキーを殺害してしまったのが引っかかるが――

「念のため、博士の医療機関への通院歴を当たっていますが、今のところ空振りです。別宅からもC州の自宅からも、注射器などの器具は見つかっていません。ひとまずボブの検死待ちですね。

次に、博士が殺害された温室に関する捜査の続報ですが――

天井を含めたすべてのガラスを確認したものの、外された痕跡などは見つかりませんでした。胴体の搬出経路および犯人の脱出経路は不明のままです」

これも厄介事のひとつだ。犯人を先に捕まえて吐かせてしまえばいいのだろうが、肝心の犯人の正体が見えない以上、手がかりとなる可能性のある懸案事項を無視するわけにもいかなかった。

「博士の唇に鍵が挟まれていたわよね。どこの鍵だったの」

「温室の出入口の扉でした。

合鍵の存在を否定できない以上、扉が使われなかったと断言するのは早計ですが、少なくとも犯人が『自分は扉を通っていない』とのメッセージを示そうとした、とは言えるかと思います」

裏をかいて扉を通ったか、裏の裏をかいて窓か。あるいは別の侵入経路があったのか。地下トンネルの類は見つからなかったようだが――

「あんたはどう思う？　ジョン」

「……ソールズベリー警部。ひとつ訊きたいのだが」

沈黙を続けていたジョンが、困惑の表情で手元の資料をめくった。「なぜ私まで議論に加わらねばならないのだ。捜査資料は安易に部外者へ見せるべきではないだろうに」

「あたしたちと一緒に生前の被害者と顔を合わせたんだから、あんたも立派な関係者でしょ。少しは知恵を貸しなさいよ」

会議室にいるのは、マリア、漣、そしてジョンの三人だけ。『事件前にフランキー・テニエル博士と面会した人物への事情聴取』という名目だった。面倒なので署長には話を通していない。

青年軍人は口を開きかけ、諦めたように再び息を吐いた。

「窓から、ではないのか。

君の話によれば、温室の窓と、その窓を内側から覆う蔓とは、物理的に接着してはいないのだろう。であれば、何らかの手段を用いて蔓と窓との間に隙間を作り、そこをくぐって窓から抜け出した。それだけの話だと思われるが。窓の鍵は糸などで工作できる、とのことだったな。蔓を手で持ち上げると千切れてしまう可能性が高い、と資料にあるが、それは握った部分に力が集中するからだろう。例えば——長い棒などを蔓と壁の間に通し、蔓の隙間に手を入れて棒を手前に引っ張るなどすれば、力が点でなく線に分散され、千切れることもなくなるのではないか」

「我々もそう考え、いくつかの方法を試してみました。

しかし結論から言えば、蔓を持ち上げて潜り抜けた可能性はほぼありえません」

「どういうことだ」

「一定時間、蔓を持ち上げ続ける必要があるからです。

壁の一箇所に窓があり、窓の全面を覆うように、天井から床まで長いカーテンがかかっている——そんな状況を想像してください。床から窓の下端までは大人の腰程度の高さがあり、窓は開いているものとします。

さてニッセン少佐。このカーテンに身体を触れさせず、窓から外へ抜け出すことは可能だと思われますか」

ジョンは目を閉じた。しばしの間の後、悩ましげに「……無理だな」とこぼした。

「仮にカーテンを持ち上げられたとしても、潜り抜けるために手を離した瞬間、カーテンが重力で直ちに壁際に戻ってしまう。

窓が地面より高い位置にあるのなら、少なくとも窓の下端を乗り越えるまでの間、カーテンを持ち上げた状態で保持しなければならない」

「その『持ち上げた状態』を作り上げるのが、思いのほか困難なのです。

貴方の仰る通り、長い棒を横向きにして蔓を窓から浮かせることができたとしても、窓の高さや乗り越える手間を考えると、どうしても棒を固定する必要が出てきます。となると今度は、支柱を追加で——我々が試した限りでは少なくとも二本——用意し、土に突き立て、横向きの棒を結びつけるといった工程が入ってきます。

ところが、その痕跡が見つかりません」

「全く、か？」

「温室の壁沿い、蔓からやや離れた位置に直植えの株が並んでいます。それらの周辺に、恐らくは肥料の供給のためだと思われますが、土の掘り返された痕跡がありました。

ただ——棒を引き抜いたような跡は見つかっていません。窓の周辺の土も、換気作業のためかほぼすべて踏み固められていました」

ふむ、とジョンは難しい表情で腕を組んだ。

「仮に、何らかの方法で痕跡を残さずに支柱を立てられたとしても、支柱と棒を結びつける工程は、片手で蔓を持ち上げながら、もう片方の手だけで行うことになります。……検討した捜査官によれば、『蔓の重量が重く、持ち上げ続けるのは大人の腕力でも相当に難しい』とのことでした」

棒を使って力を分散できたとしても、それはあくまで蔓にかかる力であって、持ち上げる人間の負担が一グラムたりとも減るわけではない。

「他の手順も検討しましたが、棒が安定しなかったり蔓が激しく傷ついたりと、すべて不発に終わりました。蔓と窓に隙間を作る作業は困難である――一連の検討で判明したのはこの一点のみです」

「無理やり潜り抜けた、というのは？

さっきのあんたの例だと『カーテンに身体を触れさせない』のが前提になっていたけど、犯人がそんなこと気にしたかどうか解らないわよね。蔓と壁の間に強引に身体をねじ込ませてから、窓を開けて外へ出た可能性だってあるんじゃないかしら」

「とすれば、犯人の身体が触れた痕跡が、蔓の広範囲にわたって残るはずです。しかしそのような跡は発見されませんでした」

「――アイリーンを温室から救出するとき、警官が窓を破ったわよね。

そこは？　窓と一緒に蔓も千切れたはずでしょ。傷がついてたかどうかなんて後から調べても解らないはずじゃ」

「彼らに確認を取りました。窓を破る前に蔓を見たが、特に怪しい痕跡はなかった、と」

駄目か。となると――

「アイリーンが見た博士の遺体って、本物だったのかしら。

例えば——実はただの風船人形で、彼女が気を失った後で空気を抜いて天窓から引っ張り上げた、とか」

「そのような面倒な真似をする意味がどこにある？

大体、問題の回答には全くならないだろう。博士の首をどうやって温室の中へ運ぶ。窓から入れたのか？　頭部を通すのに充分な蔓の隙間はないのではなかったか。そもそも扉の血文字はどうなる。書かれた後に扉が開閉された痕跡はなかったとのことだが、これも外から書いたというのか？」

愚考だな、と言わんばかりにジョンが首を振った。失敬な。

とはいえ、ジョンの指摘は痛いところを突いている。血文字は殴り書きだったが、一文字一文字が明確に読み取れ、震えひとつなかった。離れた位置から棒を伸ばしてもあのようには書けない。

『頭部だけ外から入れる』説も、よく考えれば、蔓の隙間の狭さ以外に難点がいくつかある。よほど時間を置かない限り、切断面から血がしたたり落ちるはずだ。しかしそのような血痕は見つかっていない。

また、フランキーの首は唇に鍵を咥えていた。下手に動かせば鍵がこぼれ落ちてしまう。どうにか頭部だけ先に入れて、後から棒などで窓越しに唇へ押し込むにしても——壁の窓からでは直植えや鉢植えのバラが邪魔になる。かといって天窓からとも考えにくい。博士の頭部は横向きに置かれていた。上から鍵を押し込むなら、頭部も顔を上にして置く方が楽だったはずだ。押し込んだ後に棒で横向きに転がしたとしても、後頭部の髪にそれなりの土埃が付着する。しかし博士の髪に、目立った土埃は見当たらなかった。

フランキーの首は動かされなかった、と結論せざるをえない。

……もしかして。

犯人が鍵を咥えさせたのは、博士の首が動かされた可能性を潰すためだったのか……？

「いいわ、この件は後にしましょ」

また先送りだ。厄介な。「レン、博士の死亡推定時刻前後の関係者のアリバイは？」

「アイリーンを除くテニエル研究室のメンバーについては、一通り確認が取れています。学会参加者は飛行機で移動中。他の面々はC州に残留していました。

次にクリーヴランド牧師ですが、タクシーの運転手から証言を得られました。

牧師と槇野茜の語った通り、二十一時過ぎに教会へ赴き、槇野茜を乗せてホテルへ送り届けたそうです。教会で牧師とも言葉を交わした、と。

また、別宅および教会、途中のハイウェイ周辺のガスステーションを当たりましたが、クリーヴランド牧師と思しき人物の目撃情報は、今のところ出ていません」

給油なしで教会と現場を往復すれば燃料計がゼロに近くなるはずだが、牧師の自動車の燃料は半分以上残っていた。

「携行缶か何かにあらかじめ燃料を確保していた——のかしら」

「缶への給油自体はガスステーションの店員が行わねばなりませんし、犯行後に缶を処分する必要も出ます。今のところ、携行缶の類が発見されたという情報は入っていません」

牧師のアリバイはほぼ確定、か。

死亡推定時刻は二十時から二十二時。教会から現場までは片道二時間強。二十一時に教会を出発しても、二十二時の時点では道半ばだ。

——道半ば？

「実際の殺害現場が博士の別宅だとは限らないんじゃない？

例えば、教会と別宅の中間地点のどこかに博士を呼び出して、二十一時に大急ぎで教会を出て、二十二時に待ち合わせてそのままブスリ、とか。

アイリーンが目撃したのは、あくまで博士が殺された後の光景であって、殺害の瞬間を直に見てたわけじゃないわ。博士が本当に温室の中で殺されたのか、外で殺されて中に運び込まれたのかなんて、誰にも解らないはずでしょ」

これなら現場との往復距離は半分で済むし、死亡推定時刻ともぎりぎり矛盾しない。

「博士の実際の死亡時刻は二十二時頃だった、ということか？

アイリーン嬢が博士の遺体を発見したのは二十一時頃だったはずだ。時間が合わない」

「腕時計の針なんていくらでもいじれるでしょ。時間変更線を渡るときに針を直したと当人も言っていたし——遺体を見た直後にアイリーンが襲われたってことは、犯人もアイリーンの近くにいたってことなんだから」

「——マリア。残念ながらその推論にはいくつかの難点があります」

残念さの欠片もない声で漣が告げた。「博士と犯人が中間地点で会ったのなら、アイリーンはその間、どこで何をしていたのでしょう。

別宅で、買い出しの荷物をキッチンに運んだ直後にテニエル博士が犯人の襲撃を受けた。これが当初描いていた筋書きでした。もし、本当の殺害現場が貴女の言う中間地点だとしたら、犯人は別宅に現れなかったことになります。殺害されるまでの間、博士はアイリーンを車中に置き去りにしていたのですか？」

――あ。

「……フランキーがうっかり度忘れしていた、とか？」

「そしてアイリーンを助手席に乗せたまま中間地点に向かった、と？　私が博士なら、二十二時という遅い時間に、幼い少女を助手席に寝かせたりはしません。彼女を部屋に戻し、待ち合わせ場所を別宅に替えさせます。

それともうひとつ、自動車の動きです。

遺体発見の時点で、博士の自動車は別宅にありました。ということは、貴女の推論によれば犯人は中間地点で博士を殺害した後、自分の自動車を中間地点に置いたまま、博士の自動車に乗って遺体を別宅へ運んだことになります。

別宅で作業を終えた後、犯人は中間地点までどうやって戻るつもりだったのでしょう。折り畳み自転車かオートバイでも使ったのですか。夜とはいえ、目撃されたら目立つことこの上ありません。それとも、博士の別宅に別の移動手段が都合よく転がっていたとでも？」

ぐうの音も出ないとはこのことだった。

椅子の背もたれに体重を預け、天を仰ぐ。少なくとも死亡推定時刻の二十一時前後に、犯人は別宅の地を踏んでいなければならない、ということか。

……死亡推定時刻？

「そうよ！

死亡推定時刻は二十一時前後という前提で議論してたけど、本当に正しいの？」

「検死に誤りがあった、と？」

漣の眉根がわずかに寄った。「それはさすがに無理が過ぎるのでは。ボブの技量はあなたもよくご存じのはずですが」

「そういう意味じゃないわよ。

博士の胴体は林の中に埋められたのよね。けど、《深海》の花が添えられていたおかげですぐ発見されて、死亡推定時刻もほぼ正確に出た。……もし、《深海》が無かったらどうなっていたと思う？」

「発見が遅れ、死亡推定時刻が不明確になった――」

ジョンが目を見開いた。「ソールズベリー警部。君が言いたいのは、件の《深海》は速やかに胴体を発見させて死亡推定時刻を確定させるためのものだった、というのか？」

「他に理由が思い浮かばないわ。

なら、犯人はなぜ死亡推定時刻を固めたかったの？　その方が好都合だからでしょ。だとしたら可能性は二つしかないわ。何らかの方法でその時間帯のアリバイをでっち上げたか、でなければ、死亡推定時刻そのものが工作されたか。

犯行現場は温室よね。なら、室内を思い切り暖めて死体現象を加速させることもできるんじゃないの？　実際の犯行時刻が二十一時よりずっと遅い時間だったとしたら、その時間のアリバイなんて意味がなくなるでしょ」

漣はマリアを見つめ、視線を宙へ向けてまた戻し、

「たわ言ですね」

ばっさり切って捨てた。

「ど、どうしてよ」

「胴体を早く発見させたいなら、頭部と切り離して別の場所に埋めるという手間などかけず、そのまま温室に放置すればよいではないですか。

それに、同じことを何度も言わせないでください。アイリーンの件はどうなりますか。貴女の言う死亡推定時刻工作説も、やはり中間地点説と同じ疑問を抱えたままなのですよ――博士が彼女を長時間にわたって車中に置き去りにした、という」

言葉に詰まった。

犯人が、密閉状態を一度破って胴体だけ運び出した理由は今も解っていない。また、犯人が別宅を訪れた時刻が想定よりずっと遅かったとしたら。それまでの間フランキーは生きていて、アイリーンを車中で眠らせたままだったことになる。

ジョンも腕を組む。

「考えてみれば、温室で死体を温めるのは無理があるのではないか。温室には《深海》をはじめ多くのバラが咲いていたのだろう。それらの花にダメージが及ばないはずがないし、実際、そのような痕跡もなかったのではないか。

そもそも、仮に君の方法が正しかったとして、槇野茜の殺害の件はどうなる。フェニックス署の捜査官らが終始張り込んでいたのなら、クリーヴランド牧師には疑いをかけようがない」

「ああもう！」

完膚（かんぷ）なきまでに仮説を叩きのめされ、マリアは髪を掻き毟った。「だったらあんたたちはどう考えるのよ」

「今は何とも。ですが、ロビン・クリーヴランド牧師が一連の犯行に関与しているとすれば、アリバイを精査せずとも別の解釈は充分に存在しえます」

「別の解釈？」

「共犯者ですよ。

自分はアリバイを確保し、共犯者に殺害を実行させる。こちらの方がずっと単純です」

沈黙が訪れた。

「クリーヴランド牧師が実行犯を操っていたというのか。槇野茜も同様に共犯者に殺された、と？」

「彼が犯行に関わっているとすれば、ですが。

あるいは、実行犯はクリーヴランド牧師と何の関わりもなく、自身や別の誰かの思惑に則って凶行を繰り返している可能性もあります。いずれにせよ、実行犯がこれまでの捜査の範囲内にいるという思い込みは禁物かと」

牧師犯人説に拘泥(こうでい)しすぎていたが、言われてみれば漣の言う通り、犯人とロビンに繋がりがある保証はどこにもない。

……いや、待て。

「犯人は、フランキーが事件当日に別宅にいたことも、その場所も知っていたのよね。ということは、犯人——あるいは共犯者は、博士にかなり近い人間だってことにならない？」

漣とジョンが顔を見合わせた。

フランキーが頻繁に別宅を訪れていたらしいことは、フラッグスタッフ市のレンタカー会社などへの聞き込みから——七時間近くの長距離運転を毎回行っていたわけではさすがになく、近場の空港から自動車を借りていたらしい——ほぼ裏が取れている。ただ、連れを伴っていたという証言は皆無に近い。一昨日のアイリーンとの買い出しが唯一の例外だった。

「それが正しいとしたら」

ジョンの顔が険しくなった。「まさか、アイリーン嬢が⁉

いや、確かに、博士の殺害現場の最も近くにいたのは彼女だが」

マリアもその点は危惧(きぐ)していた。

レシートがキッチンに残されていた以上、彼女がフランキーと一緒に買い出しに行き、別宅へ戻ったのは事実なのだろうが――車内で寝入ってしまったこと、温室で博士の遺体を発見したことは、あくまでアイリーンひとりの証言でしかない。それらが偽証だとしたら、今までの議論は足元から崩れることになる。

「懸念は否定できません。ただ」

混乱気味のジョンを、漣が冷静な声で静めた。「アイリーンの証言が偽証である可能性は低い、というのが私の見解です」

「理由は？」

「温室で発見された際、彼女は後ろ手に拘束されていました。それも自作自演では不可能な縛られ方で。彼女のほかにもうひとり、何者かが現場に存在したことは確実です。

次に、もし彼女自身が犯行に関わったとすれば、わざわざ『温室が閉ざされていた』と証言する必要はありません。密閉状態が二度作られたと余計な疑義を生じさせ、自らの証言の信憑性を落とすことになるのですから。『温室に入ろうとしたところを襲われた』、これだけで充分です。

そもそも『博士の遺体を見た』という情報すら不要です。極端な話、犯行時刻を限定させるだけなら『二十一時に何者かに襲われ、気付いたら縛られていた』で終わりでしょう。具体性が少なければ少ないほど、綻びも最小限に抑えられたはずですから」

漣の推論を認めざるを得ない様子で、ジョンが低く唸る。

「しかし、アイリーン嬢でないとしたら、君の言う共犯者とは何者だ。動機は？　テニエル博士や槙野茜はなぜ命を奪われなければならなかったのだ」

犯人は事件当日のフランキーの動きを知っていた。その一方で、殺害の直前までアイリーンを車中に放置していた。裏返せば、犯人はアイリーンを見落としていた――フランキーに同行者がいることを知らなかった、ということにならないか。

となると、テニエル研究室のメンバーは自動的に容疑から外れる。他ならぬフランキー自身が、別宅への同行者を研究室内で募っていたのだから。

犯人は、研究室の関係者でない、フランキーの個人的な知人……？

「現時点では可能性を絞り込めません」

漣は首を振った。「一連の事件が、『アイリス』の日記に書かれた出来事に端を発していることは想像できるのですが……日記のどこからどこまでが真実か、最後の日付の後に何が起こったかを判断できない以上、やみくもに論を立てたところですべては臆測のままです」

「その件だけど、関係者の身元の裏は取れた？」

『アイリス』とアイリーン、『パパ』とテニエル博士、そして――『牧師』とロビン・クリーヴランドの関係は何なのか。

「まずアイリーンですが――

結論から述べますと、彼女は現在の両親の実子ではありませんでした」

――私は誰？

講義ノートの走り書きが、マリアの脳裏に蘇った。……やっぱりか。

「両親――ティレット夫妻に確認しました。施設から引き取ったとのことです。念のため、両親とアイリーンの血液型を確認しました。父親がO型、母親がAB型。対してアイリーンもAB型。親子関係はほぼ成立しません」

「どうして解るのよ。母娘でABなんでしょ?」

疑問を口にした瞬間、呆れた視線を左右から投げつけられた。

「ソールズベリー警部、それは冗談で言っているのか?」

「遺伝の法則の典型例ですよ。警察官ともあろう者がご存じないのですか。

人間を含む多くの生物は、同じ染色体を二セット、互いにバックアップとなるように持っていて、子供が作られる際は、父親と母親からそれぞれ一セットずつが受け継がれるのです。ABO血液型でいえば、A型は『AA』か『AO』、B型は『BB』か『BO』、O型は『OO』、AB型はそのまま『AB』ですね。

シスAB型といった極めて稀なケースでもない限り、父から受け継がれるのは『O』、母からは『A』か『B』。子供の組み合わせは『AO』か『BO』――A型かB型しかありません。AB型の子供はありえないのです。

まったく、こんな基礎的な知識も持ち合わせていないとは……御両親も貴女の血液型を再確認せずにはいられないでしょうね」

「うるさいわよ!」

この憎たらしい部下はどうしていつも余計な一言を付け加えるのか。「……アイリーンがティレット家の実の子供じゃない、ってことは解ったわ。彼女が引き取られたのはいつ？　元々はどこの子だったの」

「回答を拒否されました。出自に関わる情報が当人の耳に入るのは避けたい、引き取る際に施設側とも約束した……と。これは私見ですが、実の両親の意向が大きく作用していると思われます。ティレット夫妻も、アイリーンの実父母の身元は一切知らされていないのかもしれません。別途調査を入れるつもりではありますが」

「夫妻の経歴は？」

「ごく普通のU国市民です。敵対国をはじめとした不審な組織との繋がりは、少なくとも我々の捜査では確認できませんでした」

純粋な善意で引き取っただけ、か。

アイリーンとティレット夫妻に血縁関係がないとすれば、日記と講義ノートの示唆(しさ)する通り、彼女がテニエル博士の娘である可能性が現実味を帯びる。

しかし、それがテニエル博士の殺害にどう関わるのか。

そもそも、日記と今回の一連の事件がどう繋がるのか。

何かしらの関わりがあることは間違いない。が、どのように繋がるかがまるで見えてこない。

漣が指摘したように、日記の信憑性そのものに疑問が呈されていることが、ややこしさに拍車をかけているのだが。

青バラを生んだ『パパ』が本当に殺害されたのなら、今回殺害されたテニエル博士は何者で、どんな役割を担っていたのか。

『アイリス』とアイリーン、『牧師』とロビンの関係は。

――『実験体七十二号がお前を見ている』。

あの日記に書かれていた『怪物』が、漣の言う共犯者なのか。

そして、『エリック』や『アイリス』はどうなってしまったのか。

今になって、再び彼らの間で殺人が発生したのはなぜなのか。……

「他には？　フランキーとロビンの身元はどこまで洗い出せたのかしら」

「テニエル博士ですが、判明したのはハイスクール入学以降の経歴だけです。家族や親族の有無は今のところ確認が取れていません。ただ、その頃からひとり暮らしをしていたようで――転居を繰り返していたらしく居住地には空白も多いのですが――C州に落ち着いた後も単身のままでした。親しい家族がいなかったのは事実のようですね。

あるいは、初めから天涯孤独の身だったのかもしれませんが」

孤児……か。

「実験ノートは見つかったの？　中身を調べれば、博士が本物か偽者かくらい少しは解りそうなものだけど」

それが、と漣は首を振った。

「研究室からも、C州の博士の自宅からも、それらしきノートが見つかりません。犯人が持ち去った可能性を真剣に考慮する必要がありそうです」

犯人にとって不都合な事柄が実験ノートに記されていた、ということだろうか。そのためにフランキーが殺害されたのだとしたら。

しかし、青バラの研究成果そのものは紛れもない本物だ。他にどんな秘密が記されていたのか。

「博士に娘がいたらしい、と槇野茜が語ったそうだが、その裏付けとなる記録は確認されたのか」

「C州の婚姻記録と出生記録を当たっていますが、記録の有無を含め、結論を出すにはかなり時間がかかりそうです。結婚や出産がC州で行われたのかどうかも解りませんし、そもそも正式な婚姻関係が結ばれていない可能性もあります。偽造の有無まで含めて調査するとなると、少なくとも一ヶ月や二ヶ月では手に負えません」

気の遠くなる話だ。

「次にロビン・クリーヴランド牧師ですが、こちらの経歴は比較的明確でした。

元々はO州の教会の子供で、一九六四年に神学校を卒業し牧師となり、翌々年、父親の死を受けて教会を継ぎます。七年前、父親の教会を別の牧師に任せ、後継者の絶えていたA州の教会――今のクリーヴランド教会ですね――に着任。以後はここを拠点に、礼拝など日常の教会運営を行いながら、U国各地を回って伝道活動をしているようです」

そして、活動の合間に趣味で園芸を行い、奇跡の青バラを生み出した……か。

「ただこちらも、存命の親族や婚姻歴の有無は確認されていません。教会にひとりで住んでいるのは確かなようですが」

「博士と牧師、両者の接点は？」

ジョンの問いに漣は首を振った。

「日記の記述の一部を事実とすれば、少なくとも昨年六月には何らかの接触があったはずですが——現時点では、あったともなかったとも言い切れません。

フランキー・テニエル博士は、一九八二年六月からの半年間、大学を休職していました。理由は『病気の療養』とのことですが、通院記録は発見されていません。

一方のロビン・クリーヴランド牧師ですが、バロウズ刑事の調査によれば、昨年六月はU国各地を回っていた模様です。ただ、具体的な訪問先は不明とのことでした。

念のため、アイリーン・ティレットについても調査中ですが……先程述べた通り夫妻の口が重く、そもそもアイリーン自身が体調不良を理由に学校を休みがちだったようで、日記内の期間における彼女の動向は裏付けが取れていない状態です」

「齟齬の有無さえ確認できず、か。……悩ましい状況だな」

「とも限りません。

現実と日記との齟齬でいえば、まずテニエル博士の件がひとつ、天候の矛盾がひとつ。そしてもう一点が、日記でほのめかされた大量殺人事件の記録がどこにも見つからないことです」

被害者が何人も出るような事件が発生すれば、大なり小なり必ずニュースになるはずだ。が、漣によれば、日記の記述に類似した大量殺人事件の新聞記事や捜査記録が、一向に見つからないという。

「例の日記は、青バラの関係者を登場人物として拝借した創作、ということか？」

「……どうかしらね」

「え？」

「殺人事件が認知される条件は何？　死体が発見されることでしょ。もし、犯人の手で死体が全部処分されて、関係者からも捜索願が出されなかったら、そもそも捜査自体が行われないわ。ドミニクたちが日記をまともに扱わなかったのだって、それらしき死体がどこにもなかったからでしょ」

「事件そのものが隠匿された……か」

ジョンが腕を組む。

とはいえ、死体が隠されたというのもしょせんは臆測だ。本当に死体が現れでもしない限り、証明も反証もできない。

「引き続き捜査を継続します」

漣が手帳を閉じた。「日記と現実との齟齬が大きい件を優先的に。過去の大量殺人の有無、およびテニエル博士の――」

と、ノックの音が響いた。ドアが開き、捜査員が手招きする。漣が席を立ち、会議室の外に消えた。

数分後、漣が緊迫の表情で戻ってきた。

「マリア、緊急事態です。バロウズ刑事から一報が入りました。

ロビン・クリーヴランド牧師が襲撃されたとのことです」

※

「ちょっと……何よこれ」

ロビン・クリーヴランドの温室を見渡しながら、マリアは呻き声を漏らした。

《天界》が無くなっていた。

つい昨日まで咲き誇っていたはずの、スカイブルーの花々は影も形もない。残っているのは、鉢や地面に植えられた赤、黄、白の花々、そして四方を覆う蔓だけ。いくつもの無残な断面が、蔓の方々に刻まれていた。

――ドミニクから連絡を受けて二時間後、二十時過ぎ。マリアたちが教会に駆け付けたとき、現場周辺はすでに暗闇が落ちていた。

街灯もなく、民家からも離れた街外れの道路に、いくつものパトライトが明滅する。温室の照明は弱く、蔓とガラス、そしてブラインドの隙間を通して漏れ出る光は、周辺をほんのわずか、朧(おぼろ)げに照らしているに過ぎなかった。

温室の出入口の向かい、奥のガラスに、小さな穴が二箇所開いている。放射状の亀裂(きれつ)が穴を中心に広がっていた。

「ロビン・クリーヴランドが撃たれたのはここだ」

ドミニクが視線を落とした。温室の奥に血溜まりが広がっている。そこから出入口に向かって、血痕が点々と続いていた。

ていたらしい。孤児院跡地の正門を出た辺りで倒れているのを、たまたま訪れた信者に発見された。――何でも、約束の時間になっても牧師が来ず、電話にも出ねぇから心配になって見に来たらしい」(【図4】)

昨日、ロビンと電話していた信者か。

「それで、クリーヴランド牧師は今?」

「病院だ。息はあるが予断を許さねぇ状態らしい。どっちに転ぶかは神のみぞ知るってやつだ。

――どうだジャスパー、犯人が解るかもしれねぇぞ。実に効率的じゃねぇか、えぇ⁉」

ドミニクが吐き捨てる。ジャスパーは出入口の近くで天井を見上げていたが、表情はさすがに強張っていた。教会の張り込みを止めさせた直後に重要参考人が襲われたのだ。経緯はどうあれ非難は免れまい。

「……本当に襲われたのかどうか、まだ決まったわけでもあるまいに」

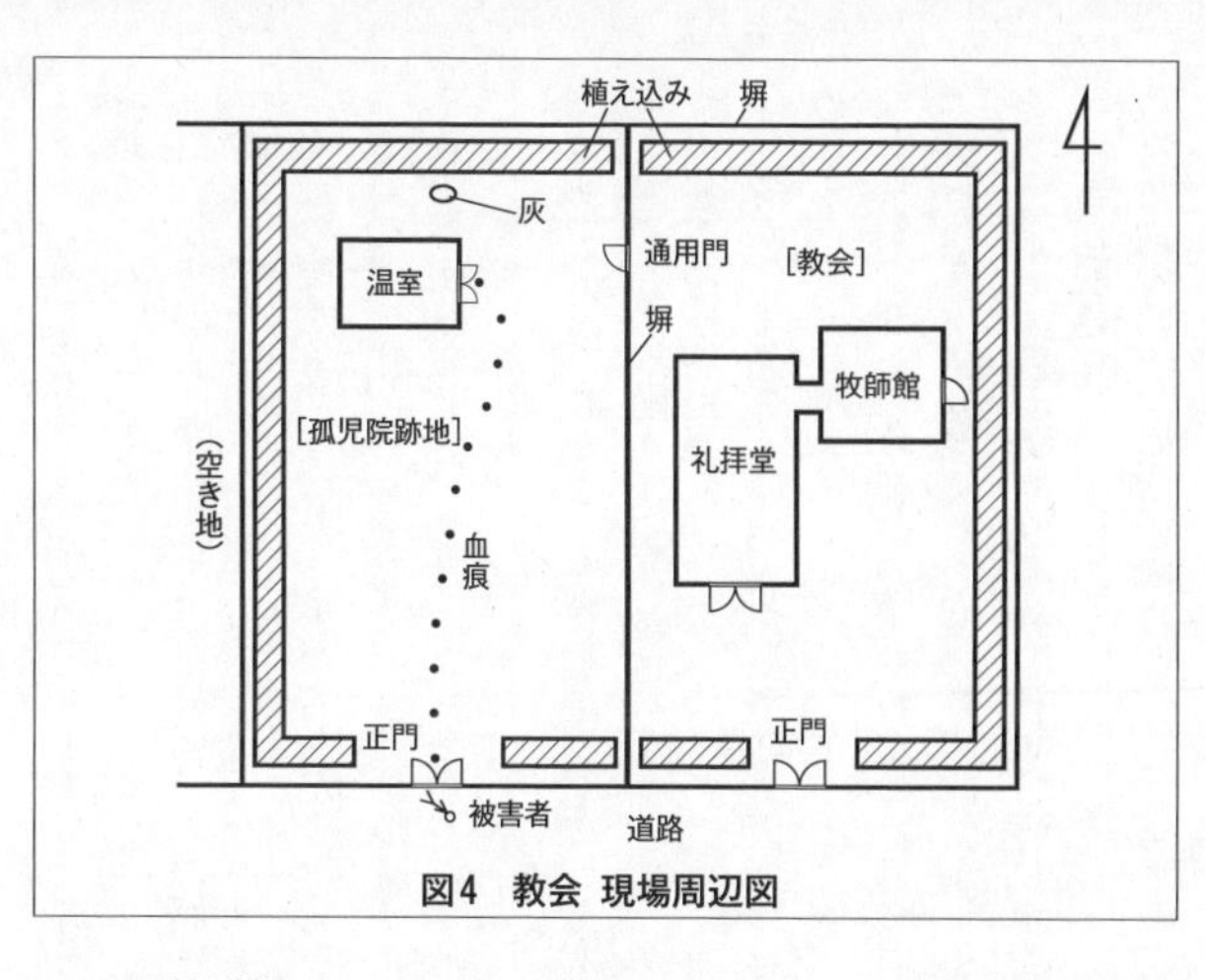

図4　教会　現場周辺図

反論も心なしか弱々しかった。「何だと――」と踏み出しかけたドミニクを、漣が素早く押し留める。ジャスパーは部下と目を合わせることなく、逃げるように温室を出ていった。

「くそったれが」

ドミニクは舌打ちし、それから苦々しい笑みを浮かべた。「悪ぃな、つまらねぇところ見せちまって」

「どうでもいいわそんなこと。それより犯人の手がかりは？　この温室の有様は何なの」

「『有様』？」

何のことだ、と言いたげにドミニクが首を捻る。寝ぼけてるんじゃないわよと返しかけ、マリアははたと気付いた。自分たちはロビンの事情聴取の際に温室へ入ったが、ドミニクたちは教会の外で見張っていただけだ。温室の中までは覗いていないのだ。

漣が事情を説明すると、ドミニクは呻いた。

「そういうことかよ……どうりで青バラとやらが見当たらねぇと思ったぜ。来てくれ、こっちだ」

外へ出て二人を手招く。温室の明かりの届く範囲から少し離れた先の地面を、ドミニクは懐中電灯で照らした。

「剪定の後始末だとばかり思ってたが……見ろ」

電灯の光の中、焼け焦げたビニールシートの上に、黒い灰が堆(うずたか)く積もっていた。花の燃え殻らしい。量はかなり多かった。形を残しているものもあったが、大半は細かな灰と化して崩れ落ちている。

マリアは手袋を嵌め、灰を掻き分けた。焼け残りの花弁がひとつ残っていた。変色してはいるものの、かすかに青みがかった花弁。

《天界》の残骸だった。

何者か――恐らくは犯人が温室の《天界》をすべて切り落とし、ここで焼き払った。何のために？

「クリーヴランド牧師が襲撃されたのは何時頃でしょう」

「解らねぇ。発見されたのは二時間前だが、そのときには虫の息だったらしい。銃声を聞いたという証言もなしだ。民家から遠いうえに消音器(サイレンサー)付きならしょうがねぇんだが」

「凶器が現場に残ってたの？」

「自動式の奴が、温室の隅にな。

後は、空の薬莢が全部で五個。一個は弾倉の中で弾詰まりを起こしていた」

窓の弾痕は二箇所。被害者が受けた弾丸は計三発。貫通していなければ数は合う。もし弾詰まりがなかったら、ロビンはさらに銃撃を受け、その場で絶命していたかもしれない。

「で、ここからが少々面倒なんだが――問題の拳銃には、グリップに血の手形がべっとりこびりついていた。手の大きさが牧師のそれとぴったり一致した。牧師の手も血まみれだったらしい。詳しい状況はともかく、牧師が凶器を握ったのは間違いない」

ロビンの手形が？

本当に襲われたのかどうか決まったわけではない――ジャスパーの台詞はそういう意味か。

「自作自演、ってこと？」

ドミニクは首を振った。

「そう見せかけるために犯人が握らせたのかもしれねぇ。俺の見立てはそっちだが――ジャスパーの野郎の言う通り、自殺未遂を否定する材料もまだ出ていない」

偽装とも、そうでないとも言えない、か。確かに面倒な状況だ。

……いや待て。何か重要なことを忘れている気がする。

そうだ、あれは――

「凶器に付いてた手形は右手？　それとも左手？」

ドミニクは手帳を開いた。

「……右手だ。間違いねぇ」

「なら自殺未遂じゃないわ。ロビン・クリーヴランドは左利きよ」

昨日の事情聴取の際、ロビンは左手で剪定を行っていた。「出入口の棚に園芸用のハサミがあったはず。それを確認して。左利き用のはずだから」

ドミニクが顔色を変え、棚に駆け寄った。手袋を嵌めた手でハサミを取り出す。「……くそったれ」と呻くような呟きが漏れた。

決まりだ。

犯人はロビンを撃ち、拳銃を握らせて去った。とどめを刺せなかったのは弾詰まりのせいだろう。犯人が逃げた後、まだ息のあったロビンは助けを求めて門まで歩き、外へ出た直後に倒れた。

裏の裏をかいてやっぱり自作自演だった、という可能性も残っているが――それはあるまい、とマリアの直感が告げていた。他殺に見せかけるのなら、わざわざ手形を凶器に残す必然性がない。ロビンの傷を詳しく調べれば、至近距離で撃ったのかどうかは解るはずだ。

犯人は別にいる。そいつは青バラに関わった人間を次々に襲っている。

真相はまだ解らない。だが、生じた事実だけ見れば、マリアの予感が的中してしまった形になった。

止めなくては。これ以上犠牲者を出させてたまるものか。

「レン、署に電話して。アイリーンとテニエル研究室のメンバーにも警護をつけさせなさい。

「署長の許可は後でいいから！」

「了解」

　こういう場面での漣は余計な一言を挟まない。踵を返して足早に教会へ向かった。部下の背中を見送りながらマリアは髪を掻き毟った。

　フランキー・テニエル殺害からずっと、自分を含めて警察は後手に回りっぱなしだ。犯人を追い詰めるどころか被疑者の特定にすら至っていない。

　最大の手がかりのはずのアイリスの日記も、まともに裏を取れていない体たらくだ。漣をここまで手こずらせるということは、やはりジョンの言う通り、内容自体が創作ということなのだろうか――

　無意識にうろうろと歩き回っていたらしい。はたと気付くと、ドミニクが温室の扉の前で苦笑いを浮かべていた。

「な、何よ」

「いや……お前さんらが羨ましいと思ってな。俺とジャスパーはああだしよ」

「隣の芝生は何とやらでしょ。こっちはこっちで色々苦労があるの」

　漣とペアを組んで一年以上。二人一組が捜査の鉄則とはいえ、よく喧嘩別れもせずに来られたものだ。

　と、その片割れが戻ってきた。

「関係者の警護を署に要請しました。

――それとマリア、ボブから伝言です。折り返し連絡が欲しいと。テニエル博士の検死が終了したそうです」

通用門から教会の敷地に入り、礼拝堂から牧師館へ。ドミニクによるとこの近辺には公衆電話がないらしい。漣も、フラッグスタッフ署への連絡には牧師館の電話機を使ったということだった。

牧師館の廊下の脇に、古めかしい電話機が置かれていた。マリアは手を伸ばしかけ――直前で手を止めた。

……どこからか、妙な匂いがした。

視線を移す。電話機のすぐそばに一枚の扉がある。ぴたりと閉ざされた木製の扉。

マリアは扉を開けた。

中は暗かった。スイッチを探る。淡い光が室内を照らした。

――簡素な部屋だった。

家具はベッドと机と本棚、据え付けのクローゼットだけ。本棚を覗いてみると、並んでいるのは聖書と、神学関係らしい小難しいタイトルの本ばかりだった。

ロビンの私室のようだ。いかにも牧師らしい、単調な色合いの部屋の中――まるで返り血が飛んだように、赤いバラが一輪、机の上の花瓶に生けてあった。

バラの育成家らしい一面を覗かせた、慎ましくも華やかな装飾。しかし今は状況が状況なだけに、不吉なものを感じずにはいられなかった。

部屋をざっと見渡したが、これといって怪しいものは見当たらない。引き返そうとして、違和感が足を止めさせた。

かすかな土の匂い。そして――一輪のバラだけから発せられたとは思えない、深く甘い香り。先程感じた匂いはこれのようだ。

クローゼットの扉が閉まっている。手を掛けてみたが、鍵がかかっているのかびくともしない。鍵を求めて机の引き出しを開けたが、筆記用具と便箋しか入っていない。

本棚にもう一度目を走らせる。――整然と並ぶ本の中に、一冊だけ、わずかに手前にせり出しているものがあった。引き抜いて開くと、鈍色の小さな塊がページの間に挟まっていた。

小さな鍵だった。

……ビンゴ。

クローゼットの鍵穴に差して回す。手ごたえがあった。一呼吸置き、扉を思い切り開けた。

薄青色の花々――《天界》が咲き乱れていた。
二、三着の祭服がハンガーごと端に寄せられ、生じた隙間に鉢が二つ並んでいる。それぞれの鉢には土が盛られ、支柱に沿って太い枝が伸び、その上に何輪ものスカイブルーのバラが花開いている。噎せ返るような甘い匂いが一気に室内へ流れ込んだ。
こんなところに《天界》の株が――
温室にあった鉢植えの株だろうか。犯人の襲来を予感したロビンがとっさにここへ隠し、難を逃れた——ということなのか。クローゼットの中はさすがに手狭で、枝の一部が、祭服の下半分をさらに側板へ押しやっている。

花のひとつをよく見ると、花弁が一箇所切り取られていた。茜へ渡したサンプルを採取した跡に違いない。こんなところで裏が取れた。

ともあれ、ここに放っておくわけにもいかない。後でドミニクに回収させるとしよう。マリアはクローゼットの扉に手を伸ばし——ぴたりと動きを止めた。

クローゼットの中を凝視する。

……そうか。

これなら、もしかしたら。いや、しかし——

『まったく、お前さんも忙しいことだな。フェニックスとこっちを行ったり来たりか。ところでどうだ。そっちの死体は活きがよかったか？』

世間話でもするような声で、ボブは受話器越しに不謹慎な冗談を放った。

「死んでないわよ、あんたにとって残念なことに」

今しがたの思いつきをひとまず頭の隅へ追いやり、マリアは本題を切り出した。「検死の結果が出たようね。何だったの『気になること』って」

『おお、そうだった。

——フランキー・テニエルの胴体だが、腫瘍だらけだったぞ』

え？

『直接の死因は刺創からの失血死だが、内臓のあちこちに腫瘍が見つかった。胃から腸から何からな。手術の痕も残っていたが……あれではあと一年ももたなかっただろう』

C大学での博士の様子を思い返す。確かに、顔色はお世辞にも健康的とは言えなかったが——マリアたちに青バラの講義を行ったときのフランキーは、研究者らしい活力に溢れていて、病み衰えた雰囲気など全く感じなかった。

気力が身体を支えていたのだろうか。一度対話したきりの博士の印象が、急に痛々しいものに変わった。

「腕に注射痕があったのよね。痛み止めか何かを打っていたのかしら」

『可能性はあるな』

フランキーは去年、病気療養で休職したらしい。裏は取れていないとのことだったが、こうなると嘘とも言えなくなってくる。

犯人はフランキーの病を知っていたのだろうか。そうとは思えない。一年経たずに死ぬことが解っている相手を、わざわざ手にかける人間がどこにいるのか。

いや——それとも、一刻も早く殺害せざるをえない理由があったのだろうか。

犯人にそう思わせるだけの重大な秘密を、フランキーが握っていたのだろうか。青バラに関わる機密事項か。それとも別の——

背筋を電流が貫いた。

……まさか。

何の根拠もない。だが、もしかしたら。

「ボブ、ちょっといい？　大至急調べてほしいことがあるの」

マリアは受話器を握り締め、依頼内容を告げた。『……何だと？』初老の検死官の声がかすかに上ずった。

『いや、そこまでは確認していなかったが――解った、急いで取り掛かろう。

……まったく、年寄りをこき使うなと何度も言っているだろうに。残業手当を倍もらいたいところだぞ』

「今度奢るわ、全額あたし持ちで」

『珍しい風の吹き回しだな。ではお前さんの気の変わらぬうちに……ん？　どうした少佐殿』

受話器の向こうで何やらやりとりが聞こえる。ややあって、『代わるぞ。少佐殿から話があるそうだ』とのボブの声に続き、『ソールズベリー警部か？　ジョン・ニッセンだ』と空軍少佐の硬い声が響いた。まだ署に残っていたらしい。

「聞こえてるわ。話って何」

『たった今、空軍本部から連絡があった。先日発生したW州の土砂災害現場で、軍が派遣され復旧作業を行っていたのだが――土砂の撤去作業中に白骨死体が発見された。現時点で少なくとも二体。他に遺体がないかどうか、現在捜索中だ』

白骨死体？

『発見された二体のうち片方は、長い白髪の成人女性とのことだ』

白髪⁉

――ま、ま、ま、ま、ま、ま、ま、ママも死んだ。

まさか。

『ああ。

私見だが、これらの白骨死体は、君たちの言っていた日記の事件の被害者という可能性がある。例の日記は創作ではなく事実だったということだ。

新しい情報が入り次第、追って伝える。――ところでそちらの状況は。クリーヴランド牧師は無事なのか？』

※

どう返事をしたのか覚えていない。気付けばマリアは温室の前に戻っていた。

「マリア――？」「おい、どうした」

漣とドミニクが怪訝な顔でこちらを見やる。二人の問いかけも耳に入らなかった。

犯人も、事件の背景も、その手段も――全く不明瞭だった何もかもが、すべてひとつの線で繋がった。

ということは――

マリアは周囲を見回し、他の捜査員が近くにいないことを確認すると、温室の中に飛び込んだ。漣とドミニクも追ってくる。

温室の奥にいくつかの鉢が伏せてある。それらを手当たり次第にひっくり返し、四つ目の鉢を持ち上げたところで手を止めた。

目的のものが、鉢の下から姿を現した。

「おい、これは――」

ドミニクが絶句する。漣も目を見開いた。

「当たりだわ」

脈拍が速まるのを感じた。「レン、調べて欲しいことがあるわ。ジョンにも連絡して。それとドミニク。あんたの手も貸してもらうわよ」

第11章　ブルーローズ（Ⅵ）

数日後——

フェニックス署の執務室で、ジャスパー・ゲイルは一連の青バラ死傷事件の関連書類に目を通していた。十七時まであと十数分。他に仕事らしい仕事もない。

問題の日記が発見された昨年の火災に始まり、フラッグスタッフ市でのフランキー・テニエル殺害事件、槇野茜殺害事件、そしてロビン・クリーヴランド襲撃事件。フェニックス署とフラッグスタッフ署の双方で捜査が続けられているが、未だ犯人の逮捕には至っていない。

ジャスパーもこれまで、自分なりにあれこれ思案してはいたが、槇野茜とロビン・クリーヴランドの事件——正確にはそれらに絡んだ捜査員の動き——がすべてを無に帰してしまった。

ドミニクが許可なくクリーヴランド牧師の教会に張り込んだこと。そのさなかに起きた槇野茜の殺害。張り込みを解かせた直後の牧師襲撃。これら一連の失態は、ジャスパーをドミニクともども捜査の蚊帳の外に置かせるのに充分だった。

今、捜査状況を知るすべといえば、不定期に回ってくる閲覧資料か、執務室で漏れ聞こえる同僚の会話くらいのものだ。そうして耳目に触れたわずかな情報から察するに、捜査は事実上、足踏み状態に陥っているらしい。

犯人を見たはずのロビン・クリーヴランドも、意識不明のまま未だ危機的な容態を脱していないという。

自殺未遂説はすでに否定されている。閲覧資料によれば、牧師の右手から硝煙反応が出たものの、銃創のうち二発が数メートル先から放たれたものだったことが判明したらしい。

犯人がクリーヴランドに銃を――利き腕を誤って――握らせ、身体にさらに一発撃ったところで弾詰まりが起き、やむなくとどめを刺さずに逃走した。これが、現時点での捜査陣の見立てのようだ。凶器の拳銃は闇で流れていたもので、所有者を辿るのは難しいとのことだった。

フラッグスタッフ署が有益な手がかりを得たらしいとの噂も聞いたが、所在地が離れているせいもあって、あちら側の捜査情報は全く流れてこない。

警察官にとって、失態を犯して捜査を外され、その事件が他人の手で解決されるほど屈辱的なことはない。が、捜査がいつまでも進展しないのもまた、心理的には針の筵のような苦痛だ。

……どうしてこんなことになったのか。

ドミニクの張り込みをやめさせたせいで牧師が襲われた――周囲からはそう認識されてしまっている。が、そもそも部下が独断専行などしなければ、張り込み中断の指示を出す必要もなかった。部下の暴走を正したことでなぜ非難されねばならないのか。

当の本人は、はす向かいの席で顔をしかめながら書類を睨んでいる。苦虫を嚙み潰す思いなのはこちらの方だというのに。

　電話が鳴った。ドミニクが受話器を持ち上げた。

「はい、こちらフェニックス署。……ああ、こちらこそお世話になります。で、ご用件は――え？」

　ドミニクが受話器を握り直した。「……そうですか……解りました。ご連絡感謝します。早急にそちらへ参りますので……では」

　何秒かの間の後、「くそったれ！」と受話器を本体に叩きつけた。

「おいジャスパー、少し顔を貸せ。話がある」

　狭い会議室の中、部下と机を挟んで向かい合う。

「何だね、話とは」

「ロビン・クリーヴランドが死んだぞ」

　部下の返答が心臓に突き刺さった。

　……終わり、か。

　天を仰ぐ。これで、自分に何らかの処分が下されるのは決定的となった。

「そうか」

「『そうか』じゃねぇよ！」

　ドミニクが机を叩いた。「他に言うことはねぇのか。誰のせいでこんなことになったと思ってやがる」

誰のせい？

さすがに癇に障った。お前こそ、誰のせいで私がこんな目に遭ったと思っているのか。

「部下の暴走を止めるのは上司の正当な責務だと思うがね。

私がお前を制止したからロビン・クリーヴランドが死んだ、と考えるのは勝手だが、それは結果論に過ぎんよ。むろん『結果』についての責任は取らざるをえんだろうが、槇野茜殺害の時点では、牧師自身が標的となる可能性があったとしても、それはあくまで臆測の範疇でしかなかった。

臆測で貴重な人員を割くことはできんよ。お前とて、クリーヴランドが襲撃される可能性を、事件の被疑者である可能性より高く見なしていたわけではあるまいに」

怒りのせいか喋り方が速くなった。

「てめぇ――」

ドミニクの顔が歪んだ。

「用件がそれだけなら戻らせてもらうよ。牧師の件は他の者に伝えておくように」

ジャスパーは席を立ち、逃げるように会議室を出た。これ以上会話を続ければ、殴り合いに行き着くだけなのは目に見えていた。

柱時計の針は定時を過ぎていた。今日は帰るとしよう。喫緊の任務はない。今から仕事が手につくとも思えなかった。

※

空っぽになったジャスパーの席を、ドミニクは無言で見つめた。

「――くそったれ！」

椅子を蹴った。鈍い痛みが足の甲に広がった。

※

周囲を何度か見回し、彼は屋敷の門の前に立った。

辺りは夕闇に覆われていた。上着のポケットからペンライトを取り出し、スイッチを入れる。『立入禁止（KEEP OUT）』と記された黄色のテープが、格子状の門に斜めに巻かれていた。鍵はかかっていないようだ。テープを慎重に解き、音を立てぬよう門を開け、身体を滑り込ませた。

記憶を頼りに裏庭へ回る。ガラス張りの温室が、ペンライトの弱い光に浮かび上がった。

出入口の扉は閉まっていた。『*Sample-72*――』の血文字がガラスを透かして裏返しに見える。扉に手を掛ける。抵抗なく開いた。そのままドアノブを引き、温室の中に入った。

色とりどりのバラの花々の横を通り過ぎ、血溜まりの跡を避け、最奥に眠る一株の前で足を止める。
濃い青のバラ――《深海》の前に、彼は屈み込んだ。息を整え、震える手を伸ばし――

「何をしているの？」


背後から声が響いた。

弾かれたように振り返る。電灯が点いた。強い光の中、思わず細めた両眼に、赤髪の女の姿が映った。

「やっと出てきてくれたわね。怪物――とでも呼んだ方がいいかしら？」

マリア・ソールズベリー警部は不敵に笑った。

※

漣が病院に着くと、玄関の前でドミニク・バロウズ刑事が煙草を咥えていた。

「申し訳ありません。少々遅れました」

「いや、大して待ってねぇ。ところでそいつは何だ」

煙草を唇から離し、ドミニクが漣の右手に目を落とす。提げていた紙袋を、漣は軽く持ち上げた。

「いえ、大したものではありません。ただ、今日の場では必要になるかと思いまして」

「……これが、か？」

紙袋を覗き込み、銀髪の刑事が首をひねる。「詳しい説明はまた後ほど」と漣が返すと、ドミニクはそうかと呟き、険しい顔で紫煙を吸い、吐き出した。

「吸われるのですね」

「禁煙していたんだがな。……一服でもしなきゃやってられねぇよ」

傍らの灰皿で煙草をもみ消し、ドミニクは顎をしゃくった。「行くぜ。病院には話を通してある。五階だ」

――夜の病棟は静かだった。

薄暗い廊下の両側に、病室の扉が整然と並ぶ。それぞれの扉の横には、患者名の書かれたプレート。消毒液と薬品、そしてかすかな死臭の混ざり合った臭いが、漣の嗅覚を刺激した。

目的の部屋の前で足を止める。五〇三号室――『Robin Cleaveland（ロビン・クリーヴランド）』の名を確認し、漣は扉を開けた。

窓際のベッドの上に、牧師は横たわっていた。

寝衣の襟元から包帯が覗いている。ほんの数日前の頑健な姿からは想像もつかない、痛々しい有様だった。

ドミニクが顔を歪め、ベッドの横の丸椅子に腰を下ろす。漣は立ったまま、物言わぬ牧師に向かって口を開いた。

「クリーヴランド牧師――

起きて下さい。お尋ねしたいことがあります」

牧師の両眼が静かに開いた。

※

「あんたがここへ――テニエル博士の別宅へ来ることは察しがついたわ」

表情を凍り付かせるそいつへ、マリアは不敵な声を投げた。「事件が終局を迎えて捜査員もいなくなれば、温室の《深海》を狙ってあんたは必ず動く。それがあんたの最後の目的だから。そうでしょ？」

そいつは動かない。強張った顔で視線をさ迷わせている。

「ごまかしても無駄よ。あんたの正体を掴んで以降、あんたのことはずっと見張らせてもらっていたから」

マリアは目を横へ移す。

「――まったく」

ぼやき声とともに、もうひとつの人影が現れた。銅褐色の短い髪、精悍（せいかん）な顔立ち、強靭さと俊敏さを感じさせる長身の体軀。「ソールズベリー警部、君は軍の人間を私立探偵か何かと勘違いしているのではないか」

ジョン・ニッセン空軍少佐は、渋い顔を隠そうともしなかった。

※

「事情聴取、ですか」

電灯も点けない暗い病室の中、ロビンが声を発した。「正直に申し上げれば……今はお引き取り願いたいところですが」

低く細い声だった。教会で聞いた重々しさは薄れ、疲れ切った色があらわになっていた。

「ご容赦ください。貴方がこの先、また命を投げ出すような真似をされないとも限りませんので」

牧師がかすかに身じろぐ気配がした。

「おい黒髪、それはどういう――」

「確認したいのは一点です。

フランキー・テニエル博士を手にかけたのは貴方ですね。ロビン・クリーヴランド牧師」

「……は？」

ドミニクが目を剝いた。「牧師がテニエル博士殺しの犯人？　こいつにはアリバイがあったんじゃねぇのか。教会で槇野茜の訪問を受けていた、という」

「ええ。しかしそれこそが問題だったのです」

漣はベッドに目を戻し、事前にマリアから伝えられた推測を、牧師に語り始めた。

「槇野茜が貴方の教会を訪問した際、彼女はタクシーでホテルから教会へ向かい、面会の後は貴方の呼んだタクシーで帰ったそうですね。

貴方はなぜ、槇野茜の送迎に御自分の自動車を使われなかったのですか」

ロビンが一瞬呼吸を止めた――ように見えた。

「貴方は自動車をお持ちです。我々も見せていただきました。その自動車で槇野茜をホテルまで迎えに行き、御自分で彼女を送り届けることもできたはずです。

なぜ、そうなさらなかったのですか」

ロビンは答えない。代わりに口を開いたのはドミニクだった。

「なぜって――そりゃ、槇野茜がたまたまタクシーを使ったから、じゃねぇのかよ。で、タクシーで来たから帰りもタクシーを呼んだ。それだけのことだと思うが」

「ところが、牧師の視点に立つといささか不自然なのです。

槇野茜は近隣の信者でなく外国人、それも初めて教会を訪れる女性です。一方、ホテルから教会までは自動車で片道二十分程度。送迎に手間がかかるほどでもありません。

脚の悪い信者のために自ら自動車を出すほどのクリーヴランド牧師が、なぜ、槇野茜に対してはホテルまで出迎えもせず、帰りもタクシーを呼ぶだけで済ませたのでしょう。

彼は槇野茜に夕食を振舞い、《天界》のサンプルさえ無償で提供しているのです。そこまで親身にしておきながら、送迎だけタクシー任せにするのは不思議ではありませんか」

「気にするようなことか？　たまたまクルマが故障しただけかもしれねぇだろう」

「だとすれば初めからそう証言したはずです。テニエル博士が殺害された日に自動車が動かなかった、となれば、自身のアリバイへの強力な傍証になりますので。しかし牧師は一言も触れようとしませんでした。

それと、槇野茜との面会は当日の一週間前から決まっていました。その際、教会への交通手段も事前に打ち合わせたはずです。この時点で牧師が送迎に向かう意思を示していたならば、急な故障が発生したとしてもまず何らかの手段でホテルへ向かい、彼女を待ちぼうけさせないことを優先するでしょう。

にもかかわらず、槇野茜はすんなりとタクシーを使った。両者の間でそのように合意が得られていたからです。牧師は初めから、彼女をホテルへ出迎えるつもりなどなかった」

「……じゃあなぜだ」

「簡単です。

彼はそのとき、単に自分の自動車に乗ることができなかったのです――テニエル博士の別宅に置きっぱなしにしていたから。

そして博士の乗ってきた自動車で別宅に行き、自分の自動車に乗り換えて教会へ戻った」

ドミニクが息を呑んだ。

「おい……まさか」

「その通りです。殺害現場はテニエル博士の別宅ではなかった。クリーヴランド牧師の温室だったのですよ」

牧師が別宅へ向かったのではない。博士の方が教会へ出向いたのだ。

ロビンはフランキーを教会へ──正確には、隣の孤児院跡地へ呼び寄せ、恐らくは槇野茜がサンプルを観察している間に牧師館を脱け出し、温室で博士を殺害した。

「ひとりでいたのは長くても十数分程度だった」と茜は証言したが、その十数分の間に犯行が行われた。茜がタクシーで去った後、遺体を博士の自動車に乗せて別宅へ運び、別宅に置いていた自分の自動車で教会へ戻った。ただそれだけの単純なパズルだった。

「……待て。それなら、アイリーン・ティレットが博士の遺体を見たのは」

「クリーヴランド牧師の温室だったのですよ。テニエル博士の別宅のそれではなく。

買い出し後に博士と軽食を取った、とアイリーンは語っていました。その際に、博士が隙を見て食事か飲み物に睡眠導入剤を混入させたのでしょう。アイリーンが眠りに落ちた後、博士は買い出しの荷物を別宅へ運び入れ──自動車に引き返し、アイリーンを助手席に乗せたまま教会へ向かった」

別宅へ帰った直後に眠りに落ち、目が覚めたら温室で博士が死んでいた、とアイリーンは証言した。まさかその間に、自分が二時間も離れたフェニックス市へ移動しているなど思いもしなかったに違いない。

別宅の実験室や書斎が荒らされていたのは、犯人が別宅に長時間いたと思わせるための工作に過ぎなかった。

「テニエル博士の温室も、クリーヴランド牧師の温室も、出入口に向かって左手側に空間が開けていて、背後に建物の壁もしくは塀、奥に木々があるという配置です。昼間なら別の場所だとすぐに気付いたでしょうが、事件当時は夜、しかも街灯もない暗闇です。そのような状況で温室の明かりだけが点き、しかも知人が刺されて倒れていたら、意識はそちらに引き付けられ、周囲の状況を注意深く気に留める余裕はなかったでしょう」

牧師の温室の明かりはそれほど強くなく、周囲のほんのわずかな範囲を照らすだけだった。野球場のように庭全体をまばゆく照らしていたわけではない。これもアイリーンの錯誤を誘発する要因となった。

「いや待て、何から何までおかしいだろ！」

重傷人の前であることを忘れたのか、ドミニクが声を荒らげた。「お前らの話では、クリーヴランドの温室は《天界》で一面覆われてたそうじゃねぇか。だがテニエル博士の温室は違う。青バラは鉢植えの《深海》一株だけだ。他は全部、赤や黄色の普通のバラだったろうが。いくら何でも見間違えるわけがねぇ。実際、アイリーンもそう証言していたはずだ」

「今から手品の種をお見せします」

漣は足元の紙袋に手を入れ、緩衝材（かんしょうざい）で包んだ花瓶をひとつ取り出した。一輪の赤バラが挿してある。

ロビンが小さく息を呑んだ。

「見覚えがありますか。貴方の私室の机に置いてあったものです」

花瓶を傍らのテーブルに置き、同じく紙袋に入れていた懐中電灯を取り出し、点灯する。赤バラが光の中に浮かび上がる。

漣はそのまま、バラに光を当て続けた。一分、二分——

「おい黒髪、一体何の」

ドミニクが問いを発しかけ、途中でぴたりと唇を止めた。「……何だ、これは」

震える声で、銀髪の刑事はバラを凝視した。

花の色が変わっていく。

深紅から赤紫へ、青紫へ——そして、美しい空色へ。

ごく普通のバラに過ぎなかったはずの花が、《天界》と同じスカイブルーの青バラに変わっていた。

ドミニクの顔が驚愕に固まる。

ロビンは目を閉じた。――祈りとも諦念ともつかない、物静かな表情だった。

「おい……何のマジックショーだこいつは⁉」

「バラの花の色の正体はアントシアンと呼ばれる色素です。アントシアンはpHによって色が変化します。今の場合は、バラが強い光を感知することにより、体液――正確には細胞内の液胞のpHが、酸性から中性もしくは弱アルカリ性へ変化したものと思われます」

「何だそりゃ……そんなことがあるのかよ」

「私の母国にアサガオという花があります。アサガオには、つぼみの状態では赤く、花開くと青色になるものがあるのですよ。水素イオンをはじめとした液胞内のイオン濃度が変化することにより、浸透圧で液胞が膨張し、開花の駆動力となっているのだろう――と考えられているようです」

テニエル研究室の温室を思い出す。サイネリア、リンドウ、ハナハマサジなどの青い花と、カーネーションやチューリップといった赤い花との境目に、アサガオの赤いつぼみが置かれていた。まさに青と赤の境界だった。あのアサガオは、開けばきちんと青い花になる品種だったのだ。

「こいつは、それと同じものだっていうのか」

「アサガオはその名の通り、朝、太陽の光が射す頃に開花します。強い光を与えることで体内時計が刺激され、開花――より正確には、液胞のイオン濃度変化が促され、pHが増加し、アントシアンが青色に変わる……そのようなメカニズムが働いているのでしょう。

逆も真なりです。光が弱まるとpHが減少し、アントシアンが青から別の色へ転化する――クリーヴランド牧師の温室の《天界》は、光の強弱によって色が変わる青バラ、言ってみれば『眠る青バラ』だったのですよ」

茜が温室を案内されたときには、《天界》はまだ眠る前だった。日が落ち、ロビンが茜のインタビューを受けている間に《天界》は眠り、赤や黄へと色を変える。アイリーンが目撃したのは、眠りに就いた後の《天界》のある温室だった。

「……アイリーンは、そのために教会に連れてこられたのか。アリバイ工作のための証人として」

「恐らく。

犯人が博士の命を奪いながらアイリーンを見逃したことも、それを裏付けています。――彼女が見たという《深海》の鉢も、彼女と一緒に教会の温室へ運ばれたものでした」

フランキーの殺害に併せて、ロビンは準備を整えた。温室のブラインドを取り外し、扉の内側から血文字を――本当の血でなく、簡単に洗い流せるタイプの赤い塗料で――書く。フランキーの別宅から持ち込まれた《深海》の鉢を遺体の側に置き、そのまま扉から外に出て、普通に鍵をかける。アイリーンを起こし、温室の惨劇を目撃させ、再び意識を奪う。扉の鍵を開け、遺体と《深海》を運び出す。アイリーンが目を覚まさぬよう、注射器で睡眠薬を打ち――博士の自動車にアイリーンと遺体と《深海》を乗せ、フラッグスタッフ市の別宅へ向かった。

孤児院跡地の門扉は大きな木の扉だ。閉めてしまえば中の様子は解らない。茜も、タクシーの運転手も、まさか教会の隣でそのような事態が生じていたなど思いもしなかったに違いない。

「博士の自動車は、燃料の残量がゼロに近くなっていました。

これも今思えばおかしいと思うべきでした。博士とアイリーンはガスステーション横のショッピングモールで買い出しをしています。燃料が切れかけているのならこの時点で給油を行うでしょう。にもかかわらず燃料が尽きかけていた。となれば答えは二つしかありません。あえて給油をしなかったか――給油を行い、その後で長距離を走ったか」

アイリーンも眠気のためか覚えておらず、レシートも残されていなかった。しかし後で聞き取りを行ったところ、ガスステーションの店員のひとりが博士の来店を覚えていた。

「いや、死体を二時間も乗せていたら死斑が」

ドミニクは思い直したように言葉を切った。「……そうか。だから胴体を埋めたのか」

「『温室で首を切断し、胴体を林に運んで埋めた』――という状況を作り上げるのが犯人の目論見でした。『運ぶ』のにどれだけ時間を要したか、身体を横にして『埋まって』いたのが実際にはいつからなのか、あの状態では判断のしようがありません。その点、首だけなら充分にごまかしが利きます」

穴の中でフランキーの胴体が身を縮ませていたのは、自動車のトランクに押し込まれた名残だ。

《深海》の花を一輪切り取り、埋葬場所に目印として置いたのは、マリアの推測通り、速やかに胴体を発見させて死亡推定時刻を絞り込ませるためだった。

「胴体を土に埋め、首は横向きに置いて、アイリーンと一緒に温室に残した……。

いや、まだよく解らねぇ。牧師の温室は鍵で開け閉めできるとして、テニエル博士の温室の密閉状況はどうなんだ。窓から首だけ入れたとは考えにくいんじゃなかったのか？」

「単純です。出入口から温室に入って静かに首を置き、内側から出入口へ血文字を記した後、改めて外へ出たのです」

「どこから出るんだよ。出入口を血文字で封印しちまったら、残るルートは窓だけだ。だが窓はどこもかしこも蔓で覆われている。しかも蔓は複雑に絡み合って、手で持ち上げようとすると重くて切れちまう。棒を使って固定するのも難しい――と聞いたぞ」

「そこです」

「……は？」

「温室の蔓は、いわば重くてもろいカーテンです。下がり切った状態から持ち上げるのは難しい。ですが――最初から持ち上げられた状態でカーテンが作られたとしたらどうでしょう。人が通れる程度の隙間を空けられるように、あらかじめ窓の前に支えを作り、その上を這うように蔓を育てるのです」

漣は手帳を開き、空白のページに簡単な絵を描いた。

Aの字をややずらして二つ描き、頂点の一点同士、および両下端の二点同士を線で結んだ形。脚立を単純化したような線画だ。

「例えばこのような支えを作り、窓の前――踏み固められた土の上に置いて、支えに覆い被さるように蔓を育成します。蔓の重量に耐えられるよう、支えの材料や接続の仕方はあらかじめ考えられていたでしょう」（【図5】）

支えの頂点を結ぶ横棒に蔓が支えられるので、その下側の蔓を持ち上げるのも遙かに容易になる。そうして出来上がった隙間をくぐり、窓を開けて外に出る。手を伸ばしてA字の横棒の繋ぎ目を外し、蔓をゆっくり押し上げながら支えを浮かせ、静かに窓から抜き取る。現場検証の際に確認したが、窓は地面とほぼ平行にまで大きく開く。支えを通すだけの空間的余裕は充分作れる。

支えを抜き取った後、蔓のカーテンは重力によって隙間なく窓に覆いかぶさる。支えは後で解体し、別宅の壁際の備品置き場に紛れ込ませればいい。

何箇所かの窓で周囲の土が均されていたのは、支えを抜き取る際の擦れをごまかすためだった。

蔓のカーテンを閉め終えたら、残る関門は子供だましのクレセント錠だけだ。隙間から糸を通して引っ張れば簡単に施錠できる。

「『蔓が持ち上げられずに隙間を作れない』のではなく、『隙間ができるように一から蔓が育てられた』のですよ——恐らくは長い時間をかけて」

マリアによれば、クローゼットの中で《天界》の枝が祭服を押しやっているのを見て、「何かの上に後からバラを覆い被せる」方法に思い至ったという。よくもそんな発想ができたものだと、漣は畏怖の念を禁じ得なかった。

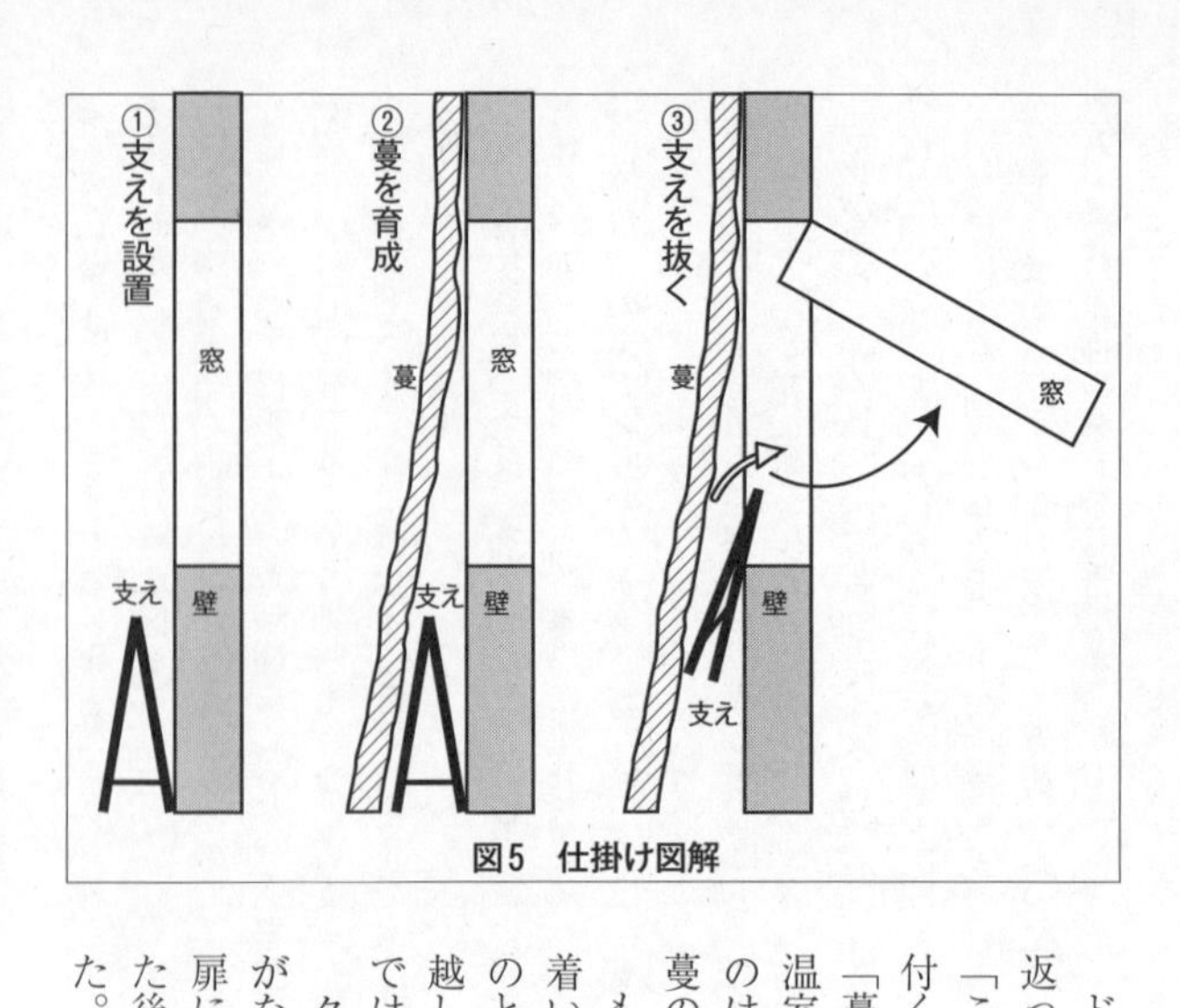

図5　仕掛け図解

　ドミニクは手帳の図を無言で見つめ、我に返ったように口を開いた。

「こんな仕掛けがあったら、アイリーンが気付くはず——いや、そうじゃねぇのか」

「蔓の仕掛けが施されたのはテニエル博士の温室の方です。一方、アイリーンが目撃したのはクリーヴランド牧師の温室。こちらには蔓の仕掛けはありません。

　もちろんアイリーンも、買い出しから帰り着いた際に博士の温室を見たでしょうが、そのときは眠りに落ちる寸前、フロントガラス越しに遠目に覗いただけで、支えの仕掛けまでは見えなかったのですよ」

　クリーヴランド牧師の温室は、蔓の仕掛けがなく、扉から鍵を使って出入りが行われた。扉に記された血文字の封印はすべてが終わった後で拭い去られ、存在そのものが抹消された。

た。

一方、テニエル博士の温室は、血文字の封印が手つかずで残され、蔓に仕掛けが施されてい
アイリーンの証言によって両者が結び付けられ、『扉からも窓からも脱出できない』という不可解な状況が出来上がってしまったのだ。

むろん、不確定要素がないわけではない。例えばフラッグスタッフ市——フランキーの別宅で終日雨が降ったら、めったに雨の降らないフェニックス市——ロビンの教会との間で状況の矛盾が生じてしまう。

そうならないよう、決行日は事前に予報などを見て慎重に決めたはずだ。天気は死亡推定時刻まで崩れなければいい。天候に見放されたときは、アイリーンを眠らせたままにしておけば最悪の事態は避けられる。中途半端に雨に降られ、裏庭に足跡や轍が残ってしまった場合でも、土が固いのでバケツなどで水を撒けば洗い流せる。

実際には、遺体を別宅へ運び終える前後という際どいタイミングで雨が降り始めたわけだが、出入りの痕跡を消してくれたという点ではむしろ好都合だった。

「何だってそんな面倒な真似をしたんだ。普通に死体を転がしときゃよかったじゃねぇか」

「アイリーンを温室に入らせないためです」

クリーヴランド牧師のアリバイを確実なものにするには、二つの温室が同じものだとアイリーンに錯誤させる必要がありました。が、温室の内部まで詳細に見せてしまうと、株の配置や枝の伸び方といった細かな差異から、この目論見が露見する恐れがあります。少なくとも一方

ん。──後々のことを考えれば、牧師の温室──は、外から見せるだけに留めておかねばなりません。

アイリーンを牧師の温室へ入れさせないために密閉状況が必要でした。博士の温室が閉ざされたのはそのカモフラージュです」

「血溜まりはどうなる。

博士の温室には、結構な量の血溜まりと、血文字も残されていたよな。お前さんの説明が正しければ、テニエル博士の首が切断されたのは、死んでから最低でも二時間後のはずだ。二時間後に首を切って、そんなに血が流れ出すものなのか」

「テニエル博士の腕に注射痕が残されていいました。博士が生きている間に血を抜いて保存しておき、後で現場──温室および胴体を埋めた穴の中──に散布したとしたらどうでしょう」

痛み止めなどを打ったのかと思われたが、実際は血液を採取した痕だった。

別宅の冷蔵庫の棚には隙間があった。採取された血液がそこに保管されていたのだろう。

「首を切って胴体を埋めて血を撒いて、それから蔓のカーテンの仕掛けか？　やたら時間がかかりそうじゃねぇか。下手したら夜が明けちまうぞ」

「そうでもありません。胴体を埋める穴はあらかじめ掘っておけますし──雨除けにシートなどを被せておいたでしょう──血も事前に散布すれば済みます。蔓の仕掛けも先程述べたように前々から準備したもので、当日に行うのは後始末だけです。二時間もあれば一連の作業は終えられたでしょう」

胴体が別の場所に埋められたのも、ひとつにはこのためだ。乾いた血の上に、首はともかく胴体が乗っていたら、犯行現場が別にあることが露呈（ろてい）してしまう。

別宅での工作を終えたら、事前に置いていた自分の自動車でフェニックス市の教会へ戻る。燃料を最大近くまで補充しておけば半分使い切る頃には帰り着ける。残る仕事は、教会の温室にブラインドを再び取り付けることと扉の血文字を消すこと、自動車を拭いておくことだけだ。

アイリーンによれば、博士は別宅へ到着した際、玄関の前へ自動車を停めた。買い出しから帰った際は裏庭へ回した。少なくともアイリーンの記憶する限り、ガレージは一度も使われていない。ロビンの自動車が隠されていたからだ。

ドミニクはしかめ面で天井を見上げ、「いや、やっぱり解らねぇ」と髪を乱暴に掻いた。

「物理的にはそれで説明がつくかもしれん。だが理屈が通らねぇだろう。

アイリーンを眠らせて教会に連れてきた？　窓から離して蔓を育てた？　血を抜いた？　牧師のクルマを家に置かせた？　どうしてテニエル博士本人がそこまでしなきゃいけねぇんだ。強請（ゆす）られてたのか？　にしても限度があるぞ。これじゃ、自分から殺されようとしているようなもんだろうが」

「そうです」

「……は⁉」

「テニエル博士は病に侵されていました。自らの余命がわずかであることを知った博士は、自分の命を使って一連の計画を遂行したのです。

クリーヴランド牧師はあくまで実行役に過ぎません。テニエル博士の事件は、博士自身が企てた偽装他殺のようなものだったのですよ」

「偽装他殺……?」

「状況からの推測ですが、そう遠い話ではないと思われます。

テニエル博士とクリーヴランド牧師に何らかの協力関係がない限り、温室の密閉状況を破ることはできません。そして貴方のご指摘通り、強請などの主従関係にしては博士の協力姿勢が顕著に過ぎます。とすれば、主犯はむしろ博士の方だったとは考えられませんか。

先程の《天界》も同様です。光の強弱によって色が変化する青バラなど、普通の——という表現が適当かどうか解りませんが——青バラ以上に、突然変異の産物とは考えづらいものです」

「……アサガオの遺伝子を人為的に組み込まれた、というのか。テニエル博士の手で。

それを牧師が受け取り、温室で育てていた、と?」

ロビンの表情は変わらない。漣とドミニクのやりとりに一切口を挟むことなく、目を閉じていた。

青バラを研究する中で、フランキーは、色素の反応経路を変えたり金属イオンや補助分子を加えたりするだけでは鮮明な青にならないと判断したに違いない。デルフィニジンを酸性環境下で安定的に保持できるようになったとしても、アントシアン類の性質としてアルカリ性の方が青色を呈しやすいのなら、色素の存在環境――液胞のｐＨを上げるべきなのは明白だ。そうして研究を続ける中、アサガオに行き着いた。

「研究の流れを推測するに、この『眠る青バラ』は、《天界》の進化形というよりむしろ試作品(プロトタイプ)に近いものかもしれません。テニエル博士の創り出した試作品を、クリーヴランド牧師が育てる……そんな協力関係が築かれていたのでしょう」

　温室を覆うほどにバラを育て上げるには年単位の時間が必要だ。とすれば、少なくとも五、六年前には《天界》が世に生まれていたことになる。フランキーの青バラ研究は、周囲の想像より遥かに先行していたのだ。

　今しがたドミニクに見せた《天界》の試作品は、ロビンの私室の机に置かれていたものだ。長い間暗い私室に放置されていたため、マリアが見つけたときには青色でなくなっていた。違和感を覚えた、と彼女は言っていたが、それは匂いばかりではなかった。色が違うだけで花の形そのものは《天界》と全く同じだったのだから。

　もっとも、『眠る青バラ』がこれまで人目に曝されることはなかった。ロビンが温室の周囲にブラインドを取り付けたのは、遮光管理のためではなく、万一に備えて色の変化が外部から見えないようにするためだった。

　展覧会への出品や、槇野茜へのサンプル提供には、別の――光の強弱によらず安定的に青色を保つ、完成品の《天界》が使われた。マリアがロビンの私室のクローゼットから発見したのが、その完成品だった。

そしてさらなる発展型として、より青みを深めた品種――《深海》が誕生した。

自動車の件も、二人が協力して準備を進めた。ロビンがフランキーの別宅まで自動車で行き、フランキーがロビンを――フラッグスタッフ市の周辺でレンタカーを借りるなどして――教会へ送り届けた。

ガスステーションでの聞き込みで、ロビンの目撃証言が一向に出てこなかったのも当然だ。フランキーが――捜査範囲から外れた場所で、恐らくは変装もした上で――ロビンの自動車へ密かに給油を行っていた。

「しかし……なぜだ。二人が共犯だったのはいい。偽装他殺だったのもよしとしてやる。だが理由は何だ。青バラまで使ってこんな手の込んだ殺人劇を仕立て上げたのはなぜだ？」

「本当の犯人をあぶり出すためです。

そうですね、エリック？」

※

沈黙を保ったままのロビンへ、漣は静かに声を投げた。

「ロビン・クリーヴランド牧師が、『エリック』――?」

ジョンが驚きの声を上げた。「どういうことだ。例の日記に記された『エリック』は少年のはずだ。年齢が合わない」

「少年だったのよ。三十年前には」

「三十年――!?」

そういえば詳しい事情を説明してなかったわね、と思い返しつつ、マリアは続けた。

「あの日記には現実との齟齬がいくつも存在した。おかげで信憑性そのものに疑いが向けられることになったわ。

でも実際には、日記に書かれたことはほぼすべて真実だったのよ。ただ一点、最終ページの、日付だけを除いては。

日記が書かれたのは一年前じゃない。もっと昔――日付と曜日の整合性を考えると、二十九年前。一九五四年だったの」

最初から怪しいと思うべきだった。他のページは月日と曜日しか書かれていなかったのに、最後のページだけは『一九八二年六月二十四日』と年まで記されていた。

「古い日記に、後から偽の年月日だけを書き加えたのか」

「ええ。

日記の書き手――『アイリス』は、昔の日記に新しい年月日を付け加えて、フェニックス市の外れの火災現場に残したのよ。あたかも焼け残ったかのように偽装して。わざわざ火事まで起こしたのは、インクの変色とか紙の黄ばみをごまかすためね」

温室の奥の人影へ、マリアは冷ややかな視線を投げた。「そうやって、日記をこいつの目に留まるようにしたってわけ」

とはいえ、誤って丸ごと燃やしてしまっては意味がない。あらかじめ適度に焦げ目をつけておき、火災が収まったところで消防の目を盗んで現場へ残した。

「いや待て。君の言う『アイリス』とは、アイリーン・ティレット嬢のことか？ 日記が二十九年前のものだというのなら、やはり年齢が合わないのではないか」

「違うわよ。


フランキー・テニエル博士。彼女が、、『アイリス』だったのよ」


静寂が訪れた。

「テニエル博士が、『アイリス』――？」

「ボブに確認してもらったわ。博士の髪は染められていた。白髪交じりの髪じゃなくて、白い髪をまだらに着色していたの。フランキーはアルビノだったのよ」

二十九年前、山の屋敷に三人の親子が暮らしていた。

科学者である父親は、不可能と言われた青バラを生み出した。そんな折、街から少年エリックがやってくる。一家はエリックを迎え入れ、ともに暮らし始めた――その矢先、彼らを惨劇が襲う。

何者かがアイリスの両親を殺害。偶然に屋敷を訪れた者らをも含め、全員が皆殺しにされた。

……はずだった。

「けど、エリックとアイリスは生きていたの。

どういう状況だったかは解らないけど、彼らは生き延びて成長し、エリックは牧師に、アイリスは父親の跡を継いで青バラの研究者になった。そうやって別人としての人生を送りながら、彼らは復讐の機会を窺っていた――二十九年前に『パパ』や『ママ』を惨殺した殺人者への復讐を。

日記を火災現場に残したのは、殺人者に告発のメッセージを送って動揺を誘うため。日付を偽装したのは、殺人者本人にだけメッセージが届くようにするためね。下手に本物だと思われたら、過去の事件を探り当てられて復讐計画が頓挫するかもしれなかったから」

手書きの日記を残すのには、筆跡を調べられるリスクもあった。が、子供の頃と大人になってからでは筆跡も変わる。公的な書類を書く場合などは、筆跡が同じにならないよう注意していたはずだ。逆に、偽の日付を記すときは、昔の筆跡を真似ればよかった。

「結局、日記は狙い通り創作とみなされて、これといった捜査もされなかった――フランキー・テニエル博士ことアイリスと、ロビン・クリーヴランド牧師ことエリックが、《深海》と《天界》を世界に公表するまでは。

「でしょ、ジャスパー？」

マリアの視線の先――

ジャスパー・ゲイル警部補が、脂汗（あぶらあせ）の浮かぶ顔を震わせた。

※

「そうですね、エリック？」

黒髪の刑事が問いかける。

懐かしい響きだった。……彼女以外の人間からその名で呼ばれるのは、いつ以来だろうか。

失われてしまった時間の長さを思いながら、俺は、あのときのことを――『エリック』が死んだ日のことを思い返した。

井戸に投げ落とされ、息苦しさと冷たさを感じながら――俺は、これで死ぬのだと思った。

暗い、どこまでも暗い水の中を、緩慢（かんまん）に沈んでいく。意識は消えかかり、手足を動かすことさえままならない。生臭い水が、得体の知れぬ生き物のように鼻や口へ入り込み、俺の息の根を止めようとしていた。

――そのときだった。

鈍い水音とともに、白い影が俺の上に覆いかぶさった。

泡に掻き乱された漆黒の視界の中、見えるはずのない少女の姿を俺は確かに捉えた。

両手と両足を上に向けたまま、力なく俺の上に落下する、長い白髪の少女。

アイリス。

――あの子を守って……お願い。

ケイトの声を聞いたような気がした。

一瞬、光が見えた。消える間際の蠟燭のような、刹那(せつな)の光。

俺はアイリスを抱き止めた。

どこにそんな力が残っていたのか解らない。上も下も、右も左も解らないまま、ただ光の見えた方向へ、アイリスを抱えて夢中で脚を動かした。

実際にはほんの数十秒の間でしかなかっただろう。しかし永遠とも思える時間の後、気付くと俺とアイリスは、ぬめりを帯びた土の上に並んで横たわっていた。

――後で知ったのだが、そこは、井戸から枝分かれするように斜めに延びた、小さな天然のトンネルだった。

井戸の側壁が崩れ、洞窟(どうくつ)と繋がっていたらしい。口と鼻に入った水を吐き出しながら、暗闇に慣れた目で見回してみると、大人が並んで歩ける程度の幅の、長い空間が広がっていた。

「アイリス……アイリスっ」

少女に向き直り、肩を揺する。アイリスは「んっ……」とかすかな声を上げ、激しく咳き込んだ。生きている。俺は身体がくずおれそうになるほど安堵した。

弱い閃光が洞窟を照らした。次いで、鈍く轟く音。

雷だ。外と繋がっているらしい。俺が水の中で見たのは、洞窟を通して光る稲妻だった。

足元に水面が見えた。雨で水が溜まったようだ。もし天気が崩れていなかったら、井戸の水量が足りず、横穴までは届かなかったかもしれない。背筋を寒いものが走った。

アイリスの容態が気になった。息はあるが、物置で見つけたときは頭から血を流していた。傷が心配だ。

とにかく、もう少し明るい場所へ行こう。疲弊した身体に鞭打って、俺はアイリスを背負い、洞窟の中を歩きだした。

……十分ほど歩いて、ようやく出口が見えた。

まだ外は暗く、雷雨も続いていたが、奥に比べればだいぶ周囲の状況が見えやすくなった。

なるべく平らで水気の少ない場所を選び、アイリスを寝かせる。どうやって身体を温めたものかと考えていると、程なくしてアイリスの目が開いた。

「……エリ……ック……?」

「アイリス、大丈夫か」

「……頭が……私――」

片手で額を押さえる。次の瞬間、瞳が大きく見開かれた。「パパ……パパ⁉」

顔を歪めて上半身を跳ね上げる。俺は彼女の背中に両腕を回した。

「いい。思い出さなくていいから。……お前だけでも、生きててくれて、よかった」

あらゆる想いを込めて告げた。

俺の言葉の意味を悟れないほど、アイリスは馬鹿ではなかった。俺の背中に手のひらが回る。

小さな、しかし長い嗚咽が、俺の鼓膜をいつまでも揺らした。


幸いにも、アイリスの頭の傷は命にかかわるものではなかった。

服の水気をできるだけ絞り落とし、互いに身を寄せ合いながら、俺とアイリスは、今に至るまでの経緯を教え合った。

ケイトの最期を俺が伝えると、アイリスは両手で顔を覆った。責める言葉は一言もなかった。それが逆に俺の心を締め上げた。

一方のアイリスも、物置に閉じ込められるまでのことを教えてくれた。一度はベッドに潜ったものの眠れず、窓へ目を向けたとき、裏庭から温室の方へ、人影が動くのを見たという。

父親かと思ったが様子がおかしい。誰かを呼ぶべきなのは理解していたが、俺やケイトではかえってどちらも危険にさらすことになりかねないし、突然の来訪者であるロニーを頼るのもためらいを覚えた。そうこうしている間に不安が募り、ついに危険を承知でひとりで温室へ行くと、ガラスが破られ、青バラが無くなっていた。

泥棒だ。今度こそ誰かを呼ばなければと、屋敷の裏口へ戻りかけたそのとき、物陰から足音が聞こえ――振り向いた直後、頭に衝撃を受けた。

「その後のことは、あまり覚えてない……。

……パパの声が聞こえて……そいつともみ合って……でも、逆に、温室に引きずられて……。

血が――ガラスに……」

アイリスの声が嗚咽に変わった。それ以上詳しいことは訊けなかったが、俺にも大体のことは解った。

博士は、犯人がアイリスを襲うところを見たのだ。外へ見回りに出ていたのだろう。急いで助けようとして、逆に返り討ちに遭ってしまった。どうしてロニーを呼ばなかったのかと疑問に思っていたが、きっとそんな余裕などなかったに違いない。

アイリスは、殴られて意識が薄れるさなかに博士の最期を目の当たりにし、気を失った。動かなくなったアイリスを、犯人は死んだと思い込み、物置に隠した。放置するより行方知れずの状態にした方が、俺たちを動かしやすいと考えたのだろう。

後は、俺が知っている通りだ。

犯人は、鍵の外れた裏口から屋敷に忍び込み――濡れた足跡は、共用バスルームかどこかからタオルを拝借して拭って――キッチンから刃物を調達し、ブレーカーを見つけて落とした。目論見通り様子を見に出たロニーを闇の中で刺し、外に出て、窓を破りケイトを襲った。アイリスを見つけ出して逃げようとした俺を、隙を突いて殴り倒し、アイリスとともに井戸に投げ落とした。……

アイリスは泣き続けていた。自分の迂闊な行動のせいで父親が死んでしまった——そんな後悔が聞こえるようだった。

責めることなどできなかった。同じようなことをしてしまった俺には。

アイリスが落ち着いてから、俺は肝心の問いを発した。

「お前と博士を襲った奴のこと、解るか」

頷いた。アイリスから、殺戮者のあまりに意外な正体が告げられた。


「警官だった。

……あなたを追ってきた、あの背の高い警官」


警官⁉

馬鹿な。あいつなら最初に死んだはずじゃ——

と言い返しかけて気付いた。道端で焼かれたあの死体を、俺たちは隅々まで調べたわけじゃない。顔は火で焦がされて解らなかった。かろうじて確認できたのは制服だけだ。あれが本当に俺を追ってきた警官だったのかどうか、実は何も証明されていないのだ。

それに——今さらながら思い出す。

テニエル博士の殺害に使われた凶器は、外に置いてあった園芸用ハサミだった。犯人が屋敷の中にいたのなら、キッチンの包丁やナイフなど、他に殺傷力のある凶器を最初からいくらでも調達できたはずだ――ケイトとロニーの命を奪ったときのように。

温室の鍵はアイリスが持っていた。犯人が一家の中にいるのなら、ガラスを破らずアイリスから鍵を奪えばよかったはずだ。

犯人は外部の人間だった。テニエル博士をハサミで殺害した後で、裏口から屋敷に侵入し、キッチンから凶器を調達した。

土砂崩れで道が塞がれ、焼かれた死体に制服が着せられていたのなら――屋敷の周辺にいた外部の人間として、真っ先に挙がるのはあの警官だ。

おかしい点はまだあった。『警官』の死体はあったのに、パトカーがなかった。どこに停めたのだろう。土砂崩れで押し流されたのだろうか。だとしても、あの地点から屋敷まではそれなりに距離がある。ひどい風雨の中をわざわざ徒歩で行こうと思うだろうか。俺を見張るだけなら、もっと屋敷に近い場所までパトカーを寄せてもよかったはずだ。

――そうできない理由があったとしたら。

パトカーを見られたくなかったのだとしたら。……いや、パトカーなど最初から使っていなかったのだとしたら。

屋敷に来たのは、それが命令された仕事だからではなく――例えば、他の捜査官を出し抜いて手柄を立てたいといった、個人的な名誉欲のためだったとしたら。……

けれど、どうしてあいつが博士たちを殺さなきゃいけないのか。それに――

「警官じゃないなら、道で焼かれてたあの死体は誰だったんだ？」

「……たぶん、『怪物』。あなたも見たでしょう？……家から逃げてすぐ、あいつに殺されたんだと思う」

あの怪物が？

そういえば、あれも身体が大柄で痩せていた。身代わりとしてはぴったりだ。全身が焼かれたのは、顔だけじゃなく身体の皮膚の状態をごまかすためだったのか。

制服を着せたのは、「警官が死に、怪物が生きている」と俺たちに思わせたかったからだろう。もし犯人の正体を事前に悟れていたら、俺たちの行動はもっと慎重で防御的なものになっていたはずだ。――なぜ死体を隠さず、わざわざ目立つよう燃やしたのかは解らないが。

昨夕からの悪天候だ。警官が、俺の尻尾を掴むために屋敷の外にいたのなら、雨具くらい纏っていてもおかしくない。雨具の下の、水にほとんど濡れていない制服を、奴は怪物に着せて火を点けた。あるいは、着替え用の制服を別に持ってきていたのかもしれない。

博士の遺体を発見する前、花壇の近くに光るものが見えた。犯人が博士と争ったときにオイルライターか何かを落としたんだろう。点火にはそれが使われたに違いない。今も落ちているだろうか。それとも拾われてしまったか――

「何だったんだ、あの怪物。まさか、本当に博士の創った実験体……とかじゃないよな」

「……私のおじい様。

ママがパパと話してた。……『父親を見捨てるわけにはいかない』って」

後にアイリスが推測として語ってくれたのだが、彼女の祖父――ケイトの父親は、ある種の皮膚病に侵されていたらしい。

皮膚がただれたように変質してしまう病気で、遺伝子の異常から起こるために治療法も確立していないという。

さらに悪いことに、祖父——ヘイデン・マカパインという本名をアイリスが教えてくれた——は認知症を発症し、徘徊癖まで生じていた。博士が山奥の屋敷へ引きこもったのは、ひとつには、ヘイデンを隔離しつつ治療法を研究するためだったのだろう。食卓での会話で、俺はケイトの父親が死んだと思い込んでしまったが、思い出してみれば誰も生死を明言しなかった。自分を虐げ、病魔に侵されてしまった義理の親を、博士はどんな思いで世話したのか。「彼らを手にかければケイトが悲しむ」と語った博士の声が耳に蘇った。

博士たちがヘイデンを地下室に入れていたのは、ただ単に、俺やアイリスを怖がらせたくなかったからだろう。その気遣いは結局無駄になってしまったのだが——博士を虐げていたとはいえ、病に侵された人間を、俺は人殺しの化け物扱いしてしまっていたのだ。恥じ入らずにいられなかった。

これも後で知ったのだが、認知症といっても症状の出方は様々で、よほどひどくなければ単純な鍵の開け閉めくらいはできるらしい。その場合、内側から開けられない類の鍵をつけておかないと、患者によっては部屋や家を脱け出してしまうこともあるのだそうだ。地下室への扉の外側に鍵がついていたのも、ヘイデンの徘徊を防ぐためだった。

しかし、俺が封印を破ってしまった。

夜、ヘイデンは地下室を抜け出し、玄関の鍵を開けて外へ出て……警官に殺された。殺意があったわけじゃなかったのかもしれない、とアイリスは語った。外で屋敷を見張っていたところでヘイデンに出くわし、恐怖と驚愕のあまり突き飛ばすなどしてしまったのではないか、と。

が、土砂崩れが発生し、逃げ道が塞がれる。警官はパニックに襲われ、森の中を迂回して逃げるといった発想もとっさに出ず、死体の隠し場所か処分方法を求めて屋敷の裏庭に忍び込み、温室を破り――青バラを見つけてしまった。

アイリスの推測を聞きながら、俺の背筋をおぞましいものが駆け抜けた。

まさか――

「あいつがみんなを殺したのは……博士の青バラを盗むためだったのか!?」

「……グランパを殺して、たがが外れてしまったんだと思う。

ひとり殺したなら、何人殺しても一緒だって。屋敷に住んでる人間を……青バラの秘密を知っている人間をみんな殺しちゃえば、青バラを独り占めにできるって」

子供の俺でさえ、あの青バラには魅入られそうになった。あの警官も青バラの魔力に囚われてしまった、ということなのか。

そして、悪魔のような計画を思いついた――ということなのか。

ヘイデンを燃やしたのは、死体を誤認させるためだけじゃなく――俺たちを外に出させて、屋敷にいる人間の数を確認するためだったのか。その上で皆を手にかけ、青バラを奪い去ったのか。

そんな――そんなことのために、博士やケイトやロニーの命が奪われたのか。

……俺のせいだ。

俺が屋敷に迷い込みさえしなければ、あの狂った警官を呼び寄せることも、ヘイデンを逃がすこともなく――博士たちが死ぬこともなかった。

父に襲われたとき、俺は大人しく殺されているべきだった。両親を手にかけてしまった時点で、俺に生きる資格などなかった。

両親、ヘイデン、博士、ケイト、ロニー……みんな俺が殺してしまった。

「俺は、疫病神だ――」

「駄目っ」

アイリスが俺の頭を抱き締めた。「そんなこと考えちゃ駄目。……あなたは何も悪くない。だって……あなたは、私を助けてくれた。他のみんなが許さなくたって、私が、あなたを許すから。だから」

自分を責めないで――。彼女の震える声と、身体の温かさを感じながら、俺は懸命に嗚咽をこらえた。

洞窟の出口は、山の斜面の一角に繋がっていた。

夜明け近くになっても小雨が続いていた。道のない斜面をアイリスと二人で登り切ると、屋敷の裏庭が木々の向こうに見えた。

一昨日までだったら、楽しい冒険気分を味わえたかもしれない。井戸の中に下りて探検ごっこをしたというケイトの話を、不意に思い出した。

あいつはもういないようだ。危険を承知で、土砂崩れを自力で越えて行ってしまったのかもしれない。嵐が過ぎ去った後のように、屋敷は静まり返っていた。

――帰り着いた俺たちを、意外な光景が待っていた。

遺体がなくなっていた。

寝室からケイトの、リビングからロニーの亡骸が消え、それぞれ血痕が拭い去られていた。外に放置されたはずのヘイデンの遺体もなく、焼かれた痕跡は雨で洗い流されていた。花壇の近くに、犯人のオイルライターか何かが落ちていたはずだが、すでに回収されてしまったのか、それらしきものは発見できなかった。

唯一、痕跡らしい痕跡が残っていたのは温室だった。中で火を点けられたらしく、ガラスの壁も天井も、それから床も、内側は煤で真っ黒だった。鉢植えのバラも全部炭と化していた。博士の遺体だけがどこにも見当たらなかった。

……あいつの仕業だ。

みんなを無残に殺した挙句、あの警官は、殺人そのものをなかったことにしようとしたのだ。

湧き上がる怒りをこらえ、俺はアイリスの怪我を診た。リビングから救急箱を探してきて、アイリスの頭の傷を消毒し、絆創膏を貼った。

俺の拙い手当てが終わると、アイリスは裏庭に出て、黒焦げの温室を雨に濡れながら見つめた。視線を遠く左右に動かし、ぴたりと動きを止めてじっと目を凝らし――外に置かれていた、園芸用の小さなシャベルをひとつ握って、いきなり駆け出した。俺も慌てて後を追った。

屋敷から少し離れた森の一角で、アイリスは足を止めた。土の色合いが、一部分だけ周囲と明らかに異なっている。

背筋が凍った。……まさか。

アイリスは屈み込み、取りつかれたようにシャベルで土を掘りはじめた。俺も膝をついてアイリスを手伝った。

十数分後――遺体が土の中から現れた。

博士、ケイト、ロニー、黒焦げの遺体。四つの亡骸が、まるで不法投棄された生ゴミのように、乱雑に折り重なっていた。

アイリスは博士とケイトの遺体に取りすがり、声を上げて泣いた。

どれくらい時間が過ぎただろうか。アイリスは静かな声で告げた。――このまま埋め戻そう。

「な、何でだよ」

「……パパやママたちを外に出したら、私たちが生きていることをあいつに気付かれる。……少なくとも今は、駄目」

警察にも言わないのかよ、と返そうとして思い留まった。警官が犯人なのだ。のこのこ警察署に駆け込むなど、自分から罠に飛び込むようなものだ。

せめて遺体を整えようとしたが、硬くなって動かせなかった。『死後硬直』というのだとアイリスが教えてくれた。皆の瞼を閉ざすので精一杯だった。

ヘイデンの遺体は、制服の切れ端すら纏っていなかった。あいつが処分したらしい。悪知恵の回る奴だ。

皆を横に並べ、アイリスと二人で再び土をかける。埋め戻し終わった頃には、手も服も泥だらけになっていた。ズボンで手を拭っていると、後ろのポケットの内側から硬い感触が伝わった。

――ロニーの十字架だった。

右手に十字架を握り、左手を添えて胸の前に掲げた。自己流の祈りだった。アイリスが手を組んで目を閉じる。長い睫毛（まつげ）から涙のしずくが落ちた。

俺たちは屋敷に戻り、泥だらけの身体をシャワーで洗い流した。幸い、水道は生きていて、タオルと着替えも充分に残っていた。

着替えを終え、アイリスを探すと、彼女は自分の部屋で日記を書いていた。

声をかけられなかった。後ろから見守る中、震えを帯びた字が白いページに綴られていった。

『パパが死んだ。

温室の中で、首を切られて殺された。

ママも死んだ。
部屋の中で、胸を刺されて殺された。

……みんな、みんな死んでしまった』

日付も何もない、淡々とした文章だった。白紙の部分に涙が一粒、また一粒と落ちた。

夜は明けたが、屋敷の周囲は静まり返っていた。救助のヘリなどが来る気配もない。街から離れているためか、聞こえるのは雨と風の音だけだった。

土砂崩れが起きたこともまだ知られていないようだった。

誰かがやってくる前に、俺たちは屋敷を出ることに決めた。あいつは俺たちが死んだと思っているはずだ。今は遠くへ逃げるのが先決だった。

博士たちの部屋のクローゼットから、恐らくは小旅行用に揃えていたのだろう、リュックが二つ見つかった。食料と着替え、地図にコンパス、懐中電灯、その他もろもろの小物、そして硬貨と紙幣を集められるだけ集め——幸い、金銭の類は手を付けられていなかった——リュックに詰めた。

それからアイリスは、自分の部屋の本棚から辞書を一冊引き抜き、ページを開いて鍵を取り出した。博士たちの部屋に戻り、机の引き出しの鍵穴に差し込む。

引き出しの中に、小さな箱がいくつかしまわれていた。綺麗な指輪やイヤリングといった、高価そうなアクセサリーが入っていた。

「おばあ様（グランマ）の形見だって、ママが言ってた。……私が大人になったら、使ってもいいって」

鍵をアイリスに持たせたのは博士の発案だったらしい。盗難予防とのことだった。青バラの置かれた温室の鍵を彼女が持っていたのも、同じ理由だった。アイリスは両親からよほど信頼されていたのだろう。一家の絆の深さを――その絆を最悪の形で破壊してしまった罪深さも――俺はこんな形で思い知らされた。

博士の白髪染めが洗面台に残されていた。それを使ってアイリスの髪を染め、俺たちは屋敷に別れを告げた。

途中、博士たちの墓を通り過ぎた。裏庭から持ってきたバラを一輪ずつ、俺とアイリスは土の上に載せた。


長い道のりだった。

まず、山を越えるまでが最初の苦難だった。俺の顔は十中八九、警察に知られている。土砂崩れを乗り越えられたとしても、麓の街に下りるのは危険が大きい。最低でも山をひとつ越えたところまで行く必要があった。

しかし、俺もアイリスも長い山歩きには慣れていなかった。道なき道を少し歩いては休み、足を滑らせて谷に落ちかけ、岩の陰で夜を明かし――どうにか山を越え、街を眼下に見下ろした頃には、早くも体力が限界に近付いていた。

だが、問題はここからだった。

山ひとつ分離れた街に来たとはいえ、もし警察に見とがめられたら、巡り巡ってあいつに情報が入ってしまう。微塵たりとも足取りを摑まれるわけにはいかない。タクシーや飛行機は危険が大きいし、ホテルに泊まるなどなおさらだ。

しかし、大人の付き添いのない子供二人連れだ。旅行客のふりをし、アイリスの長い髪も念のため帽子で――ケイトの形見だった――隠していたが、それでも時々、通りすがりの人々から訝しげな視線を投げられるのは避けられなかった。そのたびに俺は神経をすり減らした。

バスを乗り継ぎ、空き家で震えながら夜を明かし、何もない真っ暗な一本道をひたすら歩き、時にはトラックの荷台に忍び込みさえして――

出発から何週間かが過ぎ、手持ちの現金も食料も底を突き、着替えも靴も足もぼろぼろになった頃――俺とアイリスは、W州を遠く離れたその場所に辿り着いた。

クリーヴランド教会は、木々に囲まれた静かな所だった。赤や黄色の美しいバラが庭に咲いていた。

礼拝堂を訪れた俺たちを、牧師は驚きつつも丁寧な態度で迎えてくれた。顔つきがロニーに似ていた。彼の弟だった。

どうしてここに来たのかと尋ねられ、俺はロニーの十字架を見せた。クリーヴランド教会の住所が裏に刻まれていた。

死の間際、ロニーが俺にこれを渡してくれたのが、教会へ行けという遺言だったのかどうかは解らない。親族もなく警察も頼れない俺たちにとって、助けを求められそうな場所は他に思いつかなかった。

目を見開く牧師に、アイリスが語った。

――パパとママが土砂崩れに巻き込まれた。

――この男の子は友達で、家族で遊びに来ていたが、彼の両親も一緒に土砂に飲み込まれてしまった。

――遠縁の家に預けられたが、すぐに放り出された。

――この十字架はパパとママの形見だ。どこでもらったのかは解らない。

――土砂崩れの前に、牧師さんが家に来た。大きくて怖い顔の牧師さんだった。パパやママとどういう知り合いだったのかは解らない。

拙い嘘に溢れた話を、ロニーの弟はじっと聞いていた。やがて、悲哀を伴った顔で両手を組み――労わりの笑顔とともに、俺たちの頭へ手を置いた。

賭けに近かったが、教会を訪れたことで俺たちの運命は確かに変わった。しばらくの間、俺はアイリスとともに教会で過ごすことになった。

周りに事情を知られたくないという俺たちの願いを、ロニーの弟は何も言わず聞き入れてくれた。もしかしたら、アイリスがケイトの娘であることを薄々勘付いていたのかもしれない。『フランキー』『ロビン』という新しい名前を得て、俺たちは別人としての人生を歩み始めた。

テニエル家の事件は、結局、一度もニュースに流れなかった。

何らかの捜査が行われたのか。そもそも、一家の失踪自体が認知されたのかどうか。W州を離れてしまった俺たちに知るすべはなかった。噂が耳に入ることも、警察が俺たちを探しに来ることもなかった。

あいつの狙い通り、テニエル家の惨劇は闇に葬られてしまった。

唯一の救いといえば、俺たちが生きていることもあいつに知られずに済んだらしいことだった。が、安心するわけにはいかなかった。ここはケイトの生家の地元だ。マカパイン家そのものはすでに無くなっていたが、ケイトたちのことは人々の記憶にまだ残っている。アイリスの素性がいつばれないとも限らない。

その前に自分は去らなければいけない——と、アイリスは語った。

俺は引き留められなかった。子供の俺たちが、誰にも頼らず二人だけで生きていくなどできなかったし、二人をいっぺんに世話してくれる家などあるはずもない。万一あいつに居場所を知られたときのことを考えれば、俺たちが一緒にいることは決して賢明とは言えなかった。

ロニーの弟の尽力で、アイリスの里親はすぐに決まった。これが最善なのだと頭では理解していたが、いざ別れが近付くと、俺は引き裂かれるような胸の痛みを覚えずにいられなかった。

別離の前夜。教会でのささやかなお別れパーティーの後、俺とアイリスは庭に出て、思い出を語り合った。短くも楽しかった屋敷での日々。教会に来るまでの旅路。教会での穏やかな毎日。

惨劇のことは口に出せなかった。出したら最後、心がずたずたに切り裂かれるのは解り切っていた。アイリスも思いは同じだったのか、事件に触れることはなかった。

「……元気でな」

「うん――あなたも」

最後にそれだけを伝え合い、俺とアイリスは唇を重ねた。

長い月日が流れた。

俺はクリーヴランド家の養子となり、神学の道へ進んだ。

信仰に目覚めたわけではない。父母を手にかけたこの俺が、神の教えを人に説く資格があるとも思えなかったが、ロニーの弟は真剣な顔で俺を諭した。

――聖職者に必要な資質とは、神を信じることでも罪を犯さないことでもない。弱者の側に立てることだよ。君にはそれができる。

その彼は、俺が牧師になった二年後の一九六六年、病でこの世を去った。

教会を継ぎ、聖職者としての務めを果たしながら――テニエル家の事件を思い返さない日はなかった。

あの事件は俺にとって罪そのものだ。忘れることなどできはしない。自分がテニエル一家とロニーに災厄をもたらしたのだという思いは、消えるどころか強くなる一方だった。

そんな折――俺が二十七になった頃、アイリスから手紙が届いた。

仕事で近くに来る、顔を見たい――そんな内容だった。別れて以来、何度か手紙のやりとりはしたが、そばにいるべきでないという思いもあって、俺たちは一度も顔を合わせていなかった。

約束の日、手紙に書かれた場所――教会に近い市街地の一角に立っていると、

「……エリック？」

背後から声をかけられた。

振り向くと、見たことのない女性が立っていた。

暗褐色の短い髪。男物のようなスーツと革靴。女性としては高めの背丈。記憶のどこを掘り返しても全く心当たりのない背格好。

だが――吊り上がったまなじりと、意志の強い顔立ちは忘れようもなかった。

「アイリス？」

「久しぶり。エリック」

懐かしい声でアイリスは微笑んだ。

「よかった、人違いでなくて。……最初は誰だか解らなかった」

紅茶入りのカップを差し出しながら、アイリスは独り言のように呟いた。

彼女の宿泊先だというホテルの客室に招き入れられ、俺は落ち着かない気分でカップを受け取った。料金はダブルで払っているから見られても大丈夫、と彼女は笑ったが、あまり褒められた状況でないことは確かだ。

「そんなに変わったか？」

「変わった。……声も身体つきも、まるで別人」

あれから声変わりを経て背も伸びたが、あまり自覚がない。

そもそも、変わったのはアイリスも同じだ。長かった髪はばっさり短くなり、背もずっと伸びた。外見も服もかなり男っぽい。遠目では彼女だと気付かなかっただろう。

けれど——間近で見る彼女は紛れもなく、俺の知るアイリスだった。

別離の後の歩みを、俺たちは教え合った。手紙に書いたりしたのはその時々の近況だけで、詳しいことは互いに何も知らなかった。

アイリスは里親の下でジュニアハイスクールに通い——目立たないようにするのは大変だった、と彼女は笑った——ハイスクールに上がるタイミングで独り立ちした。里親の家では、俺や博士のような目には遭わず可愛がってもらえたという。その里親も数年前に亡くなった。

「今は何をしているんだ？　仕事、と手紙には書いてあったけれど」

「研究職。……C大学で博士号を取った。今回は学会でこっちに」

「研究？」

「遺伝子編集技術の研究。……パパの青バラを蘇らせたくて」

青バラ⁉

馬鹿な——なぜそんなことを。俺たちにとって忌まわしい惨劇の引鉄(ひきがね)になった花を、再現するだって？

「アイリス、正気か。そんなことをしたって博士たちは」

「駄目」

アイリスは首を振った。声が震えを帯びた。「駄目だった……忘れるなんてできなかった。パパのこともママのことも、グランパも、ロニーも……みんな、いつも夢に出てくる。血まみれだったり、火に焼かれていたり——けど、みんな何も言わない。そして、最後にあいつが出てくる。あいつが笑って……それで目が覚める」

言葉を返せなかった。

——同じだ。

あの日を、俺も毎夜のように夢に見る。あの惨劇は深い傷となって、俺たちをいつまでも責めさいなんでいる。

「逃げるなんてできない。……だから、決めたの。終わらせるって」

終わらせる？

「あいつに復讐する。

パパやママを殺した罪を、あいつに償わせる。

エリック、あなたも手を貸してほしい。私の力だけじゃ足りない」

復讐⁉

「駄目だアイリス。無茶だ、危険すぎる。

それに——あの事件は俺のせいなんだ。俺に手伝えなんて」

「残酷な頼みだということは解ってる。あなたがそんな風に考えてることも」

アイリスは寂しげに微笑んだ。「だから、無理にとは言わない。そのときは私ひとりで何とかする。

けど、これだけは言わせて。あなたは何も悪くない。あなたを憎く思ったことなんて、私は一度もない。

だって……あなたは」

俺の目を見つめたまま、アイリスが言葉を途切れさせる。

長い、長い沈黙が過ぎた。

俺は瞼を固く閉じ、懸命に思考を巡らせ——

再び目を開き、アイリスの白い手へ、すっかり節くれだった自分の手を添えた。

「エリック？」

「……解った」

本当は、ここで彼女を思い留まらせるべきだったのかもしれない。

だが、どこをどう探しても、俺にその選択肢はなかった。

ともにあの惨劇を味わった者として、ともに同じ苦しみを味わう者として――ここでアイリスに泣き寝入りを説くことは、彼女に重荷を背負わせたまま見捨てるのに等しいのだということを、俺は誰よりも知っていた。

それに――気付いた。

憎くないはずがなかった。青バラを奪うだけのために、博士やケイトを虫けらのように殺したあの男を、許すことなどできはしなかった。

「お前ひとりに負わせたりなんかしない。……ずっと、一緒だ」

全霊を込めて告げた。

何かを言いかけたアイリスの唇へ、俺は自分の唇を重ねた。互いの心の傷を重ね合わせるように、俺たちは想いを交わし合った。


そうして、俺たちの計画は始まった。

互いに他人として過ごしながら、俺とアイリスは少しずつ復讐の準備を進めた。

計画を実行に移す際に必要となるであろう知識や技術――薬物の知識や注射器の使い方、体術など――も、このときから身につけはじめた。

アイリスは奴をおびき出す餌として、テニエル博士の青バラを再現する研究を行い、俺はアイリスの作った試作品の育成を手伝いながら、奴のその後を追った。

——一九五四年当時、屋敷を含む地域を管轄する警察署に在籍していた、二十代前半の長身の警官。素行はあまり良いとはいえない。

雲を摑むような手がかりだったが、俺たちにとっては奴の素性を辿る唯一の糸だった。聖職者同士の伝手を頼りに、W州にいた牧師から当時の話を聞き、あるいは日曜の礼拝を通じて地元の警察署幹部と交流を図り——あれほど警察を忌避していた俺が自ら警察に近付くことになるとは夢にも思わなかったが——情報を集めた。

そうやって、砂漠から砂金の粒を探すような調査を続けること五年。ようやくのことで、条件に当てはまる数名の警官の氏名を洗い出した。惨劇からちょうど二十年が過ぎていた。容疑者に気取られぬよう、ひとりずつ慎重に調査を続け——そして俺はついに、奴の正体を突き止めた。

ジャスパー・ゲイル。一九六〇年までW州に勤務。その後、A州フェニックス署に移籍。現在は警部補。

俺は布教活動の名目でA州に飛び、フェニックス署の前で物陰からジャスパーの姿を確認した。

頭髪は禿げ上がり、体格も不健康に肥えていたが、その目鼻と唇の形は紛れもなく、屋敷まで俺を追ってきた警官のそれだった。

標的を見つけ出した俺たちがまず行ったのは、来るべき日に備え、奴と物理的に接近することだった。
アイリスはA州のフラッグスタッフ市郊外に別宅を購入した。テニエル家の屋敷によく似た間取りの、懐かしい匂いがする家だった。どうしても気になってしまった、と彼女は苦笑した。

ケイトの遺してくれた、アイリスの祖母の形見が役に立った。屋敷を去る前に見つけたそれらの指輪やイヤリングは、どれもかなり値の張るものだったらしく、俺たちの計画を進める上で充分すぎるほどの資金源になってくれた。余った資金の一部を使って、アイリスは『マカパイン・コーポレーション』という不動産会社――ケイトの実家の興した会社のひとつだった――の株式を買い、密かに会社との伝手を作った。

俺も、O州の教会を知人の牧師へ託し――アイリスと俺を救ってくれた場所を離れるのは身を切られる思いだったが――奴の膝元、A州フェニックス市の教会へ移った。前任の牧師が老齢で引退し、隣の孤児院跡地ともども放置されていた場所だった。

部外者以外の何者でもなかったはずの俺は、しかし近隣の住人から思わぬ歓迎を受けた。教会の復活は皆の願いだったという。人々の笑顔に応えながら――いずれ彼らを裏切ることになることを思うと、胸に痛みが走った。

それぞれに拠点を整え、俺たちは各々の場所に温室を作った。

このときすでに、アイリスの脳裏には計画の詳細が組み立てられていた。蔓の仕掛けも、温室のバラを育て始めた時点で作られた。

俺は伝道活動の合間を見てアイリスの別宅へ行き、温室の世話を行った。仕掛けを外した際、曲がった跡やたるみが残らぬよう、蔓へ適度にハサミを入れたり曲げ伸ばしたりすることも忘れなかった。

この仕掛けについて、俺は当初、奴の命を絶つためのものだと信じて疑わなかった。今思えば、この時点で彼女は自分の身体のことを予期していたのかもしれない。二人ならアリバイなどもっと簡単に作れるのではないか、こんな手の込んだことをする必要があるのか、と尋ねると、アイリスは「ただの趣味」と曖昧に笑った。

博士たちの屋敷がどうなったのかも、計画を進めるさなかに知った。

博士とケイトの失踪は、山を下りた麓の街で一時話題にはなったものの、住人との接触が少なかったことと、騒ぎ立てる親族や友人が現れなかったこともあって、結局、大きく扱われることなく終わったらしい。薄々察してはいたが、土砂崩れで初動が遅れ、遺体も見当たらない状況では、警察の捜査もまともに進まなかったという。焼けた温室も、寝室の割れた窓ガラスも、殺人を示す決定的な証拠にはならなかった。

土砂崩れで塞がれた道は、復旧の要望がなかったために放置された。屋敷も同様にしばらく放置され、事件の半年後に火災で焼失してしまった。

ジャスパーの仕業に違いなかった。ほとぼりが冷めたのを見計らって証拠隠滅（いんめつ）を図ったのだ。

準備はほぼ完了に近付いていた。

薄青色の《天界》と、深青色の《深海》。テニエル博士の青バラを完全に再現することはできなかったが、奴をおびき出すのに充分な完成度をもった青バラを、アイリスは見事に創り上げた。

だが、造物主はどこまでも残酷だった。

『マカパイン・コーポレーション』の情報網を使って適当な物件を選び出し、火災を装って日記を奴の手元へ送り届け、あと少しで計画を本格始動させようとした矢先――アイリスが倒れた。

※

「貴方たちにとって、ジャスパー・ゲイルを表に引きずり出すには相応の準備が必要でした」

沈黙を保ったままのロビンに、漣は語り続けた。「自分たちを青バラの関係者に仕立て上げること。容易にもみ消されることのない重大事件の当事者となること。そして、即座に逮捕されないこと。

これらの困難な条件を成立させるために行われたのが、テニエル博士――アイリスの偽装他殺事件でした。貴方たちはそれをやってのけ、ゲイルは見事に罠にかかった」

フランキーの唇に鍵を咥えさせたのも、首を投げ入れたという別解を潰し、どうやって温室が閉ざされたかを早々と解決させせないようにするためだった。

「あの日記もか」

ドミニクの問いに漣は頷いた。

「ひとつには宣戦布告の意味もあったでしょう。日付の偽装も、日記の信憑性にわざと疑問符をつけさせるためだけではなく、彼らの計画の実行開始日を記したものだったのかもしれません。

が、一番の目的は、ゲイルに日記を読ませて揺さぶりをかけることでした。だからこそ、天候の食い違いをあえて承知の上で、フ、ェ、ニ、ッ、ク、ス署の管内で火災事件を起こした」

創作だと誤認させる意図が最初からあったわけではない。ジャスパーがフェニックス署に移ったために、気候に関する記述にずれが生じただけなのだ。

が――計画は結局、一年以上遅れることになった。

アイリスが病に侵されたからだ。病気療養で大学を半年ほど休職していたのも事実だった。

彼女の通院先は判明していない。警察に尻尾を摑まれぬよう、書類の偽装を行うなどして身元を隠したに違いなかった。あるいは、U国外の医者にかかっていた可能性もある。

ドミニクは唇を嚙んだ。やがて、感情を押し殺すような呟きが漏れた。

「……ジャスパーの野郎は、いけ好かない奴だったけどよ。

それでも、あいつとは何年も顔を突き合わせてやってきたんだ。何人もぶっ殺した殺人鬼だなんて、信じられるかよ」

「ニッセン少佐――我々の知人である軍関係者の調査によると、ジャスパー・ゲイルはいくつかの犯罪組織と繋がりを持っていたようです。消音器付きの銃もそこから入手したようですね。彼が当時所属していた警察署のOBからも話を聞けました。若い頃のゲイルは単独行動に走りがちで、規律順守を軽視する側面があったらしい、と」

日記の『警官』の描写にも妙なところがあった。記述は少なかったが、あたかもひとりだけで屋敷に来たかのような言い回しが所々に含まれていた。警察の捜査は二人一組が基本のはずなのに。

まともな体裁の捜査ではなかった。ひとりの警官による、手柄を立てたいがための独断専行が、一家に災厄をもたらすことになった。

W州で発見された白骨死体については、今も身元確認の調査が続いている。数日前のジョンの一報の後、追加で男性二名の骨が掘り出された。ここへ来る直前に受けた報告によれば、いずれも死後十年以上経過しているとのことだった。

マリアの要請により、白骨死体の件はごく一部の捜査関係者にしか情報が流れておらず、報道もされていない。ジャスパーに余計な情報を与えないためだった。アイリスとエリック、そしてマリア。それぞれによる罠が殺人者を追い詰めようとしていた。

※

「アイリーン嬢は彼らの関係者なのか？」

「娘よ。アイリスとエリックの。彼らは結婚しなかったけれど、子供がいた。それがアイリーン。自分たちの計画に娘を巻き込むわけにはいかなかったから、ティレット家へ里子に出したのね」

――知らない、本当に。

――そうじゃないかって、私が勝手に考えてるだけ……だから、何も言えない。

アイリーンは何も知らなかった。だが聡い子だ。実の親の存在と正体を、両親の言葉などから薄々とはいえ感じ取ったに違いない。フランキー――アイリスの研究室に入ったのも、彼女が本当の母親かどうかを確かめるためだった。

アイリスは困惑したことだろう。しかし結局、彼女は娘を研究室に入れた。下手に拒絶すればかえって怪しまれると考えたのか、あるいは――自分が命を絶つ前に娘の成長を近くで見ておきたかったのか。今となっては誰にも解らない。

「ではなぜ、彼らは自分の娘をアリバイ工作に使ったのだ。余計な疑惑を向けさせるだけではないのか」

「意図して巻き込んだわけじゃないわ。博士の別宅には元々、アイリーンじゃなく別の学生が、手伝いに来るはずだったの。けどその学生が急病で来られなくなって、代わりに手を挙げたのがアイリーンだった。……彼らにとって、それが最大の誤算だった」

が、すでに青バラを世間に公表し、ロビン――エリックは槇野茜との面会を設定している。

何より、アイリスの身体にタイムリミットが迫っていた。計画を中断し次の機会を待つ余裕はすでになかった。

アイリーンが手足を縛られ、温室の中に閉じ込められていたのは、彼女が二人の娘だったからに他ならない。もし予定通り別の学生が来ていたら、拘束などされず温室の外に放り出されただろう。自分たちの娘だからこそ、容疑を確実に外すためにアイリーンの手足を拘束し、屋外に娘を放り出すことができなかったからこそ温室の中に寝かせた。

「……アイリスの父親が作った青バラはどうなった。

二十九年前に青バラが実現していたのなら、大なり小なり噂が広がっていたはずだが」

「決まってるでしょ。枯れてしまったのよ」

――外に出していた青バラの苗木が、全部病気になった。

「日記に記された青バラは、病気に弱い未完成品だった。それを知らなかった犯人は、間抜けにも青バラを駄目にしてしまい、一攫千金の機会を逃した。

でしょ、ジャスパー?」

ジャスパーは答えない。マリアの挑発に顔を歪めている。マリアはさらに畳みかけた。

「当時の事件を再現したとしか思えない日記が、よりによって自分の管轄内で発見されて、あんたは肝を潰したでしょう。

しかも一年後、青バラが二つも公表された。片方の生みの親は学者、もう片方は牧師。何かの罠か陰謀かと思わない方がおかしいわよね。あんたは表立って動くこともできず、ドミニクやあたしたちを通じて探りを入れるしかなかった。

けど、そうこうするうちに、何とフランキー・テニエル博士が殺されてしまった。

あんたはパニックに陥ったはずよ。おまけに、現場には『実験体七十二号がお前を見ている』なんてメッセージまで残されていた。……あのとき殺してしまった『怪物』のような奴が、まさか他にもいるんじゃないか、自分の正体をすでに摑まれているんじゃないか――そんなことを考えたりもしたんじゃない？」

ジャスパーは脂汗を浮かべたまま答えない。

※

「槇野茜を殺したのは、ジャスパーなのか」

「彼女の宿泊先を知っていて、彼女と争うことなく部屋に入ることができ、かつ、彼女が《天界》のサンプルを持っていることを知っていた人間。これだけで犯人を絞り込めることに早く気付くべきでした。被疑者の筆頭であるクリーヴランド牧師には、貴方がたが張り込みをしていたという崩しようのないアリバイがあります。とすれば、考えられる犯人像はそう多くありません」

「警察の捜査関係者……か」

茜の宿泊先も、彼女が《天界》のサンプルを持っていたことも、漣たちはジャスパー当人へ報告していた。現場に争った形跡がないことから、当初は茜の顔見知りの犯行と考えていたが、警察官なら身分証ひとつでドアを開けさせることができる。

「我々の報告から、ゲイルは牧師のアリバイの相当部分が槇野茜の証言に依存していると気付いたのです。槇野茜を消せば牧師は一気に不利になる。そうすればフェニックス署に彼を呼び出して尋問し、彼の真意を吐かせることもできる――そう考えたのでしょう。

もっとも、実際にはタクシーの運転手の証言もあったわけですが、この時点では情報が入っていませんでした」

「サンプルを盗んだのも、牧師に罪を被せるためだったんだな。……警察の人間を除けば、槇野茜がサンプルを持っているのを知っていたのは牧師だけだ」

「あるいは単に、青バラのサンプルを自分のものにしたかっただけかもしれませんが」

だがジャスパーの目論見は、ドミニクの行動により破綻した。もしドミニクが動かなければ、その後の展開は大きく変わっていただろう。

暗がりの中、沈黙を続けるロビンの表情は明瞭には読み取れない。無関係な茜の命を、結果的に奪うことになってしまった――そんな自責の念を抱いているのかどうか、漣には知るすべもなかった。

※

「部下に手を噛まれる、といったところかしらね」

マリアは口の端を吊り上げた。「牧師を被疑者に仕立て上げるつもりが、逆に鉄壁のアリバイを与えることになってしまったんだもの。追い詰められたあんたは、ロビン——エリックへの張り込みを解除させて、その隙に彼の命を奪おうとした」

「なぜだ？　性急に過ぎるように思われるが」

「エリックが確固たるアリバイを手に入れた時点で、ジャスパーにとって彼は、一刻も早く始末しなければならない魔物となってしまったのよ。アイリスと同時期に青バラを公表した——その一点を見ても、エリックが二十九年前の事件と関わりがあることは明らかでしょ。

エリックがいつ、二十九年前の事件を暴露するとも限らない。その恐怖から、ジャスパーは牧師の口を塞ぐことに決めたのよ。もちろん、ついでに《天界》を奪って自分のものにしようという下心もあったでしょうけど。

でも、それこそがエリックの真の目的だった」

自分を殺させることで、ジャスパーに殺人者の烙印を押す。それがエリックの復讐だった。

アイリスが望んでいたのかどうかは解らない。彼女の目的が、自分の命を使ってジャスパーを表に引きずり出し、その罪を暴くことにあったのは確かだが、後のことはすべてエリックに託されていたはずだ。あるいは、エリックの真意を悟って思い留まらせようとしたかもしれない。だが、愛する者の命を自らの手で絶ってしまった罪は、彼にとってあまりに重いものだった。たとえすべてが終わった後、娘をひとりこの世に残すことになったとしても、彼は自らの罪を贖わずに済ますことはできなかった。

撃たれた後、温室を出て門に向かったのも、決して助けを乞うためではなかった。事件を早く発覚させてジャスパーを追い詰めるための行動だった。

ジャスパーが温室に足を踏み入れたとき、温室の『眠る青バラ』――《天界》の試作品はすべて燃やされてしまっていた。エリックがアリバイ工作の証拠隠滅を兼ねて処分したのだ。あれほど大量の花を、犯行の前後でのんびり切り落とせるほどの余裕が犯人にあったとは思えない。温室の主が事前に処理したと考える方が自然だ。蔓は残ったままだが、世話をする者がなければ枯れてしまう。

もっとも、教会の私室の方には一輪だけ、花瓶挿しの『眠る青バラ』が残されていた。暗い私室の中、この試作品が目を覚ますことはないと踏んだのか。クローゼットの《天界》が囮になってくれると考えたのか。ただ単に、いずれ枯れるからと放っておいたのか――あるいは、自らの贖罪を神の采配に託したのか。いずれにせよ、当人が真意を語ることはないだろう。

「アイリスの遺体を運搬した証拠も、このときついでに処分したのね」

「どういう意味だ」

「い、い、い、ビニールシートよ。

「ビニールシートよ。

ナイフを刺しっぱなしにして傷に栓をしたとしても、クルマで二時間揺られれば多少は血が零れるわよね。ビニールシートで遺体をくるむ程度のことはしたはずよ」

「……《天界》の燃え殻の下に敷かれていたのは、そのとき使われたシートだったのか」

《天界》を自分のものにする目論見を見透かされ、逆上したジャスパーはエリックを撃った。自殺の可能性を作るため、銃をエリックの手に握らせた。身体に一発撃たせれば硝煙反応もごまかせる。

だが、ここで致命的なミスが生じた。ジャスパーはエリックが左利きだと知らず、右手に銃を持たせてしまった。

「迂闊と言えば迂闊だが、致命的とも限らないのではないか。単に自殺の可能性が無くなっただけだと思われるが」

「そうでもないのよ。フェニックス署の人間はエリックの事情聴取を行っていないの。彼が左利きだと知らなかったのよ。あたしもいちいち報告しなかったしね——襲撃事件の現場検証のときにようやく思い出したくらいだし。で、ドミニクには茜の殺害に関してアリバイがあった。……被疑者リストの筆頭でしょ、ジャスパーは」

「……それが」

ジャスパーが唸り声を上げた。マリアたちに侵入現場を押さえられてから初めて発した言葉だった。「それが何の証拠になる。左利きだと知らなかった? 馬鹿馬鹿しい、解釈などいくらでも成り立つだろうに」

「あんたの言い訳の方がよほど馬鹿馬鹿しくて見苦しいわよ」

マリアは上着のポケットからそれを取り出した。縁に四角いボタンの並んだ、小さな箱状の機械。「だったら聴かせてあげる。動かぬ証拠ってやつを」

マリアはボタンのひとつを指で押し込んだ。雑音混じりの声が流れ出した。

『――な……何だ……これは。フラッグスタッフ署の報告とは――』

『残念ながら、ここに《天界》はもう……ません。ジャスパー・ゲイル警部補。そもそも、貴方に青バラを持つ資格はない。……………年前、まともに青バラを育てられずに終わった貴方に』

『貴様――誰だ。何者だ⁉』

ジャスパーの顔面が蒼白に転じた。

内容は聞き取りづらかったが、聞こえてくる声はジャスパーとエリックのそれだった。

「最近のテープレコーダーはコンパクトで高性能ね。さすがJ国製だわ」

「……馬鹿な――どこにそんなものが」

ロビンが襲撃された日、現場検証のさなかにマリアが植木鉢の下から見つけたのが、このテープレコーダーだった。

エリックがあらかじめ仕掛けたものだった。讃美歌をカセットテープに録音して聴いていたほどだ。レコーダーの使い方は熟知していただろう。

と、空気を切り裂くような短い音が、レコーダーから続けざまに響いた。誰かが倒れ込む音。近付く足音、短い炸裂音。引鉄を引く音が数度。罵りと舌打ち、遠ざかる足音。苦しげな呻きと衣ずれ——幾多の音が錯綜した後、唐突に音声が途切れ、再生が終わった。

「こいつを聴いてもらった上で訊くわ、ジャスパー・ゲイル。ロビン・クリーヴランドが撃たれた日、あんた、どこで何をしていたの?」

ジャスパーは答えない。青ざめたまま、口を無様に上下させるだけだった。

「来なさい。あんたには黙秘する権利、弁護士を呼ぶ権利があるわ。まあ、今さら何を抗弁したところで無駄だけれど。二十九年前の事件も含めて、たっぷり聞かせてもらうわよ」

「黙れ——黙れ!」ジャスパーがわめいた。「誰も彼も、どうしてよってたかって私の邪魔をする。こいつは私のものだ。渡してたまるか、誰にも——」

「待ちなさい!」

マリアが駆け出すより早く、ジャスパーは素手で《深海》の茎を摑んだ。もう片方の手で鉢を抱え、窓へ身体を向け——

と、その脚が不意に止まった。

巨体が小刻みに震えだした。

《深海》の鉢が手から滑り落ち、砕けて土が床に散る。

大きく喘ぎながら、巨漢の警部補は胸を掻き毟る。身体をよじらせ――そのまま倒れ込んだ。

左手を喉元に当て、右腕を弱々しく宙に向け、縊り殺される鶏のような呻きを上げ――

数度の痙攣の後、腕が床に落ちた。

両眼を剝き、口から舌を突き出したまま、ジャスパーは永遠に動かなくなった。

突き出された右手には、いくつかの小さな赤い孔。

骸と化したジャスパーの傍らで、《深海》の棘が真紅に濡れ光っていた。

エピローグ

「――ジャスパー・ゲイルの死因は急性心不全。《深海》の茎を握ったときに、棘からアルカロイド系の毒物が入り込んだと思われる――だそうよ。ボブの検死によると」

マリアが手帳から顔を上げた。漣は後を続けた。

「その毒物ですが、外部から塗布されたものではなく、《深海》が生来的に持っていたもののようです。テニエル博士の温室の株、およびC大学に保管された株を分析したところ、いずれも棘の内部に高濃度のデルフィニンが蓄積していた、と」

青色色素のデルフィニジンと名前が似ているが、デルフィニンは、アコニチン――トリカブトの毒――に類似した毒物だ。デルフィニジンの語源である青い花、デルフィニウムに含まれ、体内に入ると呼吸困難や心臓発作を引き起こし、死をもたらす。

「……そうか」

ドミニクがぼそりと呟き、視線を周囲に移した。

――ロビン・クリーヴランドの温室だった。

午後の陽射しがガラス越しに降り注ぐ。バラはまだ咲き続けていたが、色は褪せ、花も葉もしおれ始めている。ガラスの弾痕が、事件の記憶を生々しく伝えていた。

事件の終息から一週間後の今日、漣はマリアとともに、捜査の最終報告という名目でドミニクを訪ねた。最初にフェニックス署へ向かったところ外出中だというので、行き先を尋ね、教会に向かうと、ドミニクは温室の前でぼんやりと佇んでいた。漣たちに気付くと、銀髪の刑事は「よう」と片手を上げたが、声からは覇気が失せていた。

たとえ忌み嫌っていたとはいえ、十年来行動をともにした上司が大量殺人犯として死んだのだ。ドミニクの胸中をどんな感情が巡っているか、部外者の漣には知りようもなかった。

「棘に毒が溜まるように、テニエル博士――アイリスが《深海》の遺伝子をいじくっていたのね」

「断言はできません。博士自身が述べていたように、生物の形態発現は極めて複雑です。ひとつの遺伝子だけを変えたはずが、予想外の部分にまで影響が波及してしまうこともあるでしょう。それが、多数の遺伝子改変を必要とする青バラならなおさらです」

『危険 触れるな』――《深海》の鉢に警告の札が挿さっていたのを思い出す。棘へのデルフィニンの蓄積が偶然に生まれてしまったものか、あるいはマリアの言う通り、アイリスが意図的に仕組んだものなのか。明確な証拠は見つかっていない。ただ――

ジャスパーを追い詰め、その手に《深海》を握らせる。それこそがアイリスとエリックの真の目的だったとしたら、彼らの復讐は見事に果たされたことになる。

ロビン・クリーヴランド牧師——エリックは未だ病室の中だ。傷が癒えた後は、嘱託殺人、死体損壊、死体遺棄、およびアイリーンへの傷害に対する取り調べが行われる。

もっとも、彼が犯した罪は、そのほとんどが被害者自身の遺志だ。《深海》の棘についても、警告の札を無視して茎を握ったのがジャスパー自身である以上、罠と断じて罪を問うことはできない。重い刑罰は下されないだろうというのが大方の捜査関係者の見方だった。

ドミニクは無言でバラを見つめていたが、不意に思い出したように呟いた。

「あの牧師——エリックの身元は解ったのか。街で何かやらかした、と日記には書いてあったが」

「二十九年前、W州の郊外で、夫婦二人が殺害される事件があったとの記録が見つかりました。彼らには十二歳の子供がひとりいたらしいのですが、事件を境に行方不明になっています。……ただ、その子供がエリックだという証拠は確認されていません。照合可能な指紋も採取されなかったようです。仮に両者が同一人物だとしても、謀殺の物証がない以上、両親殺しの罪を問うことは難しいでしょう」

当時の事件を最もよく知っていたであろう捜査関係者が、他ならぬジャスパーだ。その彼も今はこの世にいない。

「身元といえば、アイリス本人についても変なことが書かれてたわよね。『パパが私を作った』とか何とか。どういう意味だったのかしら」

「臆測になりますが、『体外受精』ではないでしょうか」

精子と卵子を両親から採取し、シャーレなどで受精させて母親の子宮に戻す。排卵不全などで子供ができない夫婦のための不妊治療のひとつで、公式には五、六年前に成功例が報告されたと聞く。

一方、人間を含めた動物の複製は今もって成功例がない。技術障壁を踏まえれば、二十九年前に実現の可能性があり、かつ『人間を作る』と表現できそうな技術は限られていた。

「いや待てよ。だったら青バラはどうなる。日記が正しければ、今よりろくに遺伝子工学も進んでねぇ二十九年前に、青バラの第一号が誕生していたことになるよな。本当なのか。ジャスパーの野郎が見たのは、本当に本物の青バラだったのかよ」

青バラさえなければ、ジャスパーが狂気に囚われることもなく、一連の悲劇も起こらずに済んだのではないか——ドミニクの内なる慟哭を、漣は聞いたような気がした。

マリアは眉根を寄せて天窓を見上げた。長い沈黙の後、ぽつりと呟く。

「さあ、どうかしら」

「おい、赤毛——」

「本物にしろ偽物にしろ、当時の遺伝子編集技術は完璧とは程遠いものだったと思うわ。もう一度創れと言われたところで、はいそうですかと簡単に再現できるものじゃなかったはず。アイリスの父親がどれほどの天才だったとしても。

それに、事件が起こったのは青バラのせいだなんて、誰が言えるの？　青バラがなくたって、他に高価なものが目についたらジャスパーは罪を犯したかもしれないし、青バラがあったとしても、土砂崩れが起きなければ『怪物』を殺した後で街へ逃げ帰って終わりだったかもしれない。『もしも』を並べるなんていくらでもできるわ。

あたしたち警察官の仕事は、何が起こったかを調べて犯人をとっ捕まえることだけよ。そうでしょ？」

マリアらしい慰め方だった。

ドミニクは目をしばたたき、「……かもな」と苦笑を浮かべた。

※

早く。時間がない。

――駄目なのか、どうしても。

どうしても。何度も話して決めたはず。

それに……パパやママのことをあなたが罪と思うのなら、これがあなたへの罰。

私のことをあなたが想ってくれるのなら、これがあなたと私にとっての救い。

――……四十を過ぎて「パパ」や「ママ」はないだろう。

もう、余計なことはいいから。

アイリーンをお願い。私は、母親らしいことを何もしてあげられなかった。

だから……あなたは生きて、あの娘を見守ってほしい。たとえ何があっても。

大丈夫……あなたならきっとうまくやれる。

——…………。

この夜が過ぎれば、あいつへの復讐は終わる。

さあ、エリック。

早く——


目覚めると、白い天井が俺を見下ろしていた。

染みの数まで数え慣れた、病室の天井だ。静まり返った部屋に、空調機の乾いた音が響く。

……また、あの夜の夢を見た。

胸骨の上に片手を当てる。虚無感に抉られた胸を鈍い痛みが走る。

彼女を刺し貫いたときの、刃から伝わる鼓動が。

彼女の首を切り落としたときの、柔らかく冷たい肌の感触が——

今もなお、狂おしい呪いとなって、俺の手に焼き付いている。

——あなたならきっとうまくやれる。

嘘だ。何もかも失敗ばかりだった。無関係な槇野茜を巻き込み、秘密はすべて暴かれた。無様に死に損ね、自ら命を絶つこともできず、ただ意味もなく生き永らえている。

ジャスパー・ゲイルが地獄に落ちたことは、何日か前、黒髪の刑事から聞いた。

自分でも驚くほど、喜びはなかった。

復讐など考えず、アイリスと二人で日々をやり過ごすべきだったと、今さら思うわけではない。ただ——復讐の成就を歓喜するには、失ったものがあまりにも多すぎた。

もう、意味あるものは何も残っていない。

彼女の忘れ形見である一人娘との繋がりも捨ててしまった。殺人者の自分に——娘の母親を手にかけた自分に、父親を名乗る資格もない。傍らにいたところで、与えられるのは苦痛と災いだけだ。

と、ノックの音が響いた。

「失礼します」

小柄な看護師が病室に入り、「あら、起きてらしたんですね」と朗らかな笑顔を向けた。

「少し前に、お見舞いの方が来られたんですよ。お休み中だと伝えたら帰られてしまいましたけど」

俺の罪を知る者は、今のところ病院にはいない。この看護師も、俺のことは「ちょっとニュースで騒がれ、ひどい事件に巻き込まれた聖職者」といった認識しかないようだ。仮にすべてを知られたところで、今さら何がどうなるわけもなかったが。

それにしても、見舞い？

それと、彼女が手に抱えているのは——

ええ、と看護師が頷き、俺に向けて花束を掲げた。

——《天界》だった。

アイリスの遺した、薄青色の美しい花。

「これを牧師さんに、って。

長い白髪の、可愛らしい女の子でしたよ。——この青バラ、牧師さんが、作られたのですよね？　とっても綺麗……わざわざ持ってきてくださるなんて、教会の信者さんかしら」

——アイリーンをお願い。

——あの娘を見守ってほしい。たとえ何があっても。

何も言えぬまま、俺は《天界》の花束を凝視した。

花弁が一枚切り取られているものがあった。クローゼットに置いた株から作られたものに違いなかった。誰かが——あの赤毛の刑事か他の捜査官が——見つけたのか。

「早く良くなって、元気な姿を見せてあげましょうね」

何と答えたかは覚えていない。

ただ、長いこと花束を見つめ——

目を閉じ、記憶の中の白髪の少女と、人生の中で最も幸福だった日々を思い返した。

※

季節は冬に差し掛かり、頬を撫でる風は冷たさを増していた。

海を望む丘の墓地。立ち並ぶ墓標の間を歩きながら、私は手元の花束に目を落とした。

海の底を思わせる、深い青色のバラ――《深海》。

片手で花弁をそろりと撫でる。念のため棘は全部抜いてあるから、こうして戯(たわむ)れに手も触れられる。

けれど、この花を創り上げた人は、二度と手の届かないところへ行ってしまった。

先生の埋葬は数日前に終わった。

身寄りがなかったらしく、葬儀を取り仕切ったのは役所の人だった。偉業を成し遂げた研究者への惜別(せきべつ)の式としては、あまりにも簡素なものだった。

先生の仕事はリサが助教に昇格して引き継ぎ、研究室も名を変えて存続することが決まった。幸い、研究室を辞める人はなく、スポンサーも引き続きついてくれるらしい。さっさと見切りをつけられるのかと思っていたので少し意外だった。研究員のひとりが「あなたがいるからよ、アイリーン」と意味の解らないことを言っていた。

けど、皆の間を漂う喪失感は埋めようもなかった。

……私も、同じだ。

訊きたいことを何ひとつ訊けないまま、あの人は、凄惨な最期を遂げてしまった。

飛行船の模型が置かれたお墓の前を通り過ぎ、しばらく歩いた先に、目指す墓標があった。


『*Frankie Tenniel Aug. 11, 1941–Nov. 27, 1983*』


墓石の前に《深海》を手向け、目を閉じる。冷たい匂いのする潮風が、頰の横を通り過ぎた。

どのくらいそうしていただろうか。遠くから足音が聞こえた。

瞼を開け、足音のする方に目を向けると、背の高い軍服姿の男の人が、こちらに向かって歩いてくるところだった。

「やはりここにいたか。アイリーン・ティレット嬢」

私の前で、男の人が敬礼する。

思い出した。先生が亡くなる数日前、赤毛と黒髪の警察官二人――ソールズベリー警部と九条刑事――と一緒に研究室を見学した軍人さんだ。名前は確か、

「こんにちは。……何のご用ですか、ジョン・ニッセン少佐」

「いや、大した用事ではない。ただの使いだ」

そう告げて、ニッセン少佐は私に、分厚い茶封筒を二つ差し出した。「これを君に。――テニエル博士が遺言を遺していたらしい」

私に？

封筒を受け取る。どっしりと重い。「……まったく、軍の人間は小間使いではないと何度言ったら……」小声で何かぼやくニッセン少佐の横で、私は封筒のひとつを検めた。書類だ。取り出して目を通し——

私は言葉を失った。

フランキー・テニエルの所有する動産、不動産および知的財産権の一切を、アイリーン・ティレットに譲渡する。

そんな文章の記された紙が、一番上に綴じられていた。

他の書類は特許出願書の複写だった。『液胞のpHを高めた植物細胞』『アミノ酸配列を基にしたDNA分子の製造方法』……青バラに関する一連の技術が、多数の出願書類にまとめられている。

出願書だけではなかった。二つめの封筒には、実験ノートが十数冊。ほぼ一年に一冊のペースで、先生の研究の歩みが詳細に記されていた。

最後に、便箋が一枚。

『アイリーンへ』——あの人から私宛のメッセージだった。

……私の知りたいことは、何も書かれていなかった。

特許をはじめとした手続きや資産管理は弁護士を通じて頼んであるから心配ない、研究室や自宅、別宅にある細かな物品は自由に処分して構わない、等々……事務的な内容がほとんどだ。
最後に、両親――私の里親――を大切にすること、困ったときはロビン・クリーヴランド牧師を頼ること、などが書き添えられ、『幸せに』の一言でメッセージは終わっていた。

風はいつの間にか止んでいた。
ニッセン少佐が、無言で私にハンカチを差し出す。
そのとき初めて、私は、自分の頬が濡れていることに気付いた。

解説

福井健太

二〇一〇年代の国産本格ミステリ界は、新鋭たちのシリーズが好評を得た場でもあった。青崎有吾の〈裏染天馬〉シリーズ、井上真偽の〈その可能性はすでに考えた〉シリーズ、今村昌弘の〈剣崎比留子〉シリーズなどに加えて、三作全てが『本格ミステリ・ベスト10』の五位以内に入った市川憂人の〈マリア&漣〉シリーズもその一つに違いない。

改めて著者を紹介すると、市川憂人は一九七六年神奈川県生まれ。赤川次郎の作品でミステリに目覚め、中学時代に「綾辻行人先生の『十角館の殺人』に衝撃を受けたことが〝新本格〟の沼にどっぷり浸かっていったきっかけ」(『ダ・ヴィンチ』二〇一七年一月号)だという。東京大学在学中は文芸サークル・東京大学新月お茶の会に所属。二〇一六年に『ジェリーフィッシュは凍らない』で第二十六回鮎川哲也賞を受けてデビューを遂げた。

同作の受賞記念インタビュー(『ミステリーズ!』vol. 79)では「会社勤めをしながら投稿は続けていました」「ラノベ系の賞はどれもあえなく落ちて」「五、六年前から『ミステリーズ!新人賞』に応募しました」「第十回では最終選考に残ったんです。その際、選考委員の先生方全員から、『これは長編向きのネタだろう』という選評をいただいたので、次は長編ミステリに挑もうと思い、受賞作を書きました」という来歴が語られている。第十回ミステリーズ！新人賞（選考委員は新保博久、法月綸太郎、米澤穂信）の最終候補作「スノウマン」は、日本が合衆国制になった近未来の謀略譚だった。

第二十六回鮎川哲也賞の選考委員（北村薫、近藤史恵、辻真先）が全会一致で推した『ジェリーフィッシュは凍らない』はこんな物語である。一九八三年二月、小型飛行船ジェリーフィッシュの開発に携わった六人は、長距離航行性能の最終確認試験に臨んでいた。ほどなくメンバーの一人が変死し、雪山に不時着した船内で連続殺人が起きる――というのが「ジェリーフィッシュ」パート。それと交互に描かれる「地上」パートでは、六人の死体が発見されたという通報を受け、フラッグスタッフ署刑事課のマリア・ソールズベリーと部下の九条漣が捜査を進めていく。文庫版の帯に「『そして誰もいなくなった』への挑戦であると同時に『十角館の殺人』への挑戦でもあるという」と綾辻行人が寄せたように、全滅ものと騙しを絡めて『2017本格ミステリ・ベスト10』の第三位に輝いた快作だ。二〇一九年には創元推理文庫に収められている（その際に一部のイニシャル表記が実名に変更された。本書も同様）。

ちなみに先述のインタビューには「大学の専攻が工学だったので、理系分野は得意なネタだった」「現実世界を舞台にしなければ成立できることに気がつき」「小型飛行船が発達したパラレルワールドという設定にしました」というコメントも見られる。仮想史への柔軟性はライトノベルの賞に投稿していた著者らしいところだ。

デビュー作の続篇にあたる『ブルーローズは眠らない』は、一七年に四六判ハードカバーで刊行され、高い期待に応えた佳作として『2018本格ミステリ・ベスト10』の第五位にランクインした。本書はその文庫版である。

一九八三年十一月、フェニックス市の牧師ロビン・クリーヴランドが、実現不可能とされる青いバラを公開した。その直後、C大学サンタバーバラ校の理学部生物工学科フランキー・テニエル博士の研究グループが「遺伝子編集技術を用いた青いバラの作出に成功した」と宣言。フェニックス署のドミニク・バロウズ刑事に博士の調査を頼まれたマリアと漣は、研究室でアルビノの少女アイリーンに出逢い、空軍少佐ジョン・ニッセンとともに博士の遺伝子講義を受ける。続いて牧師の調査も任された二人は、ドミニクの目的も解らないままに教会を訪ね、遺伝子編集は罪深いという牧師の見解を知ることになる。

その翌日、テニエル博士の別宅にある温室で博士の生首が発見された。現場では手足を拘束されたアイリーンが失神していたが、彼女に犯行が可能だとは思えない。扉と窓と天窓は内側から施錠され、ガラス扉の内側には「*Sample-72 Is Watching You*（実験体七十二号がお前を見ている）」と書き殴られていた——「ブルーローズ」パートはそんな内容だ。

それと並走する「プロトタイプ」パートは、虐待から逃れた少年の視点で綴られている。テニエル博士に拾われた「俺」はエリックと命名され、青いバラを育てる博士、博士の妻ケイトと娘アイリス（いずれもアルビノ）と暮らしていた。ケイトの古い知人・クリーヴランド牧師が現れた日の夜、エリックは地下室で怪物〝実験体七十二号〟を目撃する。

参考までに記しておくと、栃木県のアマチュア園芸家・小林森治は九〇年代に人工交配で青いバラを生み出していた。日本のサントリーフラワーズとオーストラリアのフロリジン社は青の色素を持つバラを共同開発し、二〇〇四年に公式発表を行っている。本作の鮮やかな青いバラとは別物だが、牧師と博士の対比はこれがモデルかもしれない。

新奇なモチーフを扱いながらも、本シリーズは王道のパズラーを基調としている。パズラーの定義は難しいが、基本的には〝明快な出題と合理的な解答を擁する謎解き譚〟というイメージで支障はないだろう。たとえば本作では「テニエル博士を殺害し、首を切断し、学生を閉じ込め、扉に血文字を書き——」「そして犯人はどこから、どうやって温室を脱け出したのか?」（二四九ページ）というシンプルな謎が明示されている。切断された死体が密室で見つかる状況から、鮎川哲也の名篇「赤い密室」を連想する人も多いに違いない。

初刊時には〝胴体を運び出すよりも、首を入れたと考える方が自然ではないか〟という指摘があった。その瑕疵を補うために、文庫版では「犯人が脱け出したんじゃなくて、頭の方を外から入れたのかしら」「あの狭さではほぼ確実に、蔓の棘が頭部を引っ掻くでしょう。しかし見たところ、そのような痕跡は頭部のどこにも確認できません」（二四九—二五〇ページ）という会話が加えられている。この姿勢もパズラーへの拘りを感じさせるものだ。

本作には物理的な密室だけではなく、犯人の行動の謎も描かれている。「温室の扉に血文字を書き、具体的な方法はさておき温室を閉ざす」「アイリーンが目を覚まし、博士の遺体を発見する。慌てて彼女を襲い、縛り上げる」「密閉状態の温室を一度破り、アイリーンを運び入れる。博士の首を切断し、胴体を林に埋め、再び温室を閉ざす」「証言を基に事象だけ並べればこうなる。が、それらの繋がりは支離滅裂もいいところだった」（一六七ページ）という不可解さも大きな謎だ。この状況にどんな説明が可能かという興味も読者を牽引しうるものだろう。

そんな本筋を紡いだうえで、著者は〝二つのプロットはどう繋がるのか〟というメタ的な謎を吊り下げ、さらに読者の意表を突く罠を仕込んでいる。綾辻行人の初期作に衝撃を受けた著者にとって、本シリーズに共通するこの構造は合わせ技の直球にほかならない。一九九〇年頃の新本格ムーヴメントを彷彿させる設計をもとに、工学系出身者らしいモチーフを扱う手法が支持を集めたことは、価値観を共有するマニアが多いことの反映でもあるはずだ。

二〇一八年に上梓された『グラスバードは還らない』にも軽く触れておこう。稀少動物の密売ルートを探るマリアと漣は、大手顧客である不動産王ヒュー・サンドフォードの住むビルで爆破テロに巻き込まれる。いっぽうヒューの所有するガラス製造会社の関係者たちは、ガラス張りの迷宮めいた空間に監禁され、異様な不可能犯罪に遭遇していた。大胆なトリックと演出で『2019 本格ミステリ・ベスト10』の第四位に選ばれた意欲作である。

現在までに〈マリア&漣〉シリーズの短篇は二本書かれている。「赤鉛筆は要らない」（『ミステリーズ！』vol. 91–vol. 92）はJ国の高校に通う漣が先輩の邸宅を訪れ、殺人事件に遭遇する犯人当て小説。「レッドデビルは知らない」（『ミステリーズ！』vol. 97–vol. 98）はアトランタのハイスクール時代にマリアが体験したエピソード。兼業作家だけに執筆ペースは早くないが、これらも数年後には纏められるだろう。新作長篇とともに刊行を待ちたい。

【参考文献】

●『青いバラ』（最相葉月／岩波現代文庫）

●『バラ大図鑑』（上田善弘、河合伸志監修／NHK出版）

●Yukihisa Katsumoto et al., "Engineering of the Rose Flavonoid Biosynthetic Pathway Successfully Generated Blue-Hued Flowers Accumulating Delphinidin", *Plant Cell Physiol.*, 48 (11), 1589-1600 (2007).

●Kumi Yoshida et al., "Blue Flower Color Development by Anthocyanins: from Chemical Structure to Cell Physiology", *Nat. Prod. Rep.*, 26 (7), 884-915 (2009).

本書は二〇一七年、小社より刊行された作品の文庫化です。

著者紹介　1976年神奈川県生まれ。東京大学卒。在学時は文芸サークル・東京大学新月お茶の会に所属。2016年『ジェリーフィッシュは凍らない』で第26回鮎川哲也賞を受賞しデビュー。他の著書に『グラスバードは還らない』『神とさざなみの密室』などがある。

検印
廃止

ブルーローズは眠らない

2020年3月13日　初版

著者　市川憂人（いちかわゆうと）

発行所　（株）東京創元社
代表者　渋谷健太郎

162-0814/東京都新宿区新小川町1-5
電話　03・3268・8231-営業部
03・3268・8204-編集部
URL　http://www.tsogen.co.jp
フォレスト・本間製本

乱丁・落丁本は、ご面倒ですが小社までご送付ください。送料小社負担にてお取替えいたします。

ISBN978-4-488-40622-6　C0193

〈マリア&漣〉シリーズ第3弾

THE GLASS BIRD WILL NEVER RETURN◆Yuto Ichikawa

グラスバードは還らない

市川憂人

四六判上製

マリアと漣は、大規模な希少動植物密売ルートの捜査中、得意取引先に不動産王ヒュー・サンドフォードがいることを掴む。彼にはサンドフォードタワー最上階の邸宅で、秘蔵の硝子鳥（グラスバード）や希少動物を飼っているという噂があった。捜査打ち切りの命令を無視してタワーを訪れた二人だったが、タワー内の爆破テロに巻き込まれてしまう！
同じ頃、ヒューの持つガラス製造会社の社員とその関係者四人は、知らぬ間に拘束され、窓のない迷宮に閉じ込められたことに気づく。傍らには、どこからか紛れ込んだ硝子鳥もいた。「答えはお前たちが知っているはずだ」というヒューの伝言に怯える中、突然壁が透明になり、血溜まりに横たわる社員の姿が……。
隠れる場所がないガラス張りの迷宮。殺人犯はどこへ？